La Vie ailleurs

Roman sur l'Inde

Leslie Héliade

ISBN : 9781519031266

À Scarlett et Cassiopée
À Jérémie
Et à ma grand-mère

Table des matières

Index des principaux personnages

Akim : Portier de l'hôtel où vont les expatriés. Mari d'Anita.
Akhila : Fiancée de Gopal.
Alisha : Femme de Shiva.
Anita : Première bonne d'Elsa. Femme d'Akim.
Baptiste : Frère de Frank.
Elsa : Femme de Frank.
Frank : Expatrié envoyé en Inde avec un contrat de trois ans. Mari d'Elsa.
Giacomo : Italien, collègue de Frank, directeur de la qualité.
Helena : Femme de Giacomo.
Hervé : Collègue de Frank, directeur financier.
Jacqueline : Mère d'Elsa.
Lakshmi : Seconde bonne d'Elsa.
Meena : Responsable de l'agence immobilière en charge de l'installation des expatriés.
Mohan : collègue de Frank, directeur des ressources humaines.
Pénélope : Femme de Baptiste.
Preethi : Fille de Meena. Son père refuse de la laisser partir en Angleterre.
Radha : Première gynécologue consultée par Elsa.
Ram : Gardien de jour de l'immeuble où vivent Elsa et Frank.
Shiva : Premier chauffeur de Frank.
Solène : Expatriée et fondatrice de l'association ChennaiExpat.
Jeanne : épouse de Thierry et professeure de Yoga des expatriées françaises.
Marion : Femme d'Hervé.
Gopal : Second chauffeur de Frank.
Subramani : Anesthésiste à l'Apollo Hospital de Chennai.
Thierry : Photographe définitivement installé en Inde.
Ulaga : Frère de Mohan.
Vilou : Gardien de nuit de l'immeuble de Frank et Elsa. Chauffeur de Sureka, la locataire du deuxième étage.

Avis au lecteur

J'ai vécu en Inde pendant un temps, j'ai eu la chance d'y rencontrer des personnes fabuleuses, d'avoir une petite fille merveilleuse, et de découvrir une culture qui m'est apparue comme un univers totalement étranger. J'avais l'impression de vivre sur une autre planète. Ce fut une expérience vraiment intense, que je n'oublierai jamais, et qui a changé profondément ma façon de voir le monde.

La plupart des anecdotes sont inspirées de faits réels que j'ai vécus, lus ou qu'on m'a racontés. J'ai essayé de rester fidèle à l'Inde, et de faire honneur aux Indiens, tout en restant proche de la vérité, qui n'est pas toujours belle à dire. En revanche, les personnages, les lieux et l'entreprise sont tous fictifs.

Première partie :

Découverte

1 Hervé

Ce matin, au réveil, Hervé Planchon s'est regardé dans la glace et s'est étonné de la taille de son ventre. On lui avait dit qu'il perdrait du poids dans ce pays, mais depuis qu'il est là, les kilos se sont accumulés de façon scandaleuse. Il déteste la nourriture qu'on lui sert le midi au restaurant du coin. Pourtant, il se gave de naans et de chappattis[1] pour faire passer le piquant du curry. Privé d'alcool parce qu'il est difficile de s'en procurer, il n'en a jamais bu autant, comme pour compenser la sensation de manque.

Et là, ce ventre énorme le regarde.

Il faut que je fasse quelque chose, se dit-il. Avec son visage rond, ses lunettes rondes et son bidon rond, il ressemble à une caricature de bande dessinée. Il soupire. Il ne peut pas être sur tous les fronts en même temps et en ce moment, au boulot, c'est dur.

Il passe un coup de peigne dans ses beaux cheveux noirs et bouclés, se flattant d'avoir pu conserver un semblant de beauté. Du haut de ses quarante-cinq ans, Hervé n'a pas l'intention de se laisser déprimer par un peu de graisse superflue. Il lui fera la peau, en temps voulu.

Ses comptes se règleront sur un tapis de course.

Dans cette salle de bain non climatisée, il règne une atmosphère

[1] Naans et Chappattis : Pains indiens. Ce sont des petites galettes de farines plates, au blé dur pour les naans et à la farine de blé complète pour les chappattis.

étouffante. Il fait aussi chaud et humide que dans la rue. C'est une sensation qu'il déteste. Alors qu'il sort de la douche, et qu'il finit de se préparer, il transpire et se sent déjà moite. Heureusement, il passera aujourd'hui le plus clair de son temps dans des bureaux, au frais, comme d'habitude.

Avant de quitter la maison, il embrasse sur le front sa femme Marion qui est toujours endormie. Elle ouvre un œil pour lui souhaiter une bonne journée. Dans une heure, elle se lèvera pour aider les enfants à se préparer et les envoyer à l'école. Ensuite, elle passera sa journée à s'occuper d'orphelins malheureux et à réunir des dons pour soutenir diverses associations caritatives. Elle ne s'est jamais occupée de sa fille ni de son fils, faisant toujours appel à une nourrice, une préceptrice, et trouvant divers prétextes pour se décharger de ce fardeau. Par contre, les gosses des autres, les malheureux orphelins, elle peut passer ses journées avec eux.

La veille, ils se sont disputés à ce sujet. Hervé en a marre de voir sa femme toujours partie par monts et par vaux. Son fils est en pleine crise d'adolescence, sa fille refuse de lui parler depuis trois mois, et elle, elle préfère s'occuper des petits lépreux que de sa propre famille. Il en a marre. Il voudrait retrouver celle qu'il a épousée, pas cette étrangère pourrie par l'expatriation.

Il entre dans sa voiture et donne l'ordre à son chauffeur de démarrer. Il va falloir mettre fin à tout ça. Il a passé cinq ans en Chine, cinq ans en Corée, et il est bien sûr qu'il ne tiendra pas cinq ans en Inde. Dans un an et demi, à la fin de son contrat, ils retourneront en France. C'est devenu nécessaire, pour lui et pour sa famille. C'était sympa, une belle expérience, très enrichissante. Mais ça a trop duré. Et ce pays, c'est vraiment dur.

Il déteste se promener dans les rues de cette ville. Ça sent mauvais, c'est sale, ça grouille de moustiques, de vaches et il n'y a pas de trottoirs où marcher. Même à l'abri dans sa voiture, il n'aime pas regarder les passants. La seule chose qui lui plaise, c'est le temps. Il fait presque toujours un soleil magnifique et le froid parisien ne lui manque pas du tout. Bien sûr, il y a aussi le challenge qui le stimule. Son rôle, c'est de gagner de l'argent, ou en tout cas de ne pas en perdre. Tout ça pour le compte de son employeur, bien entendu. Et

faire du business avec des Indiens, c'est palpitant.
Chaque jour est une aventure.

Directeur financier de l'usine de Chennai, Hervé Planchon travaille pour le fabricant de matériel de transport Pierport depuis plus de vingt ans. C'est une grande entreprise française, implantée dans le monde entier, spécialisée dans la fabrication de poids lourds. Ce matin, il a rendez-vous avec un gros client à Alwarpet.[2]

Il se prépare déjà aux plus abracadabrantes des situations. La dernière fois, on lui a demandé de préparer un dossier de cent cinquante pages pour justifier une facture de quelques milliers d'euros. Comme s'il n'avait que ça à faire… Il s'en est sorti, comme toujours.

Il est le meilleur.

Mais là, il s'agit de deux cent cinquante mille euros. Qu'est-ce qu'ils vont encore aller lui inventer ? Il s'attend au pire.

Il a rendez-vous dans un haut building recouvert de vitres teintées, sans doute l'un des plus riches de la ville, construit il y a peu, juste en face d'un bidonville. Dans deux ans, on croira qu'il date des années cinquante. Entre l'humidité, la chaleur et la piètre qualité de la conception, tout vieillit trop vite ici.

Hervé Planchon s'est toujours étonné de voir côtoyer de si riches habitations avec les plus délabrées des constructions. Une fois, il en a parlé avec un client qui a dit, avec un air de regret :

— C'est à cause de notre gouvernement pro-pauvre. Ici, ce n'est pas comme en Chine, où ils ont résolu le problème en les mettant dans des cars pour les envoyer à l'extérieur de la ville.

Le client en question a ensuite versé dans sa bouche une rasade de café qu'il a bu bruyamment avant d'ajouter, en souriant :

— Mais, ce n'est pas si mal… ça fait de la main d'œuvre pas chère. C'est bon, pour les affaires.

Ce jour-là, même lui, qui pourtant en a vu d'autres, a été choqué.

Son rendez-vous d'aujourd'hui est à l'heure. Cela fait plaisir, pour une fois. Il est habitué à ce qu'on le fasse patienter, ou pire, qu'on oublie carrément de venir.

---

[2] Alwarpet : quartier riche de Chennai, à côté de R.A Puram.

Assis dans un grand bureau peint en blanc au design moderne, il observe son interlocuteur de ses petits yeux ronds. Le jeune Indien, son client, dodeline de la tête de gauche à droite dans un mouvement diagonal typique[3] et avec un sourire particulièrement agaçant. Sa main est posée sur une liasse de documents. Il doit y avoir plus de trois cent pages imprimées qui détaillent divers coûts de fabrication, problèmes de taxes, douanes, importation, le tout pour la modique somme de dix-sept millions trois cent quatre-vingt-douze mille six cent quatre-vingt roupies et trois centimes.[4] À peu près deux cent cinquante mille euros.

C'est une commande de camions porteurs type fourgon, un produit phare expérimenté en Pologne qui fait un tabac. Ce projet est très important, pour Pierport. Si tout se passe bien, cela déboucherait sur de gros contrats.

Le jeune Indien est en train de lui expliquer qu'il ne peut pas valider sa facture. Hervé se demande à nouveau sur quelle planète il est tombé. Depuis qu'il est là, il se pose tous les jours la question.

— Le problème, Monsieur, c'est que la facture n'est pas imprimée au bon format.

— Au bon format ?

— Oui.

— Vous pouvez me montrer à quoi ça ressemble, le bon format ?

— Oui, bien sûr.

Le client sort un gros dossier rouge de son sac. Relié, cela ferait un livre de cinq cents pages, pas un best-seller, mais un gros volume. Il ouvre et montre une feuille bizarre avec pleins de chiffres. C'est un beau travail sous Excel qui ne veut rien dire. Hervé a l'habitude.

---

[3] Les Indiens ne hochent pas la tête pour dire « oui » ou « non », de haut en bas ou de gauche à droite. À la place, ils font un mouvement de balancement. Le bas de la tête reste stable et le haut de la tête s'incline de la gauche vers la droite. Ce n'est ni un oui, ni un non, et, d'après ce qu'on m'a expliqué là-bas, cela veut dire quelque chose comme « j'ai entendu, tu m'as parlé ».

[4] Un euro vaut environ soixante ou soixante-dix roupies, selon le taux de change. Il est fort probable que le taux actuel soit différent de celui de l'époque de l'écriture de ce roman. Pour exprimer de gros montant, les Indiens utilisent deux unités de mesures spécifiques : le lakh et le crore. Un lakh équivaut à cent mille roupies. Un crore égale dix million de roupies. Ici, la somme de dix-sept millions trois cent mille roupies équivaut à 1,73 crore. L'auteur a préféré utiliser une unité de mesure plus familière au lecteur.

Selon le type, la mise en page ne convient pas. Le financier lève un sourcil :

— Si je comprends bien, vous voulez que je réimprime tout avec une plus grande marge ?

— Oui, c'est ça.

Ce n'est pas possible. Il ne peut pas lui demander quelque chose d'aussi absurde que de réimprimer trois cents feuilles, parce que l'espace blanc sur le côté est trop petit… Non. La situation doit être plus simple, il ne veut pas payer, il veut gagner du temps, et en plus il le prend pour un con. À moins qu'il ne veuille se protéger vis-à-vis de ses supérieurs en lui faisant remplir tout un tas de papiers inutiles… Dans tous les cas, ça se résume en une phrase : il ne paie pas.

— Vous ne payez pas ?

— Non. J'ai besoin de la facture au bon format.

— Bon… Est-ce qu'il y a autre chose dont vous avez besoin, pendant qu'on y est ?

Le type réfléchit, reprend le dossier, le feuillette et s'arrête en pointant du doigt le bas d'une page :

— Là, ça ne va pas.

— Qu'est-ce qui ne va pas ?

— Le chiffre. Il me faut un chiffre rond, pas de centimes.

Hervé regarde. Il comprend :

— Vous êtes en train de me dire que vous ne paierez pas les dix-sept millions trois cent quatre-vingt-douze mille six cent quatre-vingt roupies, à cause des trois centimes ?

— Oui, c'est ça. Je ne peux pas valider une facture comme celle-là.

Rester calme, surtout, rester calme. Dans cet immense bureau presque vide, totalement aseptisé et coupé de l'agitation du monde réel, Hervé a l'impression de vivre un de ces moments bizarres où le temps s'est arrêté. Plus rien ne compte que ce qu'il va dire.

L'Indien l'observe avec un petit sourire. Est-ce qu'il guette quelque chose ? Attend-il qu'Hervé s'énerve et sorte de ses gonds ? Ce serait trop facile. On ne l'aura pas comme ça. Pas lui. Pas Monsieur Planchon. Il regarde son client droit dans les yeux et lui répond :

— Mais il n'y a aucun problème ! Autre chose ?

— Oui. Toutes les pages doivent être signées par le responsable légal.

— Très bien. Ce sera fait. Vous être sûr qu'il ne faut rien d'autre ?

Le type semble hésiter avant de répondre.

— Non, c'est bon.

— Bien, tout est clair. Je vous retrouve la semaine prochaine, alors ?

— Non, non… heu… Mettez tout en ordre et l'on reprendra rendez-vous.

Gagner du temps. C'est la règle. Mais ça ne se passera pas comme cela. Il sort son agenda, tourne les pages et s'arrête sur celle qui l'intéresse :

— Lundi prochain, même heure ? On peut même se revoir avant, mais vous comprenez, le temps de tout mettre en ordre…

— Oui… d'accord. C'est noté.

— Je m'en souviendrai, de vos normes, pour la prochaine fois, ironise-t-il.

L'Indien le raccompagne à la porte. Il rassemble ses affaires, lui serre la main, et retrouve sa voiture qui l'attend dehors.

L'air est humide et étouffant. Quand on sort d'une pièce climatisée, c'est insupportable. Et tous ces klaxons qu'on entend ! C'est vraiment pénible. D'ailleurs, quand Pierport s'est implanté en Inde, cela faisait partie des premiers problèmes à résoudre. Il a fallu changer la technologie des camions : les modèles français n'avaient pas de klaxons assez solides pour l'utilisation indienne. Ici, on fait hurler la voiture quand on veut passer, tourner, se garer, quand on a la priorité et quand on ne l'a pas. Et plus le son est fort et strident, mieux c'est.

Hervé s'approche de sa Toyota Innova et aperçoit à travers la vitre Cholan, son chauffeur, confortablement installé sur son siège rabattu en arrière, qui dort profondément, le visage recouvert de son journal. Il tape deux coups secs sur le capot pour le réveiller. Celui-ci se lève en trombe et se précipite pour lui ouvrir la portière.

Il tourne à droite pour prendre un petit chemin parallèle. Il grille trois feux rouges et conduit au milieu de la route, sur la ligne blanche censée délimiter la circulation alternée. Quand une autre voiture apparaît, il klaxonne très fort et se décale un peu sur le côté gauche, là où il serait censé conduire s'il respectait à peu près le code de la route.

Cela ne gêne plus Hervé. Au début, il pensait constamment qu'il allait avoir un accident. Plusieurs fois, il a vraiment failli, mais Cholan a toujours le bon réflexe. Maintenant, il lui fait confiance.

Un jour, il lui a demandé si c'était difficile d'obtenir son permis de conduire. La réponse de celui-ci fut pour le moins étonnante :

— Avant, M'sieur, c'était facile. Il fallait conduire en ligne droite. Mais maintenant, c'est plus compliqué. Il faut faire un zigzag et éviter les obstacles.

— Ah oui, ça change tout…

— Et c'est cher. Il faut payer huit mille roupies.[5]

Hervé s'est demandé si Cholan se rendait vraiment compte de ce qu'il disait. Comme son anglais était approximatif, ils avaient parfois du mal à communiquer.

— Et le code de la route ? Il y a une épreuve du code de la route ?

— Oui, M'sieur.

Hervé n'était pas sûr qu'il ait compris. Il n'a jamais vraiment su s'il y avait un examen à passer ni en quoi il consistait.

Maintenant, il ne fait plus attention à tout ça. Il a pu arriver que Cholan renverse un type dans la rue, mais celui-ci n'a rien eu de grave. Une autre fois, ils ont percuté un troupeau de vaches. Là, par contre, le chauffeur a eu peur. Il lui a expliqué que si les paysans du coin l'attrapaient, ils le lapideraient sur la place… On ne touche pas aux vaches sacrées.

Alors bon, tout cela ne le gêne plus. L'autoroute peut devenir soudainement à double sens. Les feux ne servent qu'à illuminer les rues. Les trottoirs et passages piétons n'existent pas. On circule dans tous les sens, plus ou moins n'importe comment. C'est normal.

Finalement, les lois régissant la circulation sont assez simples et pleines de bon sens. Priorité à la plus grosse. En cas d'égalité, celui qui klaxonne le plus fort peut passer le premier.

Sur le chemin, il envoie un message à Mohan, le directeur des ressources humaines : « Je sors de rendez-vous et j'arrive. Je vous rejoins au restaurant. »

L'équipe de direction composée à moitié d'expatriés d'origine diverse et à moitié d'Indiens a l'habitude de se réunir pour le

[5] Huit mille roupies : un peu plus de cent euros.

déjeuner.

En regardant la ville défiler sous ses yeux, il se demande comment il va faire pour boucler son budget.

Aujourd'hui, un client refuse de payer sa facture, parce que la mise en page ne lui convient pas ; il y a un mois, c'étaient les douanes qui ne voulaient pas laisser entrer du matériel nécessaire à la construction. Tout était en ordre, il fallait juste graisser la patte du douanier. L'affaire s'est réglée avec cinquante mille roupies qui se sont glissées dans les « frais divers » du bilan trimestriel.

Et puis, toujours, des calculs fumeux, de la corruption, de la paperasserie inutile, des gens qui veulent gagner du temps…

Il s'arrache les cheveux pour se faire rembourser ses propres notes de frais, alors une facture auprès d'un client…

Une heure et demie plus tard, il arrive à l'usine. Il n'y a pas d'électricité pour le moment ; il est treize heures passées, la coupure[6] vient de commencer. Il regarde son téléphone. Pas de réponse. Peut-être sont-ils toujours à l'intérieur en train de l'attendre.

Il monte aux bureaux de la direction. Dans le hall, deux de ses collègues l'attendent, le duo gagnant, comme il les nomme. Mohan s'adresse à lui :

— On t'attendait. On va au Pizza Hut, pour changer ?

Les trois hommes se mettent en route. Le directeur des ressources humaines s'installe à l'avant et explique au conducteur en tamoul qu'il doit se rendre au grand centre commercial qui est au nord. Ça n'est pas vraiment à côté, mais de toute façon, avec la coupure de deux heures, ils ont largement le temps.

Il est gentil, Mohan. Il essaie de bien faire son boulot, de mettre une bonne ambiance et d'être sur tous les fronts à la fois, mais il n'y arrive pas. Lorsqu'il essaie de s'occuper d'un problème, soit il tombe

[6] Il n'y a pas assez d'électricité pour tous les habitants. Des coupures régulières sont organisées pour pouvoir alimenter tout le monde de façon équitable. Tous les mois, les horaires changent et les coupures ont lieu à différents moments de la journée. Elles ne sont pas totalement égalitaires car elles sont plus ou moins brèves selon les endroits. En plus de cette interruption journalière, il y a environ une journée par mois où l'électricité est totalement coupée. Dans certains endroits, il y a des générateurs qui prennent le relai.

à côté, soit il est dépassé et ne sait pas gérer. Une vraie calamité. Mais Hervé l'aime bien. Quand il est mal à l'aise, sa moustache courte frétille et il se met à sautiller sur ses pieds, comme s'il voulait éviter de dodeliner de la tête comme le font les autres Indiens.

Maintenant qu'il est dans la voiture et qu'il parle au chauffeur, on le sent à son aise. Rien ne bouge, juste la main, pour donner des indications.

Derrière lui, Giacomo s'assoit et jette un œil à son BlackBerry. C'est le directeur de la qualité, un Italien qui est là pour un an. Il en avait tellement marre des ouvriers qu'il n'arrivait pas à diriger qu'il a déplacé son bureau pour être à côté de la main d'œuvre. Hervé l'admire. Il ne pourrait pas travailler dans le cœur de l'usine, sans clim, avec la chaleur, la crasse, l'odeur des machines…

Quand ils entrent dans le restaurant, Hervé se tourne vers l'Italien et lui demande discrètement, dans un anglais impeccable :

— Pizza Hut ? C'est une chaîne de restaurants américaine, non ? En France, je ne les trouve pas terribles, leurs pizzas…

Giacomo hausse les épaules et lève les yeux au ciel. Son accent italien très prononcé a quelque chose de drôle, quand il s'exprime.

— Non, et ici, c'est encore pire. Je suis venu une fois, je voulais manger comme à la maison. C'est cher, gras, piquant, ça a le même goût que leur poulet au curry avec du riz, mais c'est plat et petit. Tu crois que moi qui suis napolitain, je peux manger un truc pareil ?

— Alors pourquoi on vient ici ?

— C'est une idée de Mohan. Je crois qu'il veut nous faire plaisir…

2 Mohan

Le repas de ce midi était excellent. Une bonne pizza italienne, avec des épices indiennes, c'est un mélange qu'il apprécie. Ça n'est pas de la grande cuisine, et ça ne vaut pas l'excellent curry du Taj Coromandel, mais ça change.

Giacomo et Hervé n'étaient pas de cet avis. Ils se sont plaints de la lenteur des serveurs et ont trouvé la pizza trop grasse. Pourtant, Mohan a fait tout ce qu'il a pu. Il a activé le service en demandant à être servi rapidement, et il les a bien conseillés pour leur éviter quelque chose de trop épicé. Mais malgré tout, cela ne leur a pas plu. Ces Européens, ils ne sont jamais contents. Ils mangent des plats qui n'ont pas de goût. Il faut toujours ajouter un peu de poivre ou de piment pour exalter les saveurs.

Une fois, Hervé l'a invité à manger. Sa femme, Marion, avait cuisiné un velouté de courgettes avec une quiche aux légumes, le tout végétarien, spécialement pour lui, avaient-ils précisé. Ça n'était pas mauvais, mais c'était insipide.

Ce jour-là, il est resté très poli. Il a terminé son assiette et félicité la cuisinière, comme on fait en Europe. Il aurait aimé une assiette de riz pour y mélanger la soupe, mais ça n'est pas dans les coutumes françaises.

Évidemment, il a utilisé ses couverts pour manger, même s'il trouve que c'est bien meilleur avec les doigts. C'est encore un truc qu'il a du mal à comprendre. Pourquoi ces gens utilisent-ils des cuillères et des fourchettes, comme s'ils avaient peur de se salir les mains ? Cela dénature les aliments.

Lorsqu'il est invité ou qu'il mange avec des occidentaux, il a l'habitude de faire comme eux. Mais il n'aime pas ça.

Après le restaurant, ils sont tous retournés travailler. L'électricité était revenue. Leurs bureaux, c'est un grand bâtiment gris, situé en face des locaux de fabrication. Le site a déjà cinq ans. Il n'est pas à Chennai même, mais dans le sud, en Andra Pradesh, un état où les taxes sont moins élevées. C'est un endroit immense, avec des ateliers pour toutes les étapes de la création. Dès la construction, Pierport espérait s'implanter en choisissant un terrain très étendu qui permettrait de développer encore d'ambitieux projets.

D'ailleurs, il y a quelques mois, un nouveau contrat a été signé. C'est une commande de camions réfrigérés pour une grosse compagnie indienne. Si les véhicules sont correctement délivrés et que le client est satisfait, cela pourrait déboucher sur un achat de plusieurs milliers de pièces.

Pour Mohan, c'est aussi une grosse responsabilité. Il ne doit pas se tromper, dans son recrutement. Il sait qu'une part de l'avenir de l'entreprise est en jeu.

Quand les accords ont été signés, le siège a pensé leur envoyer encore un expatrié, un Allemand qui avait de l'expérience. Le type a accepté, puis changé d'avis, au bout de quelques semaines. Il a refusé, parce qu'il trouvait l'usine trop loin de l'école américaine. Il a dit que pour sa famille et pour ses enfants, ça ne serait pas une vie.

Mohan a trouvé qu'il exagérait, mais en un sens, cela l'arrangeait. Ce serait tellement mieux de mettre un Indien à la direction de ce contrat.

D'ailleurs, immédiatement après, on l'a contacté, pour qu'il essaie de trouver le chef de projet idéal. Évidemment, il ne prendrait pas tout seul la décision finale.

Le recrutement à un poste aussi important se fait à plus haut niveau.

À quinze heures, alors qu'il était concentré sur une pile de dossiers de candidatures, il a reçu un e-mail du siège.

Bonjour Mohan,

On a trouvé un remplaçant pour le poste de chef de projet. Il viendra la semaine prochaine avec sa femme.

En pièce jointe, leurs billets d'avion.

Merci de préparer leur arrivée et de réserver un hôtel.

Cordialement,

Philippe Brindel,

Directeur des ressources humaines, Pierport

Cela fait deux mois qu'il cherche un remplaçant pour ce poste. Il est à deux doigts de proposer le recrutement d'un nouvel employé, une personne de quarante ans qui a fait ses études à Bangalore avant d'être envoyée à Atlanta et de revenir travailler sur un site en Andra Pradesh. Un type super avec un bon profil.

Et voilà que sans prévenir, le siège vient lui coller encore un expatrié. Comme si un Français et un Italien, ça ne suffisait pas. Et à quoi ça sert qu'il perde son temps sur ces piles de dossiers ?

Il relit le message encore une fois. Comment osent-ils lui imposer quelqu'un comme ça ? Non mais on rêve… Quel manque de respect, de tact, de considération… Qu'est-ce qu'ils croient, là-bas ? Qu'ici, on passe ses journées à méditer en chantant « OM » ? Il leur a pourtant bien dit qu'il cherchait quelqu'un et il était clair qu'on engagerait un Indien sur ce poste, pas un nouvel étranger qui coûte une fortune et veut tout faire à sa façon sans rien comprendre du mode de fonctionnement.

Il refrène sa colère. C'est quelque chose qui ne se fait pas. Il prend son téléphone et appelle Sudakhar, le directeur de l'usine.

— Tu étais au courant ?

— Non… tu me l'apprends.

— On fait quoi ?

— Je suppose que tu n'as pas le choix… Appelle Philippe pour en parler, mais je pense qu'ils t'envoient quelqu'un en interne. Il doit venir d'une autre usine. Comment il s'appelle ?

— Attend.

Il ouvre la pièce jointe et regarde ce qui est écrit.

— Frank Morin. Ça te dit quelque chose ?

— Non. Mais demande à Philippe. C'est lui qui t'a écrit l'e-mail. À tous les coups, c'est quelqu'un d'un autre site. Ils ne savent pas quoi en faire, alors ils nous l'envoient…

Ils raccrochent. Incroyable qu'à Paris, ils soient désorganisés au point de leur imposer quelqu'un en les prévenant au dernier moment.

D'un autre côté, plus rien ne l'étonne de ce qui vient du siège. Un jour, il faudra que ses chefs viennent faire un tour sur le site, pour voir ce qui s'y passe. Cela leur remettrait les pieds sur terre.

Mohan prend un café avant de s'occuper du nouvel expatrié. Frank Morin est français. Il vient d'un site, vers Toulouse, où il a travaillé pendant cinq ans. C'est donc bien une mutation interne.

Son profil a l'air de correspondre au poste. Il n'y a rien de choquant là-dedans, à part qu'on lui ait fait perdre des heures de boulot à chercher un nouvel employé pour finalement lui en imposer un autre.

Il se résigne donc à s'occuper du dossier de ce Monsieur. Après une longue réflexion sur ses tournures de phrases, il répond à l'e-mail de son supérieur parisien :

Cher Philippe,

Après deux mois de recherches, j'avais trouvé un candidat pour ce poste, et je m'apprêtais à t'envoyer son dossier pour validation. J'imagine que ce n'est plus nécessaire, si le siège nous envoie une nouvelle ressource.

J'aurais besoin de plus d'informations sur Frank Morin. Peux-tu me mettre en contact avec ce Monsieur ?

Merci

Cordialement,

Mohan Pavarasami

Ensuite, il contacte ses entreprises partenaires pour réserver un hôtel et un chauffeur. La nouvelle recrue arrivera au milieu de la nuit. Comme il n'y a pas de vol direct depuis Paris, il fera escale à Frankfort.

Dehors, il pleut à torrent. C'est la mousson qui commence. Ce soir, les gens rentreront les pieds dans l'eau. Lui, il sera à l'abri dans sa voiture, mais il risque d'être pris dans les embouteillages.

Il n'aime pas cette période. Des trombes d'eau dans les rues, des routes fissurées qui ne seront pas réparées faute de moyens, et un trafic bloqué, parce que les voitures ont du mal à avancer.

L'an dernier, les agriculteurs se sont plaints qu'il n'a pas assez plu. Les sols étaient trop secs. À terme, cela posera un problème d'alimentation en eau potable.

Mohan lève les yeux vers la fenêtre et regarde la pluie diluvienne qui se répand violemment sur la ville. Il se demande s'il doit espérer que cela perdure ou que cela cesse.

3 Shiva

À la sortie de l'aéroport de Chennai, il y a une foule incroyable de personnes qui attendent, bien qu'il soit environ trois heures du matin.

Shiva est chauffeur. Il tient à la main une pancarte avec le nom de son client. Il la plaque contre son torse pour éviter de l'abîmer en passant, puis il se fraye un chemin pour voir s'il y a une arrivée annoncée. Il soupire, demande au gardien, en tamoul : « L'avion de Francfort ? » mais celui-ci hausse les épaules sans même daigner lui répondre. Au même moment, un gros type le bouscule pour entrer dans l'enceinte. Il a avec lui un ticket, acheté cent roupies au guichet, qui lui donne ce droit. Au bout de l'allée, il entre dans une salle d'attente climatisée.

Il a de la chance, lui, de pouvoir se mettre à l'abri des moustiques, au frais. En cette saison, ils sont gros comme des seringues et quand ils vous piquent, c'est une vraie prise de sang.

Shiva l'observe disparaître en serrant son bout de carton blanc, ce panneau de fortune qu'il a fabriqué avec une feuille blanche collée sur une vieille planchette.

Ce ne sont pas les piqûres qui le gênent. Elles laissent de gros boutons qui grattent, mais ça n'est pas trop gênant. Ce qui l'embête, c'est qu'après, dès fois, une grosse fièvre vient. Ça lui fait un peu peur. C'est pour cette raison qu'il fait attention et essaie de se protéger en se mettant à l'abri quand il peut. Et ce soir, il ne peut pas.

Il pense à sa voiture : pourquoi ne pas y retourner pour dormir un peu en attendant que le blanc n'arrive ? Non, c'est trop risqué. Si l'avion est à l'heure, il pourrait sortir à n'importe quel moment. Pas question de le faire attendre.

Ce soir, il faut se faire une raison. Pas d'autre choix que de se faire bouffer patiemment, par les moustiques.

Autour de lui, il y a beaucoup d'hommes. De rares femmes en saris[7] ont accompagné leur mari. Il y a quelques chauffeurs d'hôtel qui attendent un client et beaucoup de rabatteurs, mais la plupart de ces gens sont venus par groupe de trois, quatre, voire davantage, pour accueillir un membre de leur famille qui est parti vivre, travailler, étudier, ou juste voyager à l'étranger.

À quelques mètres de la foule, il s'adosse contre un mur. Aujourd'hui, il a revêtu la tenue blanche des chauffeurs de voitures de luxe.[8] Avec ça, pas question de s'asseoir à même le sol, dans la crasse et la poussière.

Il ne sait pas qui est ce Monsieur Frank Morin qu'il vient chercher, mais c'est peut-être quelqu'un d'important, peut-être son futur patron... Qui sait ? Avec l'ancien, ça avait commencé comme ça. Une nuit, il est allé le chercher, et ensuite, la compagnie lui a dit qu'il ne travaillerait plus que pour lui. Il pourrait aussi se faire engager directement, à titre privé. Tout est possible.

Shiva fumerait bien une cigarette, mais il n'a pas le droit. On ne

---

[7] Le Sari est la robe traditionnelle portée par les Indiennes. Il s'agit d'un tissu de sept mètres drapé autour du corps pour prendre la forme d'un vêtement. Sous le sari, on porte toujours un bustier et une jupe longue en coton. Le jupon disparaît complètement sous le drapé. Le bustier est visible. Il est toujours assorti au sari. Le drapé est complexe. On coince un coin du tissu dans le jupon, ensuite, on fait le tour du corps une première fois avant d'effectuer plusieurs petits plis et de faire revenir le tissu dans l'autre sens. Le bout restant du sari, qu'on appelle le pallu est ensuite jeté par-dessus l'épaules avec un système de pli. Certaines femmes maintiennent leur sari en place en le tenant par un bout. D'autres utilisent des épingles à nourrice.

[8] Les chauffeurs sont généralement habillés tout en blanc, sauf certains chauffeurs privés qui ne travaillent que pour une famille exclusive et qui s'habillent comme bon leur semble. Les entreprises privées et les hôtels fournissent souvent le costume. C'est une chemise blanche avec un pantalon blanc. Les Rickshaws portent généralement un pantalon de toile avec une chemisette beige.

peut pas entrer dans une voiture qui pue le tabac. Il doit attendre la fin de son service, et comme c'est le milieu de la nuit, que demain, son emploi du temps dépendra de Monsieur… il n'y aura peut-être pas de fin de service avant demain soir. Il prendrait bien quelque chose à boire aussi, mais tout est fermé.

Heureusement, l'air est doux. Il rote en regardant la foule, tranquillement, la bouche grande ouverte. C'est le mois de septembre, c'est l'automne. Il fait vingt-six degrés au milieu de la nuit. Il hume l'air, ferme les yeux et attend sans avoir vraiment conscience du temps qui passe, des minutes qui défilent doucement, les unes après les autres, lentement, de l'heure qui tourne.

Quand enfin les premiers passagers commencent à apparaître, il sort de sa léthargie et s'approche de la foule, en levant sa pancarte. Il se faufile sur le côté, observe les nouveaux-venus et s'agite dès qu'il voit un homme passer. C'est là le moment le plus long, dans l'attente. Autour de lui, des chauffeurs de taxis et des rabatteurs d'hôtels remuent dans tous les sens. Chaque blanc qui s'avance est interpellé dès qu'il fait un pas.

Shiva attend inlassablement son client en brandissant son nom à chaque fois. Au bout d'un moment, un grand brun moustachu s'avance avec un chariot de deux valises. Il est suivi d'une blonde avec un décolleté plongeant qui a l'air perdue et terrorisée.

C'est eux. Le type lui fait signe, Shiva traverse la foule le plus vite possible. Il se présente, dans un anglais approximatif :

— Bonjour, M'sieur. Je suis votre chauffeur.

— Bonsoir. Je suis Frank Morin. Et voici ma femme, Elsa.

La blonde au décolleté s'avance pour le saluer aussi. Elle porte un gros sac à dos. Il incline la tête puis prend le chariot pour débarrasser Monsieur.

Ils le suivent jusqu'à sa voiture, une Toyota Innova blanche qu'il conduit depuis bientôt deux ans. C'est la voiture des étrangers riches. Il en est fier. Elle ne lui appartient pas, elle est louée, mais tout de même, une Innova, c'est une voiture de luxe, ce qui fait de lui, Shiva, un homme important dans le monde des berlines.

Avant de ranger les bagages, il s'empresse d'ouvrir la porte à Monsieur qui semble impressionné par l'engin. À l'intérieur, c'est spacieux : sept places, des sièges en cuir d'imitation, un design élégant. Dans un pays où la vache est sacrée, des sièges en peau de bête véritable ne sont pas monnaie courante. Cela poserait un problème religieux à Shiva.

Pendant que Frank s'installe, la femme ouvre elle-même sa portière et s'assoit à côté de lui. Shiva s'empresse de rabattre les sièges-arrière pour faire tenir les deux grosses valises ainsi que le sac à dos violet de Madame.

Tout en conduisant, il observe ses passagers dans le rétroviseur. Ils ont l'air fatigués, mais aussi curieux et excités. Elle, surtout, semble agitée. Elle se penche sur le côté pour mieux voir à travers la vitre. La grande ville indienne avec ses lumières, ses énormes rues et ses larges palmiers, ça doit être quelque chose de très nouveau. Et puis, la nuit, Chennai, c'est beau, c'est illuminé. Et comme il n'y a personne dans les rues à part quelques pauvres en train de dormir, ça a quelque chose de grand. Il est fier de sa ville. Elle est grandiose. Ces immeubles qui se construisent, c'est l'avenir. C'est la modernité, le monde qui va de l'avant.

C'est difficile de leur donner un âge. Le problème, avec les blancs, c'est qu'ils sont tous différents. Avec la couleur de leurs cheveux, et leur peau claire, on ne voit pas bien s'ils sont jeunes ou pas.

Ils se parlent dans une langue qu'il ne connaît pas. Les sonorités sont jolies. Au bout d'un moment, il ose poser une question :

— Monsieur ?

— Oui, répond-il.

— Vous, en Inde, c'est la première fois ?

— Heu... Oui, c'est la première fois que nous venons.

— C'est bien, ça, et vous venez d'où ?

— Nous sommes français.

— Ah, ok, répond-il en dodelinant de la tête.

En réalité, il n'a aucune idée de ce que cela signifie. Pour lui, c'est la même chose. C'est occidental. Il sait bien, en gros, qu'il y a d'un côté les États-Unis et de l'autre le reste du monde. Quelque part, aussi, un peu plus loin, il y a la Chine.

Il a bien remarqué que les Japonais et les Anglais ne se ressemblent pas tout à fait, et il s'est promis qu'un jour il regarderait sur une carte où c'est tout ça.

Monsieur lui demande, l'air inquiet :

— Tu nous emmènes bien à l'hôtel Raintree ?

— Oui, M'sieur, Raintree d'Anna Salai, M'sieur. M'sieur Mohan m'a dit ça, M'sieur.

Mohan, c'est le directeur des ressources humaines. Son nom a l'air de rassurer Frank qui vérifie dans ses papiers :

— Oui, c'est ça… rue Anna Salai. Merci… Comment tu t'appelles, déjà ?

— Je suis Shiva, M'sieur.

— Shiva… Tu seras notre chauffeur, demain ?

— Oui, M'sieur. Quelle heure M'sieur ?

Le blanc se tourne vers sa femme et lui parle dans sa langue. Ils échangent quelques mots.

— Viens pour quatorze heures.

— Ok, M'sieur.

Dans une demi-heure, ils seront à l'hôtel. L'avantage, la nuit, c'est qu'il n'y a pas beaucoup de circulation, et qu'on va vite. En journée, il faut compter au moins le double.

Shiva est content. Il aime conduire comme ça, quand il n'y a personne et qu'il peut foncer à la vitesse qu'il veut, ou presque. Il faut quand même faire attention aux chiens errants qui peuvent traverser n'importe quand et aux autres usagers, parce qu'on n'est jamais vraiment tout seul. Mais tout de même, c'est tellement plus agréable de conduire quand il n'y a presque pas de trafic.

Monsieur et Madame descendent de la voiture, pendant qu'un portier vient prendre leurs valises. Ils sont trois à attendre le client, devant la porte. Shiva n'est jamais entré dans un hôtel de luxe comme celui-là et il est curieux. Mais il sait qu'on ne le laissera jamais voir l'intérieur.

Frank s'adresse à lui une dernière fois :

— Demain, quatorze heures, je peux compter sur toi ?

— Oui, M'sieur.

— J'ai rendez-vous avec une certaine Meena Bagavathy. Tu la connais ?

— Non, M'sieur.

— Bon… Et l'agence Relocation India, ça te dit quelque chose ?

— Non, M'sieur…

— Bien. On verra demain, je suppose.

— Oui, M'sieur. Merci. Bonne nuit, M'sieur.

Frank suit le portier dans l'hôtel pendant que Shiva redémarre sa voiture pour rentrer chez lui. Il regarde sa montre : six heures trente… Il va pouvoir dormir !

Sur le chemin, il songe à Frank et à Relocation India. Aucune idée de ce que cela peut être. Il se demande s'il y a quelque chose d'important qu'il n'a pas compris. Probablement pas.

En partant, il lui a dit « merci ». C'est un mot que les étrangers aiment bien. Il a remarqué ça avec son ancien patron qui était anglais. Il ne comprend pas bien ce que ça veut dire. À sa connaissance, cela n'existe ni en tamoul, ni en telougou, ni en aucun des cinq autres dialectes indiens qu'il parle et comprend.

Il rentre chez lui rapidement, mais à son arrivée, il constate que Chennai se lève et que le trafic reprend. Sur le chemin, il n'a eu aucun problème. C'est bien d'avoir une grosse voiture. Ça va vite, c'est confortable, et surtout, les chiens verts, ces sales flics véreux, ils ne vous arrêtent pas sans raison.

Le seul inconvénient, c'est qu'il ne peut pas se garer dans sa rue, comme avec son scooter. Là où il vit, c'est un endroit isolé où l'on ne peut circuler qu'à pied ou en deux roues.

Il passe devant des petites maisons à toit plat, comme collées les unes à côté des autres, chacune d'une couleur différente. Avec l'usure, le bleu, le jaune, le rouge, le vert… tout cela s'harmonise pour devenir gris. Les murs sont délavés, noircis par l'humidité. Ce sont de toutes petites habitations, qui se ressemblent vaguement, des logements d'une seule pièce, deux pour les plus spacieuses.

Cette petite rue est en train de se réveiller. On voit des volets qui s'ouvrent et des enfants qui commencent à sortir avec leur mère.

Chez lui, il trouve sa famille levée et presque prête. Sa femme, Alisha, est debout depuis longtemps, déjà. Son petit ventre ne montre rien encore, mais Shiva sait qu'elle est enceinte de quelques semaines. Il prie pour que ce soit un garçon. Pour le moment, il n'en a qu'un, ça n'est pas assez.

Elle prépare le déjeuner de toute la famille, que les enfants emporteront dans une petite boîte en métal et mangeront à l'école. Du riz avec du dahl.[9] C'est copieux, pas cher, nourrissant. Tous les matins, elle se lève deux heures avant tout le monde.

Ses enfants, cinq filles et un garçon, se jettent sur lui pour l'embrasser dès qu'il entre dans la pièce. Il soulève de terre son seul fils de quatre ans, Amulya, le petit prince de la famille, qui lui dit :

— Appa[10] ! Tu ne pars pas travailler aujourd'hui ?

— Tout à l'heure, Pillae.[11]

Sa femme intervient.

— C'est l'heure d'aller à l'école.

— Mais Amma,[12] Appa est la !

— Vous le verrez ce soir, répond-elle.

Elle lui jette un regard noir en attrapant deux des enfants pour les reposer près de l'entrée.

— Ojal, prépare tes sœurs, ordonne-t-elle à sa fille de seize ans.

Au total, il a six filles. L'aînée, Pennarasi, est mariée depuis un an. Elle vit maintenant chez un agriculteur. Celle qui suit, Ojal, devra aussi prendre un époux l'an prochain. On lui cherche activement un prétendant.

Sur ses sept enfants, seul le dernier est un garçon. Il ne sait pas comment il va faire pour marier tout ce beau monde. Ça coûte tellement cher. Il aime sa famille plus que tout, et il ne se plaint pas, mais si à la place, les dieux lui avaient donné six garçons et une fille, sa vie serait quand même plus facile.

Et puis, après, quand tout le monde sera parti, il ne restera plus que le petit Amulya pour s'occuper de lui, quand il sera vieux. Ça ne fait pas beaucoup. Un second garçon, ça les soulagerait vraiment.

Le problème, avec les filles, c'est la dot. Il a économisé toute sa vie pour l'aînée qui a fait un bon mariage avec un fils d'agriculteurs. Cela n'a pas complètement suffi. Il a fallu s'endetter, un peu. Mais qu'importe. Aujourd'hui, elle appartient à une caste supérieure.

Shiva sait pertinemment qu'il ne pourra jamais offrir la même chose à sa seconde fille, et encore moins aux suivantes. Cette pensée lui est insoutenable. Il trouvera bien un usurier pour Ojal, qui lui

---

[9] Dahl : Plat de lentilles épicées. Il existe plusieurs variétés de dahl, selon la variété de lentilles et les épices utilisées.

[10] Appa : Papa

[11] Pillae : Nom affectueux avec lequel un père s'adresse à son fils.

[12] Amma : Maman

prêtera les roupies nécessaires avec un taux assassin. Il lui faudra sans doute rembourser toute sa vie pour cela. Et même dans ces conditions, ce sera difficile.

Mais après ? Pour les autres ? Il préférerait mourir que de se voir dans l'impossibilité de payer. Et pourtant, cinq ans de salaire ? Où trouver cette somme ? Il s'interdit d'y penser. Il trouvera l'argent. Il s'endettera. Il le faudra.

Son regard se pose sur Ojal. Elle est en train de préparer ses quatre sœurs. Chacune met son repas emballé dans son sac et s'assoit devant la porte en attendant que tout le monde soit prêt. Elle est belle avec ses grands yeux de poisson et ses longs cheveux épais. Sa taille est fine comme celle de sa mère.

Elle mérite, elle aussi, d'avoir un beau mari et d'être heureuse. Shiva voudrait offrir ce qu'il y a de mieux à ses enfants, mais tout cela coûte tellement cher…

Le petit groupe se met en route. C'est à l'aînée de les accompagner. Il faut aussi emmener Amulya à son école de garçons. Pendant qu'Ojal s'occupe de ses sœurs, c'est sa femme, Alisha, qui s'en charge.

Une fois seul, Shiva s'allonge sur une natte en paille tressée, un peu dure, posée à même le sol. Et il s'endort presque instantanément.

Dans ses rêves, il a réussi à marier ses six filles. Il a trouvé l'argent pour payer les dots et elles sont toutes très heureuses dans leurs nouvelles familles.

Il imagine qu'il est vieux, qu'il a eu un second fils. Amulya est devenu chauffeur à son tour et il conduit des voitures de luxe. Son épouse prépare un curry pour toute la famille. Pendant ce temps, Shiva se détend sur son tapis en paille, en regardant un match de cricket sur le nouvel écran de télévision que sa belle-fille a apporté en dot.

Il entend un bébé pleurer. C'est son petit-fils. Il ne sait pas comment c'est possible, mais il est sûr que c'est un garçon. Une bénédiction des dieux. Une belle Indienne aux cheveux très longs et à la taille élancée se précipite pour lui donner le sein, discrètement, sous son sari. De dos, elle ressemble un peu à Ojal, mais ça n'est pas elle. Elle lui sourit. Il ne l'a jamais vue. Ce doit être une de ses belles filles…

Il est réveillé par un bruit de casserole. Il retournerait bien dans son rêve. C'était agréable. Mais le bruit grinçant du métal le tire de sa torpeur. Ça doit être encore sa femme… Qu'est-ce qu'elle fabrique ? Il s'énerve, à moitié dans le sommeil :

— Qu'est-ce que tu fais ? Tu vois bien que je dors ?

— Faut bien que je travaille ! Tu n'es pas censé dormir !

De dépit, il se lève pour aller s'allonger dans sa voiture. Là-bas, il sera au calme. Il y a bien les bruits de la rue, mais il a l'habitude. Ce sera toujours plus confortable que d'être ici.

— Attends. Dis-moi, où tu étais, hier ?

— Hein ?

— Hier soir ? Où tu étais ?

— J'ai travaillé, je te l'ai dit. J'étais à l'aéroport.

— Ouais, c'est ce que tu as dit… T'étais pas en train de boire ?

Comment ose-t-elle ? Satanée bonne femme. Il s'approche d'elle et lève la main pour la cogner, puis son geste s'arrête. Il regarde son ventre.

— Toi, si t'étais pas enceinte, j'te montrerais.

Elle hausse les épaules et retourne à ses casseroles. Il sort en claquant la porte, passant devant le petit autel familial sans prêter attention à Ganesh, Shiva et Laksmi. Il reste du jasmin de l'offrande du matin et de l'encens qui brûle encore.

4 Meena

Quand Mohan lui a téléphoné pour lui dire qu'un nouveau couple d'étrangers arrivait, Meena s'est frotté les mains. Elle les a retrouvés à l'hôtel pour discuter et les conseiller. Depuis une semaine, elle leur fait visiter des appartements.

Il n'a pas été facile d'organiser les visites. Elsa veut une piscine, un quartier vivant avec pleins d'expatriés, où il est facile de faire ses courses. Frank veut vivre au bord de la mer, dans une maison. Évidemment, impossible de satisfaire les deux en même temps.

Elle a trouvé cinq résidences qui pourraient convenir en faisant des compromis. Ils n'ont pas l'air de tomber d'accord. Lui, il préfère le premier, et elle, le troisième.

La Française n'a pas l'air contente de se trouver là. Meena est partagée entre deux sentiments. Elle la comprend, parce que venir vivre à Chennai pendant trois ans, quand on vient d'Europe, c'est difficile. Mais d'un autre côté, ces gens ont les moyens de s'offrir un appartement de rêve dans les quartiers les plus beaux de la ville. Il y a pire.

Meena connaît bien l'Angleterre pour y avoir été en vacances, une fois. Elle suppose que la France, c'est à peu près pareil. C'est très différent par rapport à ici. Tout a l'air aseptisé. Et c'est vrai que cette ville n'est pas terrible. On vit beaucoup mieux à Bangalore, à Pondichéry, où dans n'importe quelle petite cité. Chennai est un lieu très riche, avec des boutiques et de l'activité, mais c'est aussi très grand, très peuplé et très pollué. Pour Elsa, ça ne doit pas être facile à accepter. Mais enfin, tout de même, un luxueux appartement de cent cinquante mètres carrés avec terrasse et piscine en plein centre résidentiel, ça rendrait heureuse plus d'une. Alors pourquoi tourne-t-elle en rond en faisant cette tête ?

Elle aime l'Inde par-dessus tout. C'est son pays, elle y est née. Pas à Chennai, mais pas loin, dans le Tamil Nadu. Elle comprend cette blonde française qui fait la grimace. Cela l'agace, parce que ces gens n'ont pas à se plaindre, et qu'ils ont de la chance, mais au fond, elle les comprend. Elle-même est hindoue et malgré tout son attachement à ce pays, elle caresse le rêve que ses enfants iront faire leurs études aux États-Unis ou en Angleterre. Elle sait que par ce moyen ils s'extirperont de leur condition, et donc de ce fichu système de castes. Contrairement à ce qu'on veut leur faire croire, il est possible de changer.

D'ailleurs, l'année prochaine, sa fille ira étudier à Londres. Son dossier a été accepté. Elle sourit en y songeant. Ce sera une formidable opportunité pour elle. Cela va lui ouvrir des portes et lui permettre de faire carrière. Ses rêves pourront se réaliser et elle s'élèvera dans l'échelle sociale. Quand elle y pense, elle a l'impression que son cœur se soulève et que son âme va s'envoler. Preethi, à Londres… Ce sera tellement merveilleux ! Elle reviendra dans quelques années, surdiplômée, elle trouvera un travail auquel elle n'aurait jamais pu prétendre en restant ici, et ils auront les moyens d'acheter un appartement aussi beau que celui de ces gens.

Mais pour le moment, elle doit s'occuper d'eux et cesser de se projeter dans le futur. Elle réajuste le jasmin accroché dans ses cheveux en les regardant hésiter.

Pour ce couple, elle est bien ennuyée. Aucun des trois appartements qu'ils ont vus aujourd'hui ne semble vraiment convenir.

Pourtant, elle a l'habitude. C'est elle qui a eu l'idée de monter, avec une associée, Keerthana Kalyan, une agence spécialisée dans l'emménagement des expatriés. Et elle est toujours sur le terrain. Elle cherche les appartements, les fait visiter, installe les gens, pourvoit à tout ce dont ils ont besoin.

Ils devraient trouver au moins un logement à leur goût dans tout ce qu'elle leur propose. C'est incroyable qu'ils n'arrivent pas à se mettre d'accord.

Quand elle installe un couple ou une famille, il n'est pas rare qu'elle passe une semaine avec eux, le temps de leur faire visiter la ville et choisir une résidence. Là, ça commence à être long. Elle a l'impression que rien de ce qu'elle fera ne satisfera ces gens. Elle a bien un dernier endroit à leur montrer, mais il va sans doute falloir leur forcer un peu la main pour qu'ils se décident.

Elsa fait des tours dans la pièce en regardant partout. Frank a l'air agacé. Meena soupire. Elle s'approche de lui et lui dit dans un anglais impeccable :

— Le plus simple, c'est que vous rentriez à l'hôtel, que vous discutiez tous les deux et réfléchissiez. Je crois que votre femme est… fatiguée.

— Oui, en effet.

— Si vous voulez bien, demain, je vous ferai visiter un appartement qui est parfait à tous points de vue, mais qui ne correspond pas exactement à vos exigences. Je pense que cela vaut le coup pour vous de le voir.

— De toute façon, nous n'avons rien à perdre.

En prononçant ces mots, il tourne la tête vers elle de façon à ce qu'Elsa ne puisse plus le voir et lève les yeux au ciel.

Vers dix-huit heures, Meena rentre enfin chez elle. Tout est organisé pour le lendemain. Le matin, ils verront un cinq pièces dans un quartier riche très fréquenté par les expatriés. Elsa n'aura pas de piscine dans son immeuble, mais pourra prendre un abonnement à la salle de sport qui est juste en face, dans le luxueux hôtel Sheraton. Frank devra aussi renoncer à sa maison avec jardin, mais il sera dans l'un des rares quartiers de Chennai où il est possible de se promener, parce qu'il y a des trottoirs et un ramassage des ordures organisé. Cela devrait leur plaire.

Ensuite, ils iront à son bureau, où ils rencontreront Keerthana. Le cas échéant, si ceux-ci n'arrivent pas à se décider, elle saura les convaincre. C'est elle la plus fine, la commerciale. Quand un couple a du mal à choisir un logement, elle arrive toujours à trouver un compromis entre ce qu'ils souhaitent, et ce qu'ils ont à disposition.

À la maison, elle trouve sa belle-mère, Rajashri, qui prépare le dîner. Ça sent bon le chappatti, ce petit pain plat au blé complet, cuit à la poêle, et le massala, un mélange d'épices. D'un coup d'œil, Meena se régale d'avance. Ce soir, en plus d'un rasam,[13] ils se délecteront d'un palak paneer, l'un des plats qu'elle préfère : des carrés de fromage un peu dur ou de soja mijotés dans des épinards cuits et mixés avec du cumin, du curry, de l'oignon et de la tomate.[14]

En voyant sa belle-mère cuisiner, elle constate aussi son agacement et son air franchement désapprobateur. Elle n'a pas le temps de demander la cause, sa fille Preethi apparaît sur le pas de la porte, accompagnée d'une amie. Elle ressemble vraiment à son père, avec son nez fin et ses fossettes. À croire qu'elle n'a rien hérité de moi, songe Meena, si ce n'est sa longue chevelure et son port du sari !

— Bonsoir, Maman. Tu te rappelles de Bindu ?

La jeune fille s'avance pour saluer. Elle est charmante avec son petit point noir sur le front et ses cheveux tirés en arrière. Son visage a la forme d'un cœur, coiffé comme cela.

— Tu étais dans la classe de Preethi ? Tu es partie ?

— Maintenant, je vis avec mes parents à Londres.

— Elle habite à une heure de route de l'université qui m'a acceptée, explique Preethi.

— Ce n'est pas à Londres même, mais ça n'est pas loin…

Rajashri, sa belle-mère, mélange rageusement le contenu d'un des faitouts. Son agacement est perceptible depuis l'autre bout de la pièce. Meena comprend ce qui se passe : ce qui la rend folle, c'est le jean que porte Bindu, avec un débardeur. L'ensemble, trop moulant, laisse apercevoir ses fesses et ses cuisses à travers le tissu. On voit aussi ses épaules nues et surtout les formes de sa poitrine.

Quand elle se retourne pour ranger le pot de ghee[15] dans le frigidaire, leurs regards se croisent et le message est très clair : tu vas laisser ta fille devenir une trainée comme celle-là ? disent ses yeux et sa bouche pincée.

La jeune fille semble toute gênée et regarde ses pieds.

— Je… je vais y aller, hésite-t-elle.

---

[13] Rasam : Soupe de tomates et de lentilles préparée avec des épices

[14] Traditionnellement, les femmes préparent un ou plusieurs plats que l'on sert avec du riz ou une galette de pain plat.

[15] Ghee : Beurre clarifié

— Comme cela ? Toute seule ? Où est-ce que tu habites ?

— Non, mes parents viennent me chercher.

Heureusement qu'ils vont venir la récupérer. Il ne manquerait plus que cela. Même Meena qui a l'esprit plutôt ouvert trouverait inconvenant, ou plutôt dangereux, de la laisser rentrer seule.

Les deux jeunes filles échangent un regard. Elles ont l'air de sentir le malaise.

Preethi coupe court à tout cela en disant :

— Bon… on va attendre dans la pièce à côté…

— Oui, répond Bindu, ils m'appelleront, quand ils seront là.

Leur maison n'est pas très grande, mais ils ont tout de même deux chambres, une pour Rajashri, et une pour eux et leurs deux enfants qui dorment au sol. C'est dans cette pièce que les filles vont attendre. Avec son mari, Dinesh, tout l'argent qu'ils ont, ils le mettent de côté pour payer les études de leurs enfants. Meena prie pour que plus tard ils aient une grande et belle maison avec chacun leur chambre. Quand Vinoth se mariera, il aura besoin d'une pièce à lui.[16] Il faudra une maison plus grande. Meena espère vraiment qu'ils feront tous les deux de belles études à Londres, une belle carrière, qu'ils reviendront avec une bonne situation, et qu'ils auront assez d'argent pour acheter une grande et belle résidence, ou même un superbe appartement, comme ces gens qu'elle est en train d'installer.

Ils se marieront sans doute hors caste, mais peu importe. Au contraire, tant mieux, tant qu'ils se marient avec des Indiens qui les comprennent et qui vivent comme eux.

Bien sûr, le risque, c'est aussi qu'une fois à Londres, Preethi épouse un Anglais et ne revienne jamais. C'est vrai, cela arrive.

Meena a beaucoup fréquenté les étrangers, par son métier. Elle sait que c'est ce qu'il y a de mieux pour sa fille. Elle l'a vu, autour d'elle. Les castes, c'est fini. Ce qui compte, maintenant, c'est le niveau d'études, et la maîtrise de l'anglais.

Quant à sa belle-mère… que peut-elle lui dire ? C'est le seul

[16] Dans une maison traditionnelle, le garçon intègre sa chambre quand il fait emménager sa jeune épouse chez ses parents. Jusqu'à son mariage, il dort avec ses parents, dans la même chambre, à même le sol. Tous les frères et sœurs dorment là.

moyen pour Preethi de se sortir de ce système et de mener la vie qu'elle entend. Mais comment Rajashri pourrait-elle comprendre cela ? Pour elle, il faut la marier, la garder à la maison, la protéger. Les idées modernes de Meena lui échappent complètement. Elle ne peut ni les entendre, ni les comprendre.

La vieille sort un saladier, de la farine, du sel, de l'eau, un peu de yaourt, et elle commence à pétrir la pâte pour faire des chappattis. Il y en a déjà de prêts. Elle se passe juste les nerfs. Cela sera fait pour demain.

Elle malaxe, malaxe, fait bouger la pâte qu'elle roule entre ses doigts, qu'elle aplatit pour les façonner encore… Tout en l'observant, Meena se sert un verre d'eau.

Elle sait bien que dans six mois, Preethi partira, abandonnera saris et salwars,[17] pour porter des tenues moulantes et décolletées. Cela ne la gêne pas vraiment. Bien sûr, elle abandonnera une partie de leurs coutumes, mais pas complètement. Et puis, elle reviendra, changée, sortie de sa caste, avec des possibilités d'avenir infinies. Et si elle ne revient pas… hé bien, ce sont eux qui iront la rejoindre ! Cela ne l'inquiète pas.

Non, ce qui l'inquiète, c'est le regard de Rajashri.

Quand elle est venue vivre avec eux, au début de son mariage avec Dinesh, Meena avait très peur. Les histoires « d'accident domestique » qu'on voit dans le journal, où la jeune mariée est brûlée vive, dans la cuisine, sans qu'on sache vraiment d'où vient le feu…[18] Cela la terrorisait. Et sans aller jusque-là, elle redoutait d'avoir à faire face à une belle-mère acariâtre qui lui rendrait la vie impossible.

Heureusement, ça n'est pas toujours comme ça. Chez ses parents, cela se passait très bien. Mais elle savait par ses copines que toutes les

---

[17] Salwar : Ensemble avec un pantalon et une large tunique. Sur les épaules, les femmes mettent par-dessus une très grande écharpe qui pend sur la poitrine de manière à la cacher et dont les bouts retombent dans le dos, parfois jusqu'aux genoux.

[18] Il arrive que les belles-mères maltraitent leurs belles-filles comme elles ont elles-mêmes été maltraitées. Et malheureusement, l'épouse n'a pas d'autre choix que de supporter cette situation, car il n'est envisageable ni de divorcer, ni de retourner chez ses parents. Les femmes brûlées vives dans un meurtre qu'on fait passer pour un accident le sont généralement à cause de la dot qui n'a pas été payée à temps ou que la famille n'estime pas suffisante.

mères n'étaient pas aussi chanceuses que la sienne.

En se mariant, elle aussi a eu beaucoup de chance et doit le reconnaître. Rajashri s'est toujours bien comportée avec elle, la laissant vivre à sa guise, et même monter son entreprise. Tant que son fils était heureux, elle n'y voyait pas d'inconvénient.

Elle a même toujours respecté leur intimité.

Par contre, le jour où Meena a osé évoquer l'idée d'envoyer ses enfants en Europe, elle s'est transformée en furie :

— Comment ? Tu es folle ! Une fille seule, en Europe, c'est de la folie ! Et tu sais ce qu'on dit sur les filles en Occident ! Tu sais bien que la tentation est partout, même ici ! Alors là-bas… Imagine, ce qui pourrait lui arriver ! Non, il faut la marier, dès que possible, et elle fera ses études ensuite.

— Calme-toi, Mamiyaar,[19] c'est une opportunité unique ! Il y a des échanges entre les étudiants, et c'est payé par l'état, pas complètement, bien sûr, mais en partie ! Tu ne te rends pas compte, si elle y arrive, ce sera une chance exceptionnelle !

Rien ne pouvait la calmer. Rajashri hurlait qu'elle ne voulait pas que sa petite-fille devienne une traînée, une pute, une étrangère. Et que diraient les voisins ? Non, il faut la marier, un point c'est tout, martelait-elle obstinément.

Mère au foyer avant de finir ses études,[20] ce n'est pas le destin auquel rêve Meena pour sa fille.

Elle essaie d'expliquer à sa belle-mère qu'en procédant ainsi, Preethi ne pourra pas s'élever au-delà de sa caste. Ce qu'elle-même a accompli relève déjà de l'exploit, la corruption est partout, le système est vérolé… Mais Rajashri n'écoute rien et continue de marteler : il faut la marier…

Le problème, c'est qu'elle est très têtue. Depuis plusieurs mois, elle ne cesse d'essayer de faire changer d'avis son fils. Dinesh est très intelligent. Il sait, théoriquement, ce qui est le mieux pour ses deux

[19] Mamiyaar : Nom affectueux donné à une belle-mère.

[20] Souvent, les jeunes se marient, font des enfants que leurs arrière grands-parents élèves alors que leurs parents travaillent et qu'eux-mêmes finissent leurs études. Ils commencent à travailler alors qu'ils ont déjà des enfants qui vont à l'école.

enfants. Mais il est aussi très attaché à leurs coutumes, et envoyer sa fille seule à l'étranger, cela ne se fait pas.

Pour leur fils Vinoth, c'est moins un problème. Même si c'est vraiment moderne, c'est acceptable. Par contre, pour Preethi, c'est une autre histoire. Il a donné son accord de plus ou moins bonne grâce, conscient de ce qui serait le mieux sans pour autant pouvoir se défaire de l'idée que cela ne se fait pas.

Mais si maintenant il changeait d'avis ? Si finalement il décidait que sa place est ici, qu'il faut la marier ? Son cœur se met à battre à toute vitesse à cette idée. Que pourrait-elle faire alors ? C'est lui, l'homme, c'est lui qui décide. Un tel revirement serait dramatique et remettrait tout en cause. Et il n'a jamais été totalement convaincu par ce projet. Malheureusement, ce soir, Rajashri risque de revenir à la charge avec de nouveaux arguments.

Son cerveau réfléchit à toute allure. Il y a fort à parier que sa belle-mère va se servir de Bindu pour démontrer que la vie en Europe pervertit les jeunes-filles. Et avec la façon dont elle est habillée, ce ne sera pas difficile de convaincre Dinesh. Il faut donc à tout prix empêcher qu'il ne la croise.

Meena n'aura aucun mal à casser les arguments de sa belle-mère, à dire qu'elle exagère, si Dinesh ne voit pas la jeune fille et ne se fait pas son propre avis. Elle regarde sa montre. Normalement, il devrait rentrer plus tard. Pourvu que les parents de Bindu arrivent… À moins que… Il lui vient une idée.

Elle se précipite dans la pièce à côté, trouve les deux jeunes en pleine discussion sur la vie à Londres. Preethi a l'air tout excitée. Elle est assise, les mains sur les genoux, et elle s'agite de plaisir en arborant un grand sourire.

Bindu se penche en avant. Son décolleté se fait de plus en plus plongeant. Elle remue d'excitation en racontant différentes anecdotes, ce qui fait bouger sa poitrine. Ce mouvement des seins est choquant, même pour Meena, qui a pourtant l'habitude des coutumes occidentales.

Il faut vraiment empêcher que cette jeune écervelée ne croise Dinesh mais il est délicat de l'interrompre en lui coupant la parole. Preethi a l'air fascinée par son discours :

— Le chocolat ! Tu ne peux pas savoir le goût que ça a tant que tu n'y as pas goûté ! Ce n'est pas le même ; ici, ils ajoutent des trucs dedans et c'est… enfin, c'est moins bon. Tu verras, on ira se prendre un bon café au Starbuck, c'est un peu comme le Coffee Day, mais en bien meilleur… C'est plus… je ne sais pas… plus goûteux…

— C'est vraiment meilleur ?

— Oui, tout est différent, tu verras… Je ne sais pas pourquoi.

Meena profite de l'hésitation de Bindu pour intervenir et lui proposer de la ramener chez elle.

— Il se fait tard. Tu habites loin ?

— Non, c'est à cinq minutes en voiture. Je suis en vacances chez ma tante…

— Alors je te ramène. Préviens tes parents et l'on y va.

La jeune fille hausse les épaules en faisant la moue. Preethi regarde sa mère, les yeux écarquillés.

Au moment où elles s'apprêtent à quitter la maison, une seconde voiture se gare devant l'entrée. C'est Dinesh qui a le temps de les apercevoir. Il est trop tard, il faut même qu'elle reste pour le saluer.

Il observe la jeune fille de haut en bas, d'un œil désapprobateur. Il est facile de deviner ce qu'il pense.

C'est à peine s'ils s'échangent quelques mots de courtoisie. Bindu dit à son mari :

— Je la raccompagne et je reviens.

Il pince les lèvres, sans répondre. C'est encore pire que si elle n'avait rien fait. Maintenant, il va croire que ses parents sont dépravés au point de ne pas venir la chercher. Comme si l'on pouvait laisser une jeune fille de cet âge, seule, dehors…

Dans la voiture, elle ne sait pas quoi lui dire. Elle lui demande, histoire de faire la conversation :

— Ça va ? Ça se passe bien, là-bas ?

— Oui. Ce qui est dur, c'est que les Anglais me regardent comme une étrangère, et quand je reviens ici, ce sont les miens qui me regardent bizarrement.

Bindu saisit très bien l'allusion mais préfère ne pas y répondre. La jeune fille n'a pas menti. Elle indique les rues, à droite, à gauche, tout droit… et en quelques minutes, elles sont arrivées à destination.

Quand elle est descendue de la voiture, Meena attend un instant afin d'être sûre qu'elle est bien rentrée, puis elle redémarre.

Elle trouve son mari assis dans la cuisine avec sa mère qui se lève dès son arrivée. Dix minutes, il ne lui aura pas fallu plus de dix minutes, pour dresser un procès-verbal en bonne et due forme.

Meena pose son sac et se lave les mains avant de commencer à servir le repas de son époux dans un thali.[21] Elle tente de le rassurer :

— J'ai raccompagné Bindu. Je ne sais pas si tu t'en souviens, elle était dans la même classe que Preethi, avant de partir à Londres avec ses parents.

— Tu as vu sa tenue ? coupe-t-il sans même lever un œil sur elle.

— Oui… je sais… je crois qu'elle n'a pas réalisé. Là-bas, c'est normal, tu sais…

— Je sais.

Son ton est particulièrement sec. Elle songe qu'il ne lui a jamais parlé de cette façon, ou alors elle a oublié.

Il commence à manger, avec sa main droite, en prenant les aliments du bout des doigts.[22]

La plupart du temps, Meena s'assoit à table, avec le reste de la famille. Elle ne respecte pas la coutume traditionnelle qui veut que les femmes servent les hommes et qu'elles mangent en dernier. Mais ce soir, une sorte de pudeur l'en empêche. Elle appelle son fils, Vinoth, qui s'empresse de venir dévorer son repas. Rajashri a l'air ravi. Elle ne dit rien, mais on peut sentir une grande satisfaction dans son attitude.

Jusqu'à présent, elle n'a pas eu trop d'influence négative sur son fils. Bien qu'en Inde, le lien entre l'homme et sa mère soit le plus puissant, plus fort que celui qui le lie à sa femme, elle n'avait jamais eu de problèmes avec elle… jusqu'à ce qu'elle évoque l'idée d'envoyer Preethi en Angleterre.

Lorsqu'il a fini son repas, Dinesh se lève de table et regarde sa femme, droit dans les yeux :

— Elle n'ira pas à Londres. Elle s'inscrira à l'université de Chennai.

— Quoi ? Je te demande pardon ?

---

[21] Thali : Large assiette en métal dans laquelle on dispose les aliments les uns à côté des autres. C'est le plat traditionnel dont on se sert pour manger. Parfois, on y place une grande feuille de bananier avant de servir les aliments.

[22] L'annulaire, le majeur et l'index se collent et courbent pour former une petite cuillère manuelle. Les règles sont assez strictes. On mange avec la main droite, jamais la gauche et l'on se lave les mains avant de passer à table.

Elle est complètement abasourdie. Aurait-il changé d'avis ? Ce n'est pas possible. Il prend soin de bien articuler chaque syllabe :

— Preethi n'ira pas à Londres, répète-t-il. Vinoth pourra y aller, s'il le souhaite, mais pas Preethi. C'est une fille. On va lui trouver un mari.

En entendant ces mots, Meena voit son univers basculer. Tout s'écroule dans sa tête, c'est pire qu'un cauchemar. Elle s'y attendait mais ne peut pas y croire. Ça n'est pas possible.

— Non, tu ne peux pas faire ça ! s'écrie-t-elle. Tu ne peux pas décider, comme ça, du destin de ta fille…

Il la regarde, les sourcils levés. Sa voix monte et il agite ses bras en parlant. La colère, mais plus encore la crainte, sont nettement perceptibles dans son discours. Mais que craint-il le plus ? De perdre sa fille ou de voir la honte s'abattre sur sa famille ? Le drame de Dinesh serait que ses voisins disent du mal de lui… C'est ça le problème.

Meena observe son mari sans vraiment l'écouter. Sa faiblesse la dégoûte. Voilà bien un homme… un lâche, comme les autres… Il s'écrie :

— Tu as vu cette fille ? Tu as vu ce qu'elle est devenue ? Ses parents sont avec elle pour la surveiller, et quand elle revient, elle ne respecte plus rien. Je ne sais pas ce que tu veux pour Preethi, mais moi, je ne veux pas ça. Entends-moi bien : elle ira à l'université de Chennai et l'on va la marier.

Sur ces mots sans appel, il se retourne et quitte la pièce, suivi de sa mère sur le visage de laquelle se dessine un sourire victorieux.

Meena s'effondre sur le sol, accroupie, adossée au placard de la cuisine, seule, et se met à pleurer. Ce lâche n'a même pas le courage de l'affronter, d'écouter ce qu'elle a à dire. Il sait bien ! Il sait bien qu'il prive sa propre fille de son avenir ! Il est parti sans même essayer d'en discuter.

La vérité, c'est qu'il a peur… qu'est-ce que cela peut faire, au fond, qu'on porte des jeans ou des décolletés ? Il faut évoluer, sortir de ce système de castes absurde, de ces traditions d'un autre siècle.

Dans la pièce d'à côté, on entend la télé qui passe le générique d'une sitcom américaine. Preethi est probablement en train de regarder une série sans intérêt, s'imaginant déjà sur le campus de sa prestigieuse université…

Meena recouvre sa poitrine de son dupatta[23] et l'ajuste sur ses épaules. Adossée au placard de la cuisine, elle regarde par la fenêtre. La lune est pleine.

Demain, elle parlera à son mari. Il ne changera pas d'avis. Mais s'il reste sur ses positions, ce sera à lui d'annoncer la nouvelle à Preethi.

Qu'il assume.

Et devant la lune blanche, elle ferme ses yeux et se met à pleurer silencieusement, autant de colère, de tristesse que de dépit.

[23] Dupatta : Très longue écharpe traditionnelle que l'on met sur le salwar. Le salwar, c'est un ensemble composé d'une tunique et d'un pantalon. En principe, tout est assorti. L'écharpe a la particularité d'être portée à l'envers par rapport à nos critères. Au lieu d'être autour des épaules et de retomber sur la poitrine, elle vient recouvrir la poitrine et retombe dans le dos.

5 Akim

Il travaille dans un hôtel cinq étoiles situé sur Anna Salai depuis environ quatre ans. Avant, il était standardiste dans une société de téléphonie mobile. Aujourd'hui, il est portier. C'est plus fatigant, mais mieux rémunéré, grâce aux pourboires faramineux que laissent certains touristes.

Tant qu'il sourit, reste poli, et tente de satisfaire Monsieur ou Madame du mieux qu'il peut, les patrons sont contents. Il tient la porte, prend les bagages, monte aux chambres et encaisse les pourboires. Ni vu, ni connu. Pas d'embrouille. Ou plus exactement, tout à fait toléré. Il ne viendrait à personne l'idée de lui reprocher d'avoir accepté une centaine de roupies d'un client. Ça reste honnête.

C'est d'ailleurs pour cette raison qu'il aime bien les étrangers. Les Indiens, eux, ne laissent jamais que cinq ou dix pièces par bagage. Avec les autres, par contre, c'est parfois le jackpot. Lui qui est payé cinq cents roupies la journée, arrive à multiplier son salaire par quatre, grâce aux généreux billets qu'on lui laisse. C'est donc une excellente place, que celle de portier. Et il ne l'échangerait pour rien au monde.

Il aime bien son costume. Un vêtement traditionnel, tout à fait pittoresque, qu'il ne porterait jamais en pleine rue mais qui a un certain charme. Une veste légère, rouge avec des épaulettes tressées et des boutons jaunes, ouverte sur le torse et portée sans chemise, à même le corps, le tout sur un pantalon de la même couleur, une petite rayure or sur le côté. Pour clore l'ensemble, un turban tressé un peu à la façon des Sikhs.

Cela le fait sourire de porter ce vêtement. Lui, il est musulman, alors les traditions hindoues lui passent au-dessus de la tête. Mais ce costume, ça a quelque chose qui lui plaît. Et surtout, cela plaît aux touristes et rapporte de gros pourboires.

Aujourd'hui, il attend debout, devant l'entrée, comme il le fait toujours. Ce soir, ils sont quatre employés. L'un ouvre et ferme la porte, l'autre fait passer les bagages dans le scanner, pour vérifier que le client n'apporte pas d'armes ou de choses dangereuses. Un autre encore fouille les hommes, ou utilise un appareil qui sonne au contact du métal.

Dans une petite pièce séparée d'un simple rideau et aménagée exprès, une femme procède à la même recherche sur les clientes.

Et comme il serait impensable, si plusieurs personnes arrivaient en même temps, que le portier soit parti et qu'il n'y ait personne pour les accueillir, ils sont toujours au moins trois à attendre, et l'on se relaie en tournant sur les différents postes en cas d'affluence.

Une Toyota Innova, énorme berline de sept places, s'avance au milieu de l'allée. C'est une voiture privée. Elle n'appartient pas à l'hôtel. Quand elle s'arrête, il se précipite pour ouvrir la porte à Monsieur. Il reconnaît le Français qui a séjourné ici, il y a quelque temps. Il lui a déjà donné cinq cents roupies de pourboire le premier jour, puis un billet de cent à chaque autre passage. Un bon client. Malheureusement, il n'a dormi là que cinq nuits. Ensuite, Akim ne l'a revu qu'épisodiquement, comme ce soir.

De l'autre côté, un second portier s'occupe de Madame. S'il était seul, elle se débrouillerait pour ouvrir sa porte.[24]

La portière du chauffeur s'ouvre aussi, et il reconnaît Shiva. Il l'a aperçu plusieurs fois, ces dernières semaines. Il ne le connaît pas personnellement, mais il n'a jamais vu personne d'autre emmener ce couple d'étranger au restaurant de l'hôtel. Il a l'air de travailler pour eux, exclusivement.

Malheureusement, ces gens qui viennent pour manger n'ont pas de bagages lourds à porter, ce qui signifie : pas de pourboire pour le

[24] En général, par exemple au restaurant, on sert les hommes en premier.

portier.

Il les accueille de façon traditionnelle, en joignant les mains et en s'inclinant :

— Namasté ![25]

— Namasté ! répond Madame en lui rendant son sourire et en mimant le geste de bienvenue.

Il a un travail à effectuer. Il lui faut prendre le sac à main de la dame et le faire analyser au scanner, ainsi que la pochette de Monsieur, ou tout autre bagage, s'ils en ont un. C'est une mesure de protection, pour éviter les attentats à la bombe. Cela ne dérange pas les clients indiens ; au contraire, ils sont contents qu'on fasse attention à eux. Par contre, avec les blancs, c'est toujours plus délicat. On a l'impression qu'ils ne comprennent pas que c'est pour leur bien qu'on doit les fouiller.

Le sourire de Madame disparaît quand il lui prend son sac et lui dit d'aller voir une hôtesse, pour qu'elle lui passe un scanner à main, sur le corps. Monsieur attend son tour, sans rien dire. Bien évidemment, pour un homme, c'est un autre homme qui fait la fouille.

Quand ils entrent dans l'hôtel, les trois réceptionnistes les saluent en joignant leur main et en s'inclinant de façon traditionnelle. Puis le couple disparaît. Il se dirige sans doute vers le restaurant international.

Dans le même temps, le chauffeur a disparu avec la voiture, qu'il est sans doute allé garer. Une idée folle prend Akim, tout à coup. Une idée qui pourrait rapporter gros.

Il s'éclipse discrètement, prétextant une envie urgente. Normalement, il n'a pas le droit de quitter son poste, mais ils sont trois portiers, il n'y a pas foule, et en général, il est le premier à couvrir ses collègues. Personne ne verra, ni ne dira rien.

À l'arrière de l'hôtel, il y a une salle pour les chauffeurs. Il parcourt l'endroit d'un bref coup d'œil sans trouver celui qu'il cherche. Il a dû rester dans son véhicule. Cela, Akim le comprend parfaitement. Cette pièce est absolument épouvantable, le soir : sombre, chaude, pleine de moustiques à la tombée de la nuit. Le personnel de l'hôtel dort sur

[25] Namasté : Salut en tamoul

des nattes en paille posées au sol. Ces hommes n'ont pas le droit d'utiliser les voitures qu'on met à leur disposition pour y dormir. Ils attendent là, qu'on les appelle chacun leur tour pour emmener un éventuel client où bon lui semble.

Les chauffeurs privés peuvent faire ce qu'ils veulent. Le siège d'une Toyota ou d'une Renault est généralement plus confortable que cette pièce, surtout qu'il est possible d'utiliser la climatisation pour se rafraîchir.

Shiva se trouve dans le parking. Il est confortablement installé et regarde un DVD en tamoul, dans le lecteur portatif qui est intégré à la voiture. Parmi les chauffeurs, il y a une hiérarchie qui dépend de la taille de la voiture, et de ses options. À en juger par ce confort, celui-ci a une bonne place.

— Hé toi ! Je peux te parler deux minutes ? dit-il en tapant sur la vitre.

Akim a dû lui faire peur. Il semble complètement ahuri. Il ouvre sa fenêtre et le regarde, la bouche ouverte. Il faut dire qu'eux deux ne sont pas vraiment de la même caste.

— Je peux m'asseoir à côté de toi ?

Dans la voiture, ils auront moins de chance d'être vus que si Akim reste debout, dehors. Pendant qu'il fait le tour pour s'asseoir sur le siège passager, Shiva enlève le journal qui traîne et se dépêche de rendre l'endroit plus présentable.

— Alors, demande-t-il, ça fait longtemps que tu travailles pour ces gens ?

— Pourquoi ?

Le type se méfie. C'est un peu normal. Il va falloir l'amadouer. Il a les sourcils froncés et le regarde de travers.

— Comment tu t'appelles ?

— Shiva.

— Moi, c'est Akim. Ne t'inquiète pas. Je cherche du travail pour ma femme. Quand j'ai vu ces gens, j'ai pensé… on ne sait jamais.

Le type se déride. Il agite la tête. Il dit :

— Ça fait deux mois que je suis avec eux. Ils vont rester vivre ici pendant trois ans, qu'ils m'ont dit.

— Trois ans ? Ils cherchent des domestiques ?

— Pour l'instant, non. Mais ça ne va pas tarder, je pense. Ils sont dans une maison, comme un hôtel. Je crois qu'ils emménagent bientôt. Monsieur m'a dit que les affaires vont arriver avec un bateau.

— S'ils cherchent une bonne, passe-moi un coup de fil.

— Pourquoi je ferais ça ?

— Parce que, si tu fais engager ma femme, tu peux toucher une commission. La moitié du premier mois de salaire.

Shiva le regarde en biais. Il réfléchit.

— Elle est comment, ta femme ?

— Elle est très bien.

— C'est-à-dire ? Si je dois la vendre, je dois savoir quoi dire.

— Elle s'appelle Anita, et elle est chrétienne.

— Bon. Je vais voir. Il y a ma femme, aussi. Mais elle ne parle pas anglais, et Madame m'a dit qu'elle veut des gens qui peuvent parler. La tienne ?

— La mienne parle bien anglais. Elle était standardiste, avant.

— Ah, d'accord. Ça peut marcher. Par contre je veux un mois entier de salaire, si elle est engagée.

— Quoi ? Non… la moitié.

— Si. C'est ce qui se fait. Je ne suis peut-être pas de chez toi, mais je connais le truc. C'est un mois de salaire.

Le type est loin d'être idiot. Akim ne connaît pas le couple de blanc, mais il devine que ce serait une excellente place pour sa femme. Et puis, si jamais ça ne valait pas le coup, elle pourrait toujours refuser le poste, et il n'aurait rien à payer. Dans tous les cas, il faut essayer. Rien à perdre.

— Ok. Un mois de salaire. Note mon numéro.

Le chauffeur prend son portable, un vieux modèle de Nokia, et tape les chiffres notés par Akim.

Quand il a fini, son téléphone se met à sonner. C'est une musique typique indienne, chantée en Hindi, comme celles que l'on entend dans les films de Bollywood. Il s'écrie :

— C'est M'sieur !

— Ben répond, lui dit Akim.

Il décroche.

— Oui, M'sieur ? J'arrive M'sieur.

Puis il se tourne :

— Je dois y aller. Je ne sais pas pourquoi, ils ont changé d'avis. Ils veulent aller dans un autre restaurant…

— Bon, ben vas-y… J'attendrai ton coup de fil.

Akim sort de la voiture qu'il voit démarrer en trombe. Il n'aimerait pas être à sa place. Le quotidien d'un chauffeur, c'est d'être toujours là, prêt, se plier aux désirs de son client qui peut changer d'avis d'un moment à l'autre ou décider d'aller se promener à l'autre bout de la ville. Il préfère son boulot. De très loin. Lui, au moins, il sait à quelle heure la journée sera finie.

Il ignore depuis combien de temps il est parti. Pas longtemps. Pour une fois, il peut prendre une pause. Il décide de prendre un petit café avant d'y retourner, histoire de réfléchir à tout ça. Devant l'hôtel, il y a un stand qui est encore ouvert. Pour dix roupies, on peut boire un excellent breuvage, composé de doux lait, de sucre sirupeux, et de café intense. Un vrai délice du quotidien qui donne du plaisir à l'existence.

6 Elsa

Cela fait plus de trois mois qu'elle est arrivée ici. Les premiers jours à l'hôtel furent durs, mais ce ne fut pas le pire. Le vrai cauchemar commença quand ils s'installèrent dans une maison d'hôte où ils restèrent pendant plus de huit semaines en attendant leurs meubles.

Deux mois. C'est le temps qu'il a fallu pour que le bateau en provenance de France arrive à bon port. Un temps incroyablement long, pendant lequel l'entreprise de son mari a refusé de payer l'hôtel.

À la place, une maison d'hôte miteuse, dans laquelle ils ne louaient qu'une simple chambre. C'était très sombre, et les colocataires changeaient toutes les semaines. Une fois, ce fut un Italien, un collègue de Frank, très sympa. Une autre fois, ce fut un Indien, originaire de la région qui lui donna plein de conseils et répondit à toutes ses questions, même les plus naïves. Mais après, ce fut un Indien mal élevé, bruyant et insupportable, qui dès son arrivée les avait réveillés au milieu de la nuit en tapant sur la machine à air conditionné qui ne marchait pas.

Outre le fait de partager son appartement avec des étrangers, Elsa a eu du mal avec la cuisine : petite, presque pas équipée… et surtout, elle ne savait pas où faire les courses. Qui n'a jamais tenté de laver une salade dans une casserole avec une bouteille d'eau minérale et de faire cuire des pâtes sans passoire, ne peut pas comprendre ce qu'on ressent dans une maison d'hôte indienne quand on est français.

Aucun doute que la cuisine contenait tout le nécessaire pour pétrir les chappattis et mijoter un curry de lentilles. Néanmoins, pour Elsa, c'était difficile.

Après un mois et demi de bains à l'eau froide, elle priait pour que la température, qui oscillait entre vingt-cinq et trente degrés au mois de septembre, montât très haut et chauffât les tanks sur le toit. Elle imaginait que c'était comme cela qu'on procédait, jusqu'à ce qu'elle découvrît, à l'entrée de la salle de bain, un petit interrupteur, tranquillement posé sur une boîte électrique avec cinq autres boutons dont elle ignorait pour la plupart l'utilité.

Il s'avéra que trois d'entre eux actionnaient différentes lumières, un autre, le ventilateur, encore un mettait en marche la prise électrique et le dernier activait tout bonnement le chauffe-eau.

Oui, il y avait bien un appareil pour avoir de l'eau chaude. C'était l'Inde, certes, mais l'Inde civilisée, pas la brousse. Cette découverte de modernité eut pour effet d'adoucir les derniers jours passés dans cette chambre.

Elle ne fut cependant pas mécontente de voir arriver ses meubles par bateau et de pouvoir enfin préparer son emménagement, dans son appartement, où, comme elle le découvrit par la suite, il y avait aussi un interrupteur pour actionner l'eau chaude.

Ce matin, elle s'est levée de bonne humeur. Cela ne fait que quelques semaines qu'elle est installée, rien ne se passe exactement comme elle le souhaiterait, mais enfin, les choses avancent, petit à petit. Le moral va mieux.

D'abord, elle a visité un hôpital, pour se rassurer. Il y a du tourisme médical et beaucoup d'expatriées accouchent ici sans problème. C'est assez étonnant, mais réconfortant. Avec Frank, ils ne sont plus tout jeunes. Cela fait un petit moment qu'ils y réfléchissent et ils ont fini par prendre la décision : ils vont faire un bébé. S'ils ne le font pas ici dans le confort qu'offre leur statut, avec la possibilité d'avoir une bonne et une nounou à plein temps, quand sauteront-ils le pas ? Certes, en voyant le fonctionnement de ce pays où rien ne marche correctement, elle se dit qu'elle fait peut-être une erreur, mais enfin, il sera toujours temps de se poser des questions quand elle sera enceinte.

Ensuite, tout se met en place. Elle a mis du temps, mais elle a fini par trouver un bonne qui parle anglais, accepte le salaire de huit mille roupies (et non quatorze mille, ce qui est une paye de chauffeur…), n'exige pas le droit d'utiliser la voiture ou de ne travailler que quatre heures par jour.

Elle en a vu défiler, des bonnes. Et elle s'est rendue compte que celles qui ont travaillé avec des étrangers se mettent à avoir des revendications incroyables : un salaire double, voire triple, des congés payés, un emploi du temps allégé et même une prime pour les fêtes. Elle a vu aussi que toutes ces femmes qui ont une haute opinion d'elles-mêmes ne trouvent pas de travail. L'une des candidates lui a demandé si son chauffeur pouvait venir la chercher le matin. Cela faisait plus de huit mois qu'elle était au chômage… Il faut croire que ses anciens patrons l'avaient trop gâtée.

Elsa en a conclu qu'elle devrait faire attention, avec ses domestiques : les respecter, leur donner ce dont ils ont besoin, mais pas trop non plus… Ne pas oublier qu'on est en Inde et que les rapports humains ne sont pas les mêmes, surtout avec les employés. Un juste milieu difficile à respecter, quand on a des critères occidentaux.

La nouvelle bonne, Anita, ne sait absolument rien faire, à part parler anglais. Elsa s'est dit qu'elle lui expliquerait tout, et que ce serait intéressant de la former. Longtemps avant, elle a travaillé comme hôtesse téléphonique, mais elle a quitté son emploi pour se marier. Ensuite, elle est restée au foyer pendant plus de cinq ans, avant de trouver ce travail.

La Française ne comprend pas bien pourquoi elle a accepté de devenir bonne, si elle pouvait trouver un emploi de standardiste, mais peu importe. Elle parle anglais, et c'est tout ce qui compte. Apparemment, le salaire qui paraissait trop faible aux autres candidates « expérimentées » lui a paru très intéressant.

Et avoir quelqu'un à la maison, ça fait un sacré poids en moins.

La première fois qu'Elsa l'a vue, elle a été étonnée. C'était une grosse femme toute petite, presque toute ronde. Son corps formait une boule. Elsa s'est demandé s'il était correct, mathématiquement parlant, de dire qu'elle mesurait un mètre cube. Après tout, Elle était aussi haute que large…

Elle aurait été fort jolie, si elle avait été un peu plus mince. Son visage était rond et attachant. On pouvait lire sur ses traits que c'était une gentille fille.

Ses cheveux longs sont toujours nattés depuis la nuque et elle y attache du jasmin, comme le font la plupart des femmes ici. Le petit bouquet de fleurs ne coûte que quelques roupies, à peine le prix d'un café. Cela parfume, c'est joli, et cela porte bonheur.

Anita n'a pas de point rouge sur le front. C'est parce qu'elle est chrétienne. Quand elle est venue le premier jour, elle a expliqué cela, à Elsa. Apparemment, pour eux, la religion, comme la caste, c'est quelque chose d'important. D'un autre côté, ce sont des gens très tolérants. Elle est mariée à un musulman et cela ne semble pas poser de problème. Un mariage d'amour, a-t-elle dit, avant de demander :

— Et vous, Madame, vous avez fait un mariage d'amour ou un mariage arrangé ?

— Un mariage d'amour, évidemment ! Cela fait des siècles qu'il n'y a plus de mariage arrangé en Occident !

Oui, chez nous, on se marie par amour. La question semble même franchement saugrenue.

Bien sûr, il faut tout lui apprendre et il y a quelques différences culturelles. Mais enfin, une femme qui maîtrise si bien les langues est forcément suffisamment intelligente pour se former à un nouveau métier.

Elle est motivée, semble honnête, et ravie d'avoir trouvé cet emploi. Comment Shiva l'a-t-il connue ? C'est une bonne question. L'amie d'un ami, a-t-il dit, et, il a ajouté :

— Vous n'avez rien à payer pour ce service.

Elle n'a pas cherché à en savoir davantage.

Anita est jeune, courageuse, accepte de travailler du lundi au samedi, ne rechigne pas. Et surtout, elle parle anglais. Voilà le critère principal de sélection.

Le premier jour, Elsa lui a demandé de laver les rideaux du salon, paire par paire. Le second jour, elle a continué en lavant à nouveau les rideaux du salon —les mêmes que la veille— sans retirer les crochets en plastique.

C'est juste qu'elle doit être tête en l'air, l'excuse la Française, quand elle y songe, et comment peut-elle deviner qu'il faut retirer les attaches, si l'on ne le lui explique pas ? Évidemment, elle ne s'est jamais servie d'une machine à laver… Ce n'est que cela.

Et elle se répète qu'une fille bilingue, qui a fait des études, ne peut pas être complètement stupide. Non. Elle apprendra, c'est tout.

Quant aux pâtes qu'elle a faites cuire à la cocotte-minute, c'est comme le reste. Un problème culturel. Oui, c'est ça… juste une question de différences, qui s'effaceront avec le temps.

Il est dix heures trente. Anita est arrivée il y a peu et s'est mise de suite au travail. La table en verre du salon semble plus sale après qu'elle l'a nettoyée. Mais qu'est-ce qu'elle a encore fabriqué ? Aurait-elle utilisé une éponge ? Sur une vitre ? Sans doute… Il va falloir aussi lui montrer comment fonctionne le spray…

Pendant qu'Anita s'évertue à passer le balai dans la maison, Elsa s'enferme dans son bureau. Elle a d'autres choses à faire que de s'occuper de la maid[26] : il faut absolument qu'elle arrive à joindre le consulat pour s'inscrire au registre des Français de l'étranger. Elle s'assoit devant son écran d'ordinateur et peste contre sa clef 3G qui n'offre pas une connexion de bonne qualité, contre le site de l'ambassade dont elle ne comprend pas le fonctionnement et contre le monde entier parce qu'elle ne trouve pas les renseignements qu'elle cherche.

C'est très important, lui a expliqué Frank il y a deux semaines, répétant les paroles de son collègue Hervé :

— En cas de problème, d'épidémie, de tremblement de terre, d'attaque terroriste, ou de n'importe quoi, tu es mise sous la protection du consulat et rapatriée dans certains cas… Et puis, pour refaire tes papiers, ou pour n'importe quoi, ça va plus vite… Pour pouvoir voter aussi.

— Et ça n'est pas obligatoire ? a demandé Elsa, naïvement.

— Non. Mais fais-le, c'est juste un papier à envoyer, avec deux-trois documents et une photo… Enfin, c'est ce que m'a dit Hervé. Moi, je ne sais pas…

Juste un papier, a-t-il dit, comme si c'était facile. Ce matin, Elsa s'est levée de bonne humeur. Mais depuis une demi-heure qu'elle est

[26] Maid : Bonne à tout faire en anglais. Le mot est utilisé par les expatriés davantage que le terme français.

devant son écran, elle se retient de ne pas jeter par terre l'ordinateur qui ne lui donne pas ce qu'elle veut.

C'est ce moment précis que choisit Anita pour sortir de la machine à laver les rideaux de la chambre d'amis. En lambeaux. Elle frappe à la porte du bureau, entre sans bruit et murmure avec, dans un panier en plastique, le tissu déchiré, comme si on l'avait passé au destructeur de documents.

— Madame, je les accroche directement ?

Elsa respire à fond, retient son mépris, son agacement, sa colère, ses larmes, et tente de réunir au fond d'elle ce qui lui reste d'empathie, de compréhension et de sagesse. Elle se tourne alors vers Anita et articule nettement :

— À quelle température as-tu lavé ces rideaux ?

— Comme vous avez dit, Madame.

— Ça m'étonnerait…

Elle se lève et se dirige vers la machine à laver. Après une discussion relativement calme sur le fait que le synthétique se lave à trente degrés, et en aucun cas à quatre-vingt-dix, que d'ailleurs, dans le doute, elle ne lave rien à plus de trente, à part les draps et les serviettes, Anita finit par reconnaître qu'elle a, peut-être, confondu les rideaux avec des torchons.

Dépitée de voir ses beaux rideaux abîmés, elle songe pour se consoler qu'elle en fera fabriquer de plus beaux et moins chers, se remet calmement à son bureau et finit par trouver une liste de numéros de consulat.

Elle parcourt la page des yeux… Delhi… Mumbai… Pondichéry. Il n'y a pas de consulat à Chennai. Évidemment. La plus grosse communauté française du Tamil Nadu se trouve à Pondichéry, où vivent plus de quatre mille expatriés, d'après ce que Frank lui a expliqué.

Elle compose le numéro et tombe sur un message étrange auquel elle ne comprend rien. Elle recommence encore, même message. Un répondeur, peut-être ? C'est bizarre… Ça devrait parler Français… Elle note le numéro sur un papier. C'est peut-être une question d'indicatif… Elle n'a jamais rien compris aux chiffres qu'il faut utiliser en fonction de l'état, et du téléphone… C'est différent si c'est un fixe ou un portable… Et quand elle compose le numéro en entier, parfois cela ne marche pas. Elle ne comprend pas comment cela fonctionne. D'ailleurs, est-ce que cela fonctionne ?

Il faudrait poser la question à un Indien, mais à qui ? Anita est très gentille, mais… Elsa pose le papier sur son bureau, et laisse ça pour plus tard. Elle aimerait bien surfer sur le net, mais cela ne marche pas. Elle appellerait bien une amie, mais elle n'en a pas dans ce pays. Elle joindrait bien sa mère par skype, mais la connexion n'est pas bonne.

Voyons les choses du bon côté, songe-t-elle. Au début, nous n'avions même pas le gaz. Maintenant, je peux cuisiner, j'ai de l'eau potable, un téléphone et un semblant de connexion internet… Je vais y arriver, se répète-t-elle, pour s'en convaincre.

Pour se détendre, elle décide de regarder un peu la télé. Cela lui fera travailler son anglais, en plus.

Il y a un mois environ, un type est venu installer un satellite et une connexion. Ils ont toutes les chaînes proposées par le distributeur Dish TV. Ils peuvent même regarder TV5 monde, la télévision en Français.

Au moment de l'installation, elle a payé un an d'abonnement en pensant que ce problème serait réglé pour de bon et qu'elle pourrait se détendre avec son mari devant un film.

Elle prend la télécommande et commence à murmurer : non, non, non… Ce n'est pas possible… Un petit message jaune s'affiche sur l'écran : vous n'avez pas réglé votre abonnement. Contactez votre revendeur.

De colère, elle jette la télécommande sur le tapis, prend la tête dans ses mains et sent les larmes monter.

Anita passe devant la porte, elle est en train de nettoyer le sol, comme elle le fait tous les jours. Elsa reprend bonne contenance. Elle ne doit pas pleurer devant cette femme. Elle ne comprendrait pas. Elle doit absolument se reprendre, et surtout, ne pas pleurer.

Elle sèche ses larmes, se lève, fouille dans ses affaires et retrouve le numéro du revendeur qu'elle a eu la bonne idée de noter, puis elle appelle Anita.

— Oui, Madame.

— Il y a un mois, ce Monsieur m'a installé la télé. J'ai payé pour un an. Et maintenant, cela ne fonctionne plus.

— Ok, Madame.

— Je veux que tu appelles et que tu règles ça avec lui.

— Ok, Madame.

Elle prend le téléphone, compose le numéro et commence à parler en tamoul, tout en agitant sa main, comme on le fait avec les enfants pour mimer une marionnette. Les Indiens font souvent cela. Ils ont toute une gestuelle du corps, qui n'est pas familière à Elsa. Elle l'observe, pendant qu'elle parle très fort, sans pour autant sembler énervée ou agacée. Elle sourit, même.

— Il va venir, Madame, annonce-t-elle fièrement.

— Quand ? répond-elle, dubitative.

— Ça, il ne l'a pas dit. Mais il va venir.

— Alors écoute, je veux que tu notes son numéro et que tu l'appelles tous les jours, jusqu'à ce qu'il passe. Tu peux faire cela ?

— Oui, Madame.

Elle répond avec un sourire un peu niais, en hochant la tête de gauche à droite. Au même moment, le téléphone sonne. C'est Frank. L'idée d'entendre le son de sa voix lui remonte le moral. Elle décroche et répond gentiment :

— Oui, mon cœur ?

— Je craque. J'ai demandé à ma secrétaire d'acheter une machine à expresso et elle me ramène du jus de chaussette à l'américaine. J'en peux plus… Tu peux essayer de me trouver ça, s'il te plaît ?

— Heu… je trouve ça où ?

— Hervé m'a dit que sa femme en a acheté une, à Mylapore.

— Mylapore ? C'est quoi ? Une boutique ?

— Non, c'est un quartier.

— Et avec ça, tu veux que je trouve une machine à café ?

— Demande au chauffeur.

— Bon… je vais voir ce que je peux faire…

— Merci, à ce soir.

— À ce soir. Je t'aime…

Il a raccroché. Il n'est jamais très bavard au téléphone, et encore moins quand il appelle du boulot. Là, il lui demande de réaliser un exploit. Trouver une cafetière à expresso, sans adresse, avec juste un nom de quartier pour se repérer, c'est du niveau de mission impossible. En a-t-il conscience ? Il y a fort à parier que non. Elle prend le pari et relève le challenge. Si elle y parvient, elle lui fera plaisir, et cela suffira à égayer sa journée. De toute façon, ce matin, elle n'a réussi à rien faire, alors, quel que soit le résultat, le bilan ne sera pas plus mauvais au final.

Trente minutes plus tard, elle est dans la voiture, avec Shiva qui semble être autant dans une impasse qu'elle-même en considérant la mission qui leur a été confiée. Il s'exclame :

— Mais, Madame, c'est grand, Mylapore... Vous voulez aller où, exactement ?

— Je cherche une machine à café.

— Je peux vous acheter ça à côté, si vous voulez... Il y a une boutique, juste là...

Elle le regarde avec méfiance. De toute façon, dans ce pays, on n'est jamais sûr de rien. Peu de chance qu'elle trouve ce qu'elle cherche ici, mais on ne sait jamais.

— Ok, on va à ta boutique.

Dix minutes plus tard, elle se trouve devant un petit magasin sombre, ouvert sur la rue, sans climatisation, avec une jeune Indienne charmante qui lui colle aux fesses en souriant et en dodelinant de la tête. Elle lui parle en tamoul. Elsa lui répond en anglais. Elle continue d'hocher la tête en souriant. La Française commence à s'énerver... elle demande :

— Anglais ? Parles-tu anglais ?

— Heu... yes, M'dame.

— Je cherche une machine à café.

— Ok, ok.

Elle dodeline de la tête, en diagonale, toujours d'une façon bizarre qui n'est ni un oui, ni un non, et qui commence à exaspérer Elsa. Mon Dieu, songe-t-elle, c'est pas possible... plus ils agitent la tête en disant « ok, ok » frénétiquement, moins ils comprennent ce que je leur dis...

Finalement, elle prend son téléphone et appelle Shiva qui est resté dans la voiture à l'attendre.

— Explique-lui, s'il te plaît, que je veux une machine à café.

— Oui, M'dame.

Elle lui passe le combiné. Le visage de la jeune vendeuse s'éclaire, elle farfouille dans ses ustensiles en métal et sort une espèce de cylindre en inox[27] qu'elle arbore fièrement en disant :

— bon, M'dame ! Bon, bon, M'dame !

Elsa hurle presque sur la petite vendeuse tant elle est exaspérée. Elle sait qu'elle doit se contenir et que la pauvre n'a rien fait de mal, mais elle est complètement à bout. Ce pays la rend folle.

Elle se rue sur la sortie, rappelle le chauffeur et le somme de venir la prendre immédiatement. Évidemment, il n'y a pas de place pour se garer ; celui-ci est allé plus loin. Il fait une chaleur épouvantable, il y a des moustiques, la plupart des gens la regardent en lui souriant. Elle sait qu'elle attire la curiosité parce qu'ils n'ont pas l'habitude de voir des blancs. Elle sait qu'ils n'ont pas de mauvaises intentions à son égard. Malgré tout, elle ne supporte pas d'être observée comme une bête de foire. Elle a envie de les insulter, de leur dire que ce ne sont que des imbéciles qui ne comprennent rien, de taper dans le tas. Elle se demande pourquoi ils ont tous les yeux tournés vers elle. Est-ce qu'ils sont vraiment curieux ? Ou bien, est-ce comme dans certains pays du Maghreb où l'on regarde les touristes en riant et où on les insulte en arabe ?

Elle n'a aucune idée de ce qu'ils se disent. Cela lui pèse de le reconnaître, mais ces centaines de paires d'yeux braqués sur elle lui font peur.

Encore quelques minutes dehors, et, c'est sûr, elle va se retrouver entourée de mendiants qui voudront lui soutirer de l'argent. Elle déteste cela. Tous ces enfants sales, ces femmes au visage ravagé… Que peut-elle faire pour eux ? On ne peut pas sauver le monde entier…

Enfin, après une attente qui lui semble infinie, sa voiture s'arrête devant elle, et elle se jette dedans, avant même que le chauffeur n'ait eu le temps de sortir lui ouvrir la porte.

---

[27] La machine à café traditionnelle est un appareil de forme cylindrique qui s'ouvre par le haut et par le milieu. A l'intérieur, une petite passoire permet de filtrer l'eau. Le récipient du bas recueille le liquide bouillant qu'on verse sur une bonne quantité de café. On laisse filtrer plusieurs minutes avant de récupérer un café très épais imbuvable tel quel. Les Indiens le mélangent avec du lait et du sucre, parfois aussi avec du massala. Le résultat est un café au lait très savoureux.

Il est presque treize heures. Elle est partagée entre son envie de faire plaisir à son mari et son désir de tout brûler, de rentrer, de s'isoler, pleurer en se jetant sur son lit et en tapant dans l'oreiller pour passer ses nerfs. D'un autre côté, elle n'a pas envie d'accepter son échec. Si seulement elle pouvait réussir une seule chose aujourd'hui, alors qu'elle n'a pu joindre le consulat, faire marcher la télé et qu'Anita a bousillé les rideaux…

Elle ordonne, sèchement :

— Mylapore.

Sur le chemin, Shiva reste silencieux. Il lui a dit qu'il n'a aucune idée de l'endroit où il peut trouver une machine à expresso… Il ne sait pas où ils vont, elle non plus. Elle réalise qu'elle n'a pas mangé et qu'elle a faim.

— Arrête-moi à un restaurant.

— Lequel, M'dame ?

— N'importe. Un truc indien. Pas cher.

En parlant, elle réalise qu'elle fait peut-être une erreur… tant pis. On va faire à sa façon.

Vingt minutes plus tard, la voiture s'arrête devant un Apoorva Sangeetha, une chaîne végétarienne qu'Elsa commence à connaître pour y être allée manger plusieurs fois, toujours avec son chauffeur qui commandait pour elle. Aujourd'hui, elle se lance seule.

Le repas n'est pas cher, mais mieux vaut être bien conseillé, si l'on ne veut pas manger trop épicé. La salle n'est pas climatisée, il fait très chaud, c'est même étouffant. Les gens sont assis les uns à côté des autres, dans une salle exigüe. Elle prend son courage à deux mains, s'installe à une table, entre une vieille femme qui lui jette un sourire édenté et un gros Monsieur au ventre bien bedonnant.

Elle s'aperçoit que tous les regards convergent vers elle. Instinctivement, elle referme le col de son chemisier. Ils sont très tolérants, mais ils n'ont pas l'habitude de voir des décolletés ou des jupes courtes. Et elle n'est pas sûre que son jean soit du meilleur goût. Il faudra, songe-t-elle, que je m'achète des saris et des salwars, pour les journées où je sors comme cela…

Elsa sait que pour éviter de choquer, elle ne doit rien porter de moulant, toujours recouvrir ses épaules et, théoriquement, mettre plusieurs épaisseurs de tissu sur sa poitrine pour en camoufler les courbes. Mais elle n'a pas encore ce réflexe.

Quand le serveur vient, elle commande la seule chose qu'elle connaisse dans l'immense carte de plats végétariens :

— Un Dosa, s'il vous plaît.

C'est une crêpe de riz plate que l'on trempe dans un chutney de noix de coco, de tomate, de coriandre ou dans du dahl. Elle en a mangé souvent à l'hôtel. Si ça n'est pas trop épicé, c'est très bon.

Il doit y avoir vingt personnes en cuisine et pourtant le service est très long, comme dans tous les restaurants où elle est allée.

Lorsque son plat est servi, elle s'étonne de constater qu'il n'y a pas de mauvaise surprise. Son dosa est plié en deux, dans le centre de l'assiette, comme elle en a l'habitude, avec autour un petit bol de dahl et deux chutneys. Exactement ce qu'elle a commandé.

Son préféré, c'est celui à la noix de coco. Il est un peu épicé, évidemment, ce qui le rend nettement moins bon que celui de l'hôtel.

Elle réalise qu'elle a très soif, mais elle n'ose pas demander de l'eau. Sur les autres tables, il y a des carafes. Mais d'où viennent-elles ? Du robinet ? Des bombonnes ?

Finalement, elle avale ce qu'elle peut du repas, laisse le dahl, trop pimenté, de côté et demande l'addition. Quarante roupies, soit moins de cinquante centimes d'euros… Il y a quand même du bon dans ce pays.

Il est presque quinze heures quand elle sort du restaurant. Elle doit rentrer, vérifier qu'Anita n'a pas fait de grosse bêtise, renvoyer la voiture pour Frank. Elle n'aura jamais le temps de voir une boutique à Mylapore. Elle interroge le chauffeur :

— Est-ce loin ?

— Non, M'dame, on y est.

— Il faut combien de temps pour rentrer à la maison ?

— Environ une demi-heure.

— Tant que cela… bon, et ensuite, pour aller chercher Monsieur ?

— Une heure et demie s'il y a de la circulation.

— Tant pis… J'informerai Frank que tu auras un peu de retard. Essaie de me trouver une boutique qui vende des machines à café.

Cette fois, la promenade est rapide. Shiva trouve le même genre de petite boutique que la première fois pour le même résultat. De curiosité, Elsa décide cette fois-ci d'acheter le fameux cylindre à café. C'est un appareil en deux parties qui s'encastrent l'une dans l'autre avec au milieu un genre de passoire et au-dessus un couvercle. Elle devine vaguement qu'on met du café, de l'eau, et qu'on filtre le tout, mais elle n'est pas vraiment sûre de l'emploi de l'objet. Elle verra bien ce qu'en fait Anita. Il ne coûte que trois cents roupies, soit cinq euros.

Enfin, elle retrouve sa voiture. Sur le chemin du retour, elle explique à Shiva ce qu'elle cherche : une machine pour faire des expressos, comme à l'hôtel, sans lait, sans sucre, sans piment… de l'électroménager, comme un appareil à cuire le riz ou un micro-onde…

— Ok, M'dame, je vais essayer.

Tous ces « ok, M'dame » la rendent folle. Mais que faire ? Il faut accepter ce pays et ces gens comme ils sont. L'Inde ne changera pas. C'est à elle de faire des efforts.

La solitude lui pèse de plus en plus. Frank dit qu'il y a pleins d'expatriés et qu'il ne tient qu'à elle de se faire des amis. Tu peux en trouver sur internet, lui a-t-il dit. Mais elle n'a rien trouvé. Elle a bien cherché, pourtant… rien. Peut-être n'est-elle pas douée.

Il paraît qu'il y a une liste de Français à Chennai, que tous les mois on organise une soirée, que les gens se retrouvent dans les hôtels, autour d'un verre à quinze euros, dépensant des sommes scandaleuses pour se rappeler un peu la douceur de leur pays…

Elle désespère. Il faut qu'elle trouve quelque chose, n'importe quoi, pour rencontrer du monde, des gens qui puissent lui dire où acheter son café… Elle en veut à Frank de ne pas faire plus d'efforts. Dans ses collègues, il y a un Français, Hervé. Pourquoi ne les aide-t-il pas davantage ? Pourquoi Frank n'essaie-il pas de lier plus de contacts ? Il pourrait, lui…

Elle arrive chez elle vers seize heures trente et renvoie le chauffeur qui sera sans doute en retard pour prendre son mari. De toute façon, il ne sort jamais à cinq heures, alors il ne fera pas la différence.

Devant la porte de son immeuble, elle trouve le gardien de jour, Ram. Il est assis sur un petit muret et regarde les voitures passer. C'est à peu près ce qu'il fait toute la journée. Elle n'a jamais compris quel était l'intérêt d'avoir un garde comme celui-là. Quelle est son utilité ? Ce n'est pas lui qui la protégerait d'une attaque de voleurs ou qui volerait à son secours dans un incendie… Il est petit, chétif et vieux. Et il campe en bas de son immeuble.

Sauf la nuit. Quand le soir tombe, c'est Vilou, un autre type qui s'installe dans le hall pour y dormir. Lui, il est plus jeune et plus vigoureux. Elle ne l'a jamais vu à l'œuvre, mais elle imagine qu'il est un peu plus fort que son collègue.

Ils sont deux à se reléguer, pour faire le guet. Apparemment, il faut toujours qu'il y ait quelqu'un. Ils ouvrent les portes, distribuent le courrier et aident les voitures à se garer. Si dans certains immeubles, il y a un vrai système de protection, là, ça ne fait même pas joli d'extérieur. On dirait juste qu'un clochard a élu domicile devant chez elle et qu'il est impossible de l'en déloger. Voilà à quoi sert ce gardien.

Enfin, il faut bien qu'il y ait du travail pour tout le monde. Un employé comme celui-là doit gagner… cinquante euros par mois… et encore… C'est la copropriété qui gère cela.

En passant, elle lui donne dix roupies pour le café. Apparemment cela se fait pour le remercier de ses bons et loyaux services. Au début, elle ne voyait pas l'intérêt de lui donner encore de l'argent. Un après-midi qu'elle revenait de courses, elle a vu Shiva, son propre chauffeur, lui donner trois roupies. Surprise, elle l'a interrogé sur ce geste et il a juste répondu, en haussant les épaules :

— C'est un pauvre homme, Madame…

Ce jour-là, Elsa a eu honte. Depuis lors, elle s'efforce de lui donner un petit quelque chose, au moins une fois par semaine. Elle ne veut pas devenir l'étrangère qui distribue les billets, mais elle ne veut pas non plus qu'on dise qu'elle est égoïste. Un curieux équilibre à trouver, dans ce pays.

Anita est assise dans la cuisine, sur le sol, à couper des fruits pour en faire une salade en dessert.

Elsa l'observe travailler avec application. Ses morceaux sont énormes, mal coupés, et mal choisis. Il va falloir la former, lui apprendre à faire la cuisine, et pas seulement le repassage ou le ménage qu'elle ne fait même pas correctement pour le moment. Il va falloir aussi lui apprendre à travailler sur la table. La vue du saladier et des épluchures de pommes par terre ne lui donne vraiment pas envie de goûter cette préparation.

Rapidement, Elsa lui demande de résumer sa journée. Demain, elle lui montrera comment faire une soupe. Aujourd'hui, il est tard. Elle a bien travaillé, elle peut partir.

Enfin seule, elle goûte le bonheur de la tranquillité. En coupant des tomates, proprement, sur une planche en bois prévue à cet effet, elle songe à la journée qui vient de s'écouler et à celles qui ne s'annoncent pas meilleures. Il faut qu'elle trouve une activité. Travailler, être bénévole dans une association, prendre des cours… n'importe quoi.

Elle sait qu'il lui est impossible d'obtenir un visa de travail.[28] Il faut trouver autre chose.

Son anglais n'est pas extraordinaire. Cela l'aiderait beaucoup, si elle pouvait faire un stage ou rejoindre un groupe. Cela doit bien exister, ici… Demain, ou après-demain, ou la semaine prochaine… quand elle aura le temps, elle s'en occupera.

Le temps passe étrangement vite. Le rythme est différent par rapport à la France. C'est dur de l'expliquer, mais comme tout est plus long, on apprend à attendre que cela passe. Maintenant elle peut rester des heures, assise, à regarder les motos, les mendiants, les vaches, les autres voitures, les chèvres.

Avant, elle réglait en une journée ses papiers administratifs, faisait ses courses, lavait le linge et nettoyait l'appartement en entier. Aujourd'hui, il lui faut une semaine pour faire la même chose, avec une maid et un chauffeur.

Elle a bien essayé de montrer à Anita comment travailler plus rapidement. Mais c'est peine perdue. Il lui faut déjà deux heures pour passer le balai dans tout l'appartement, puis un temps infini pour faire les courses, le repassage ou pour cuisiner un repas très mauvais et très épicé.

Elle lui a dit : pas d'épice. C'est simple, c'est précis, c'est clair. Plusieurs fois, Anita a répété : pas d'épices, oui, Madame.

---

[28] Les femmes d'expatriés ont un visa d'accompagnatrice. Elles n'ont pas le droit de travailler. Les conditions pour obtenir un permis de travail sont telles que c'est presque impossible. L'entreprise doit prouver que le travail ne peut pas être effectué par un Indien et le salaire doit être supérieur à vingt mille dollars par an, environ. Il existe une dérogation pour certains métiers, notamment pour enseigner une langue maternelle.

Et systématiquement, quand celle-ci lui prépare un dahl ou n'importe quel autre plat, qu'il soit à base de légumes, de viande, ou de lentilles, il est immangeable ou vraiment très mauvais.

Elle apprendra. Ce sera long, mais elle apprendra. Et quand je partirai, songe-t-elle, ce sera une super employée qui trouvera du travail facilement parce qu'elle connaîtra nos critères européens et notre bonne cuisine française. J'aurai fait une bonne action en lui permettant d'obtenir un meilleur emploi et de s'améliorer… Oui, elle apprendra, se répète-t-elle, avec pourtant un léger doute. À moins que ce soit moi qui finisse par apprendre d'elle…

Vers vingt et une heures, Frank rentre enfin à la maison. C'était bien la peine de réclamer la voiture à dix-sept heures, pense Elsa, sans oser lui faire de reproches. Il travaille dur. Elle n'a pas le droit de se plaindre, elle qui a tout le confort souhaité et pas grand-chose à faire de ses journées…

— Ça va, ma chérie ? Tu as passé une bonne journée ?

Elle lui a répondu mais il n'a pas l'air de l'avoir écoutée. Comme d'habitude, en fait. Il a ses propres soucis et le travail est particulièrement dur, alors les états d'âmes de sa femme... Elle comprend cela. Ça lui fait mal, mais elle le comprend.

— Qu'est-ce qu'on mange ce soir ?

— Une soupe et une salade.

Il a l'air déçu. À quoi s'attendait-il ? À une bouchée à la reine ou une côte de bœuf grillée ?

— J'ai faim, on passe à table ?

Il raconte sa journée. Pour lui, ça n'était pas évident. Les Indiens ne travaillent pas du tout comme il le voudrait. Les collègues ont des soucis dans leurs contrats, des pertes financières énormes sur des projets déjà compliqués… L'organisation est à revoir du début à la fin, mais il a conscience de ne pas pouvoir tout changer. Lui aussi doit apprendre avec eux. C'est dur.

En même temps, il lui change les idées en lui racontant les dernières anecdotes concernant ses collègues : l'assistante va se marier, le collègue espagnol arrive la semaine prochaine… Elle l'écoute, en soupirant. Toutes ces petites histoires remplissent le vide de son existence et l'aident à se sentir moins seule.

Elle aimerait bien raconter aussi des choses intéressantes, avoir des rencontres à évoquer, mais tout ce qu'elle peut dire, c'est que rien n'a marché.

Quand il a fini, il semble réaliser qu'il a fait un monologue tout le long du repas en regardant sa salade avec une moue pensive. En piquant de sa fourchette un gros morceau de tomate, il lui jette un œil par-dessus son assiette et demande :

— Au fait, tu as trouvé ma machine ?

— Non. On est allé à Mylapore, comme tu m'as dit, mais je ne savais pas dans quelle boutique aller… Je vais continuer de chercher.

— T'es un amour. Sinon, qu'est-ce que tu as fait de beau, aujourd'hui ?

Il sourit. Elle aime la façon dont il la regarde et qu'il prononce le mot « amour ». Elle aimerait tant lui dire que tout va bien et qu'elle est très heureuse.

— Rien… pas grand-chose… enfin, je n'ai pas réussi à trouver ta machine, ni à faire ce que je voulais. J'en ai marre. Je craque.

— Je comprends, ça n'est pas facile…

Puis, en avalant une bouchée de salade et de jambon acheté à prix d'or la veille à l'autre bout de la ville, il ajoute gentiment :

— Demain, tu devrais aller à la piscine. Ça te ferait du bien…

Et devant l'œil naïf de son époux, elle se demande si elle doit rire ou pleurer.

Deuxième partie :

Rencontres

1 Ram

L'arrivée des étrangers n'a pas vraiment changé son existence. Au mieux, Madame lui donne de temps en temps dix roupies, pour le café. Ces gens sont très riches, c'est sûr. Ce sont sans doute les plus riches de l'immeuble.

Au début, cela lui a fait plaisir de les voir s'installer. Et il s'est dit que peut-être ils seraient très généreux. En fait, pas particulièrement. Rien n'est vraiment différent, à part qu'ils sont blancs, et que Madame met des robes comme à la télé.

Lui, Ram, c'est le gardien de jour. C'est un vieil homme pauvre, qui ne gagne qu'un salaire de misère. Pour autant, il ne se considère pas comme malheureux. Il mange à sa faim les repas que sa femme prépare le matin, et qu'il emporte dans une petite boîte en métal.

C'est sommaire, assez répétitif, toujours constitué de riz et d'une soupe de lentille ou parfois d'un curry de légumes de saison.

Il faut dire qu'avec son salaire, il peut difficilement se payer mieux que cela. Tout est devenu horriblement cher, avec l'inflation. Ils ne mangent qu'une pastèque à quarante roupies de temps en temps ou des bananes, à vingt roupies le kilo. Le reste, les mangues, les cheetas, ces excellents fruits verts et juteux… c'est une fois par an, à Diwali, la fête des lumières. C'est un luxe qu'il ne peut se payer davantage.

Il a deux enfants. Le premier est vendeur dans une épicerie et le second travaille comme livreur. Deux bons p'tit gars, mariés tous les deux, avec une dot de quelques milliers de roupies. Un pauvre homme comme lui ne pouvait exiger des bijoux ou beaucoup d'argent. Ils sont heureux ainsi. Quand on a de quoi manger et un toit, on n'a pas à se plaindre.

Aujourd'hui, il est vraiment très content. Son aîné vient d'avoir un garçon. Le premier après une fille. Une vraie bénédiction ! Alors, il a acheté des barres chocolatées et en a fait cadeaux aux autres gardiens de la rue et aux habitants de l'immeuble, pour fêter ça. C'est la coutume : quand un nouveau-né arrive, cela se fait d'offrir des chocolats à tout le monde, et malgré ses maigres revenus, il tient à accomplir ce rituel, un peu comme une offrande qui lui porterait bonheur.

Le blanc du troisième étage, Monsieur Frank, lui a donné cinq cents roupies ce matin, en cadeau pour le bébé. Du coup, ses chocolats ne lui ont rien coûté et il a pu régaler tout le monde. Aujourd'hui est vraiment un jour faste.

Il voudrait aller rendre visite à son petit-fils. Malheureusement, il ne peut pas quitter son travail comme cela. Il doit toujours y avoir un gardien, de jour comme de nuit. Il va donc falloir trouver un arrangement, quelqu'un pour le remplacer.

Le boulot n'est pas difficile, mais on ne peut pas s'absenter comme on veut. En général, il suffit de s'asseoir, devant, et de surveiller que tout va bien. Le matin, il faut nettoyer les escaliers et passer un coup devant l'immeuble. Quand une voiture arrive, on ouvre les portes du parking. Au quotidien, c'est tout. Rien de plus.

De temps en temps, il y a aussi de menus travaux à faire. Dans la très brève période où les arbres perdent leurs feuilles, ils convient de les ramasser. Pendant le temps de la mousson, il faut déblayer l'eau pour frayer un chemin.

Il n'a pas le droit de quitter son poste. Il vit presque ici. C'est un peu sa deuxième maison, maintenant. Il est toute la journée, assis, devant l'entrée. Le soir venu, c'est Vilou, le gardien de nuit, qui dort dans le hall d'entrée, sur une natte en paille. On ne doit jamais laisser l'immeuble sans surveillance.

En attendant de trouver une solution pour s'absenter, il fait son travail. Il a bien l'intention de demander à son collègue de le remplacer, mais pour l'instant, il n'a rien d'autre à faire que d'attendre, sur sa chaise.

L'un des chauffeurs arrive. C'est Shiva. Il a déposé Monsieur et revient chercher Madame. Il gare la voiture et monte la prévenir qu'il est à sa disposition. Puis il redescend :

— Elle m'a dit qu'elle ne bougera pas pour l'instant… tu veux un café ? Je te l'offre, propose-t-il en souriant.

Dix minutes plus tard, Shiva revient avec deux gobelets et s'installe à ses côtés. Ici, les nouvelles vont vite. Il est déjà au courant pour la naissance, et pour bien d'autres choses, comme il le lui demande :

— Alors, Monsieur t'a fait un beau cadeau, ce matin ?

— Oui, cinq cents roupies, je suis content !

Shiva sirote son café en regardant ses doigts de pieds. Il porte des tongs, alors que Ram, lui, n'a pas de chaussures. Il n'en a jamais eu. C'est trop cher pour qu'il puisse se le permettre. Ensuite, il lève la tête et demande :

— Tu vas les donner à ton fils ?

— Non. Il sera assez gâté par sa belle-famille.

La vérité, c'est que l'argent dépensé pour acheter des chocolats lui a été bien utile. Et puis, il estime que ça n'est pas son rôle d'entretenir le bébé. Cet argent tombé du ciel lui appartient. Ce qu'il en fait ne regarde pas le chauffeur. Il change de sujet :

— J'ai une petite fille, déjà, c'est le deuxième. Un fils… je suis content !

— Je comprends. Moi, j'ai six filles, et un fils. Et ma femme est encore enceinte… J'espère que ce sera un garçon. Toi, tu as de la chance.

— Oui, beaucoup, répond-il, en pensant au petit qu'il n'a pas encore eu le plaisir de voir.

Les deux hommes dégustent leur café. Ram songe à ses enfants. Il a eu une fille, aussi, il y a bien longtemps, mais elle n'a pas survécu. Une question de malchance, bien sûr. Ou de chance, question de point de vue.

Shiva sort le journal et commence à parcourir quelques articles. Au bout d'un moment, il s'arrête sur une page et lui demande :

— Tiens, tu as lu ça ?

— Non, quoi ?

Il n'achète jamais le journal. Il attend toujours qu'un chauffeur ou un résident ait fini de le lire et le lui passe. Et comme il ne lit pas très bien, même s'il a appris le tamoul à l'école, il parcourt généralement quelques articles intéressants, notamment pour voir s'il y a une information sur les prochaines coupures d'électricité ou si une manifestation est prévue. Les résultats du sport le passionnent, aussi. Mais, malgré lui, il serait bien incapable de le comprendre intégralement. Il demande :

— Qu'est-ce qui se passe ?

— Oh, rien… une femme s'est faite arrêtée. Elle a voulu balancer son nouveau-né d'un train. Tiens, regarde, c'est là…

Et tout en montrant le texte du doigt, il commence à lire l'article à haute voix. La femme a caché son bébé, une fille, dans un sac poubelle, et tenté de le jeter d'un train en marche, espérant passer inaperçue. Peut-être qu'elle a cru qu'il étoufferait là-dedans ? Mais ça n'a pas marché. Les cris du bébé ont alerté les voyageurs qui ont sonné l'alarme. Elle s'est faite arrêtée. Elle risque gros, maintenant. Les juges, ils rigolent pas avec les meurtres de p'tites.

Quand Shiva a fini de lire, il lève la tête et dit :

— Tu as de la chance avec ton petit-fils !

Ram ne trouve rien à répondre. Il hausse les épaules en dodelinant de la tête.

Ça n'a jamais été trop son problème, à lui, ces histoires de filles ou de garçons. Pourquoi Shiva lui parle-t-il de ça ?

Dans son village, on dit que si c'est la mère qui tue sa fille, ça n'est pas un crime. On dit aussi que c'est mieux pour tout le monde. Lui n'a pas d'idées préconçues sur la question. Bien sûr, il a préféré avoir des fils, mais des filles, c'est sympa aussi. Si elle ne quittait pas systématiquement le foyer avec une dot, ce serait super d'en avoir.

C'est vrai, ce qu'on dit, quand on nourrit une fille, ça va dans la poche de la belle-famille et c'est une perte d'argent. Alors oui, il a de la chance avec ses fils, même s'il aime bien les filles aussi.

Avant, on faisait boire aux bébés du sirop de tabac pour les faire mourir. Mais maintenant, il y a des endroits, des docteurs, avec des appareils. Ils voient à travers le ventre. Ils peuvent dire ce que c'est, et ensuite, on fait ce qu'on veut. C'est mieux, tout de même.

Alors bon, cette femme, dans le journal, elle doit être sacrément dérangée, pour vouloir balancer sa p'tite, comme ça. Mais pourquoi lui parle-t-il de ça ?

Il pense à ses enfants. Après ses deux fils, il a eu une fille, qui n'a pas survécu. C'était déjà dur de les élever, alors, ça n'était pas plus mal comme cela. Il n'avait pas beaucoup d'argent. Avec des filles, il n'aurait jamais pu s'en sortir. À l'époque, ces appareils magiques, ces échographies, il n'y en avait pas beaucoup.

Un nouveau-né, au début, ça n'existe pas vraiment. C'est normal, on ne sait jamais s'il vivra plus d'un an, avec les maladies, tout ça... Aujourd'hui, grâce aux docteurs, les bébés survivent beaucoup plus. Mais à l'époque, on ne savait jamais. C'est comme cela que son troisième enfant, sa fille, est née, puis décédée, le lendemain même. Il n'a jamais su de quoi elle est morte. On ne pose pas ces questions et il n'a jamais demandé.

Peu importe ; ce qui compte, c'est qu'il n'a pas eu cette bouche de plus à nourrir.

Ensuite, il a subi l'opération, et n'a plus jamais pu avoir d'enfants. On lui a proposé quelques billets en échange. Il ne savait pas exactement en quoi cela consistait, pensant qu'il s'agissait d'une simple visite médicale, rémunérée. Une expérience grandeur nature qui ne lui ferait pas grand mal.

C'était plus douloureux que ce à quoi il s'attendait. En sortant, il s'est douté qu'on lui avait fait quelque chose et il n'a compris qu'un peu plus tard, quand un ami lui a expliqué ce qu'étaient ces campagnes de stérilisation. Au début, il était très en colère de s'être fait avoir. Puis, petit à petit, il s'est habitué à cette idée. Cela ne changeait rien dans son quotidien ; c'est juste que sa femme ne tombait plus enceinte. Voilà tout. Au fond, c'était mieux ainsi. Ils auraient eu du mal à nourrir une tribu.

Maintenant, Ram a des petits-enfants, et même une fille. Et il est très content. Il sourit en pensant à eux. Shiva lui demande :

— Quand est-ce que tu iras voir ton petit-fils ?

— Ce week-end, je pense. Il faut que je m'arrange avec l'autre gardien.

— Vilou ? Il devrait accepter.

— Oui, oui, il sera sûrement d'accord. Ça m'arrive souvent de le remplacer, la nuit, quand il veut passer du temps avec sa femme. Mais il faut aussi que sa patronne accepte…

Il acquiesce, en hochant la tête. Vilou est gardien la nuit, mais aussi chauffeur le jour, pour Sureka, la grosse Madame du deuxième étage. C'est un homme drôlement courageux, avec ses deux métiers. Il travaille tout le temps et ne voit jamais sa famille. Ram aurait bien fait la même chose, mais il n'a pas le permis de conduire.

Au moment où ils en parlent, Sureka sort de l'immeuble et s'étonne de ne pas trouver Vilou. Elle s'adresse aux deux hommes :

— Où est-il ?

— Attendez, M'dame.

Ram se lève, part en courant à l'arrière de l'immeuble et revient aussi vite, suivi du chauffeur, qui était en train de lire son journal à l'ombre en dégustant un café.

Alors qu'elle s'installe dans la voiture, il se retourne vers le gardien de jour et lui dit :

— Je te réponds en revenant. Je vais lui en parler.

Puis la Clio rouge s'éloigne, emportant la grosse dame dans son beau sari jaune et vert. Ram retourne s'asseoir avec Shiva.

Les deux hommes aiment bien discuter tous les deux, de tout et de rien, de leurs patrons, surtout. Le gardien est friand des petites histoires concernant les habitants de l'immeuble. Dans l'espoir d'un nouveau potin, il demande :

— Alors, ça se passe bien avec les gens du troisième ?

— Oui, je suis content. Mais, Madame, dès fois, elle crie… On dirait qu'elle est folle. Tu sais, elle qui est blanche comme du riz, quand elle s'énerve, elle devient rouge et l'on dirait un coq.

— Ah… oui… C'est pour Anita que ça ne doit pas être facile.

— Je ne sais pas, elle a l'air contente, aussi… je lui demanderai ce soir, en rentrant.

Ram a souvent vu le chauffeur et la bonne partir ensemble avec la voiture. Il semble que Shiva la ramène régulièrement chez elle, avant d'aller chercher Monsieur. Ça n'est pas banal de voir deux domestiques comme eux dans une voiture de luxe, surtout que la jeune bonne se pavane à côté du chauffeur comme si elle avait changé de caste et était devenue la nouvelle maîtresse. Il lui fait remarquer :

— Elle est gentille, Madame, de prêter sa voiture pour la raccompagner.

— Attends, non, corrige-t-il, je ne la ramène pas chez elle ! Je la dépose à la gare en allant chercher Monsieur. Ça lui fait gagner du temps.

Il n'y a que des blancs pour faire ça, laisser la bonne se pavaner avec le chauffeur. Elle aurait tort de ne pas en profiter, Anita !

Il aimerait bien monter là-haut, voir comment c'est, chez eux. Est-ce que c'est comme dans les grands appartements, à la télé ? Ça doit être beau… Il demandera à la bonne de lui montrer, un jour qu'ils ne seront pas là.

— Dès fois, Madame, elle est complètement folle. La semaine dernière, elle a fait tous les magasins de Mylapore pour trouver une cafetière. On aurait dit une danseuse du temple, parce qu'elle s'agitait dans tous les sens.

Le gardien se demande si Shiva exagère. C'est vrai que ces blancs ont des mœurs bizarres, mais quand même, ce ne sont pas des sauvages.

— Les étrangers, ils sont tous un peu zinzin. Cherche pas à comprendre…

— Non… Il y a deux jours, elle est allée acheter une poubelle à huit mille roupies.

— Huit mille ? C'est pas possible…

— Je te jure.

Ram reste estomaqué par la somme. Ils ont les moyens, ces gens-là…

— Et hier, continue Shiva, elle m'a demandé de lui trouver les dates de la prochaine coupure d'électricité. J'ai essayé, je suis allé au centre électrique de la ville, où l'on paie les factures, mais personne n'a pu me répondre. C'est dans le journal la veille, tu sais, on ne peut pas savoir à quel moment cela coupera toute la journée, avant que cela n'arrive…

— Oui, évidemment, c'est logique.

— Alors, Madame m'a dit : c'est normal si ce pays ne marche pas ! Vous êtes tous des incompétents ! Ensuite, elle a dit un truc comme quoi qu'on ne peut pas travailler dans ces conditions, s'organiser c'est pas possible… Je te jure, je ne savais pas quoi faire. J'aimerais bien lui faire plaisir et lui répondre, mais là, je ne peux pas…

— Personne ne peut. Ils ont des drôles de demandes, ces

étrangers…

— Oui, c'est pas facile, des fois. Mais surtout, ils manquent de patience. Enfin, Madame, parce que Monsieur, il parle moins, mais il est plus calme et il ne demande jamais l'impossible.

Au même moment, ils voient Anita descendre les escaliers. Elle s'arrête devant eux et s'adresse au chauffeur :

— Shiva, je vais acheter des fruits avec la voiture.

— Avec la voiture ? s'étonne-t-il. Pourquoi tu n'y vas pas à pied ?

— Pour gagner du temps.

— Tu es sûre ?

— Oui, elle m'a dit de te demander de m'accompagner…

Il s'exécute en grommelant. Ram les regarde partir, stoïque. Effectivement, il ne comprend pas la logique de Madame. Anita a dit « pour gagner du temps » mais c'est absurde. Elle reviendra plus tard, c'est tout. Ces gens ont vraiment de l'argent à gaspiller. Ce n'est pas tous les jours qu'on voit une Toyota Innova conduite par un chauffeur emmener la maid faire des courses. Ils sont pas normaux, ces gens. Et cette bonne commence à prendre un air de Madame, quand elle parle.

Il y a toujours une hiérarchie dans les domestiques. C'est normal. Ce qui l'est moins, c'est la place qu'elle occupe. Normalement, elle devrait être en dessous du chauffeur et non lui donner des ordres. Vraiment, ces gens ont de drôles de coutumes.

Cela dit, lui, sa place ne change pas beaucoup par rapport à d'habitude ; alors finalement, les grands airs d'Anita, il s'en fiche un peu.

Au milieu de l'après-midi, la grosse dame du deuxième est revenue. Elle le félicite pour son nouveau petit-fils, lui donne cent roupies en cadeau de naissance et lui dit :

— Pas de problème pour ce week-end ! Profites-en bien.

Il dodeline de la tête en signe de remerciement.

Plus tard, Shiva repasse avec Anita. Elle porte des sacs pleins de fruits et de légumes qu'elle est allée acheter dans une grande boutique. Ram trouve cela vraiment ridicule. Il y a pleins de vendeurs dans le coin. Pourquoi se pavaner pour aller payer ses produits plus chers dans un endroit climatisé ? Comme si elle avait besoin de ça. En voilà une qui prend ses aises...

Shiva n'a pas de répit. Le pauvre homme, il n'arrête pas. À peine revenu, il repart avec Elsa à son bord. Cinq minutes plus tard, la voiture est encore de retour, mais le chauffeur est seul.

— Alors ? Où est Madame ?

— Chez le coiffeur, juste en face.

Celle-là, elle n'est même pas capable de traverser la rue. Avec les sens interdits et la circulation, elle a dû mettre plus de temps à faire le tour pour accéder au salon en passant par la route que si elle s'était contentée d'y aller à pied. Et comme on ne peut pas s'y garer…

— Tu l'as déposée et tu es revenu ici pour attendre ? C'est n'importe quoi…

— Elle ne veut pas marcher. C'est comme ça. Faut pas chercher à comprendre.

Une heure plus tard, elle appelle Shiva pour qu'il vienne la chercher. À leur retour, Ram ne peut s'empêcher d'esquisser un sourire. Elle s'est fait couper les cheveux, très courts. On dirait une forme de gros champignons avec une queue de lapin qui pend.

Quand elle sort du véhicule, elle se précipite dans les escaliers avec la main sur la tête, comme si elle voulait se cacher.

Enfin, le chauffeur revient avec le blanc du troisième qui lui a déjà donné cinq cents roupies le matin. Au même moment, c'est à Vilou de prendre le service et de monter la garde.

Alors qu'ils sont libres de rentrer chacun chez eux, les deux hommes se regardent :

— On va se prendre un truc à boire ?

Pour une fois qu'il a de l'argent à dépenser, il ne va pas se priver. C'est fréquent que Shiva boive un coup après son service, surtout qu'avec ses patrons blancs, il a souvent de quoi payer. Ram, quant à lui, ne peut pas se le permettre. Mais ce soir, il a les sous, et un bel événement à fêter.

2 Anita

Akim, son mari, a vraiment été inspiré de parler d'elle à Shiva. Certes, ce nouveau job va leur coûter un mois de salaire, que Madame aurait elle-même payé, si elle était passée par une agence. Mais cela vaut le coup. Quelque chose lui fait penser qu'Elsa ne serait pas d'accord, si elle savait.

Anita s'entend bien avec le chauffeur et avec les gardiens. De temps en temps, elle s'assoit avec eux, dehors, pour discuter. Pas longtemps, bien sûr, mais quelques minutes, pour connaître les potins.

Un jour, elle s'est assise sur le pas de la porte, pour attendre Madame. Elle avait oublié ses clefs.

Ce fut l'occasion de faire davantage connaissance avec Ram. C'est un brave homme, bien gentil. Il lui raconta que Shiva avait un problème avec l'alcool.

— Oui, tout le monde le sait, a-t-il dit. Le soir, quand il a fini, il va faire un tour au tasmac.[29] Le matin, il est sobre, mais c'est pas rare

[29] TASMAC : Tamil Nadu State Marketing Corportation. C'est l'entreprise appartenant au gouvernement du Tamil Nadu. Elle a le monopole de la vente d'alcool dans tout l'état. Certains grands hôtels possèdent aussi une licence, mais elle coûte très cher, d'où le prix exorbitant des bouteilles. Les Tasmacs sont des petits magasins où les boissons sont vendues à travers des barreaux. Les clients prennent leur bouteille qu'ils avalent souvent sur place. Le choix

qu'il ait pris une cuite la veille…

— Monsieur et Madame sont au courant ?

— Ça, je ne sais pas… Tu n'as qu'à leur demander…

— Si je fais ça, il va perdre son emploi… non, c'est une mauvaise idée.

Elsa arriva quelques minutes plus tard. En sortant de la voiture, elle afficha un air surpris et mécontent. Dans ses yeux, Anita put lire la méfiance. On aurait dit qu'elle lui reprochait silencieusement de n'être pas au travail et de parler avec un homme. Pourtant, elle ne faisait rien de mal. Et même, pour une fois, on ne parlait pas d'elle.

— Qu'est-ce que tu fais là ?

— J'ai oublié mes clefs, Madame.

— Tu les as oubliées ou tu les as perdues ?

— Non, Madame… je les ai oubliées. Je crois…

À ce moment-là, elle sut qu'une fois dans l'appartement, Madame allait crier. Elle commençait à avoir l'habitude et cela ne lui faisait plus rien. Dès qu'elles eurent passé le pas de la porte, Elsa se tourna vers elle et lui dit avec un ton agacé :

— Je te préviens, soit tu reviens demain avec ton trousseau, soit tu paieras le changement de serrure. À un moment, Anita, tu dois assumer tes bêtises.

— Mais, Madame, pourquoi ? Si j'ai perdu mes clefs, c'est dans le bus… Pourquoi voulez-vous changer la serrure ?

— Parce que, a-t-elle crié, comment puis-je être sûre que tu les as perdues dans le bus ? Tu n'es même pas fichue de me dire si tu les as perdues ou oubliées ! Comment peux-tu savoir qu'on ne te les a pas volées ?

— Vous fâchez pas, Madame, s'il vous plaît, vous fâchez pas… je vais les retrouver…

Ce jour-là, elle eut vraiment peur. Madame était bien capable de lui enlever deux mille roupies de son salaire pour payer le serrurier. Mais finalement, elle les retrouva le soir même, sur son canapé. Elles étaient juste tombées de son sac. Rien de grave.

Peu de temps après, le chauffeur lui a dit qu'il avait perdu son double des clefs. Elle ne savait pas qu'il avait un double. Il lui a dit :

— Madame me les a données avant que tu n'arrives, pour que je

---

n'est pas très varié : bière locale, whisky local, brandy local.

puisse surveiller en son absence. Si elle apprend que je ne les ai plus, elle va vouloir me renvoyer…

— Non. Elle va vouloir que tu payes une nouvelle serrure. Je le sais, parce que ça m'est arrivé.

— Tu ne lui dis rien, hein !

Elle a compris. À sa place, elle ferait pareil. D'ailleurs, cela l'arrangeait, parce que si la situation se reproduisait à l'inverse, elle n'aurait pas à dire la vérité à Elsa. Il lui suffirait de demander à Shiva. À bien y réfléchir, c'était même une bonne chose.

Tout de même, elle s'est demandé pourquoi Madame lui avait laissé ses clefs. Maintenant qu'elle était là, il n'en avait plus besoin. Mais ça n'était pas son problème. Elle n'a pas cherché à savoir.

Dès qu'ils en ont eu l'occasion, ils ont été chez un serrurier. Ni vu, ni connu. Très facile.

Aujourd'hui, en songeant à cette affaire, Anita se dit qu'il faut qu'elle fasse plus attention. Elsa n'arrête pas de le lui dire. C'est vrai. Elle est très tête en l'air. Mais Madame a des réactions qui peuvent être assez violentes. Il ne s'agirait pas de perdre sa place pour une nouvelle bêtise.

Tout en balayant le sol, elle se fait la promesse de ne plus faire d'erreur. Je vais lui faire plaisir, songe-t-elle. Je vais lui préparer quelque chose à boire. Puis, en se penchant pour nettoyer sous le lit, elle aperçoit une étoffe verte et soyeuse qui dépasse. C'est comme un dupatta, mais c'est plus chaud et plus doux. Elle a pris un peu la poussière. Je vais la laver, se dit-elle. Madame sera contente.

Cela lui fait penser qu'elle a intérêt à mettre une machine en route pour pouvoir étendre le linge au soleil. De cette façon, il sera sec le soir, et elle aura fait du bon travail.

Elle ramasse tout ce qui traîne, vide le panier, et s'installe devant la machine pour tout trier, comme Elsa le lui a appris.

Le clair, avec le clair. Le foncé, avec le foncé. La couleur, avec la couleur… Cette jolie écharpe ? Dans le panier à quarante degrés. Le vert est tellement clair. Elle ne voudrait pas risquer de la laver avec des tissus foncés.

Pendant que la machine tourne, elle finit les sols. Quand c'est terminé, elle s'assoit dans la cuisine en attendant les ordres d'Elsa. Pour passer le temps, elle joue avec son téléphone.

Au début, Madame était plus gentille, plus patiente. Et puis, petit à petit, elle est devenue presque méchante. On voit qu'elle est malheureuse.

Anita ne comprend pas pourquoi. Elle est tellement riche, et son mari est tellement beau ! Depuis qu'elle est allée chez le coiffeur, elle est un peu moins jolie qu'avant. Ce jour-là, d'ailleurs, elle est revenue en pleurant. Anita a essayé de la réconforter :

— Vous êtes très belle, comme ça !

— Mais Shiva a dit que je ressemble à une chèvre !

Elle s'est mise à pleurer en disant cela. Quel idiot, ce chauffeur.

— Il n'y connaît rien, Madame. Vous ressemblez à une star américaine. C'est ça, la mode.

Elle a levé les yeux et esquissé un sourire. Cela a semblé la réconforter. C'était vrai que sa nouvelle coupe n'était pas terrible, mais à quoi cela servait de lui en ajouter ?

— C'est tellement court… Je ne voulais pas ça.

— Ne vous inquiétez pas, dans une semaine ou deux, ça commencera à prendre une meilleure forme et à repousser.

Elle est allée directement se doucher, pour voir si ses cheveux prendraient une plus jolie tournure. Évidemment, ça n'a pas marché. En sortant de là, elle ressemblait toujours à une chèvre.

— C'est mieux ?

— Oui, et vous verrez, ça va s'améliorer tous les jours.

Bien sûr, elle a menti. Il faudra des mois pour que cela ressemble à quelque chose. Mais est-ce si important ? Le problème d'Elsa, ce n'est pas son apparence. Non, elle a beaucoup de chance. Trop de chance. Même avec sa tonte bizarre, elle arrive à rester jolie. Son vrai problème, c'est qu'elle ne sait pas ce que c'est que le malheur. À croire que cette femme n'a jamais souffert. Ne sait-elle pas ce que c'est que la maladie ? La mort lui est-elle étrangère ? À l'entendre, c'est comme si la coiffeuse lui avait coupé un bras. Et même comme ça, elle est toujours jeune et belle, mais elle n'en a même pas conscience. Elle ne voit pas que ça n'est pas grave. Dans la vie, il y a des choses qui comptent, et d'autres qui sont sans importance, mais elle est incapable de faire la différence. Alors elle se met dans tous ses états, pour des broutilles. C'est dommage, elle pourrait être tellement heureuse, si elle ouvrait les yeux.

Anita s'aperçoit que la machine est terminée. Elle profite donc de cet instant pour aller accrocher le linge sur la terrasse. Elle prend bien soin de le suspendre, morceau par morceau, méticuleusement, avec des petites pinces pour tout tenir.

Enfin quand c'est fini, elle frappe doucement à la porte du bureau. Une voix claire lui répond :

— Entre !

— Madame, je ne veux pas vous déranger… Qu'est-ce que je dois faire maintenant ?

Elle soupire en la regardant de haut en bas, lève les yeux au ciel, puis répond d'un ton dédaigneux :

— As-tu tout nettoyé ?

— Oui.

Pourquoi est-elle aussi méprisante ? Elle n'était pas comme ça, au début.

— La table aussi ?

— Oui, Madame.

— Les draps, tu les as changés quand la dernière fois ?

— Heu… lundi… ou… mardi…

— Tu en es sûre ?

— Non…

— Bon, je vais te faire un tableau récapitulant ce que tu dois faire chaque jour. Les draps, c'est deux fois par semaine. Je ne suis pas certaine qu'ils aient été lavés récemment.

— Je ne sais pas, Madame…

Elle est vraiment désolée. Ne pas pouvoir répondre à cette question simple la rend mal à l'aise. Malheureusement, elle n'arrive pas à se souvenir… c'était quand ? Elle doit montrer qu'elle est motivée, elle doit réussir dans ce travail… Elle lui dit :

— Madame, vous avez dit que vous m'apprendrez à cuisiner.

— C'est vrai, répond Elsa, l'air étonnée. Tu veux apprendre ?

— Oui, Madame.

— Bien… Attends-moi dans la cuisine, j'arrive.

Anita s'exécute et s'assoit sur le sol, en attendant. Elle en a de la chance, tout de même. Madame lui donne à manger le midi, soit des restes, soit des plats qu'elle a le droit de se cuisiner elle-même avec les courses payées par Madame. Quand elle a demandé du savon, Madame en a acheté. Quand elle a dit qu'un peigne pour se recoiffer le soir avant de rentrer lui serait utile, Madame a aussi accepté.

Et même, un jour, Madame Elsa est venue et lui a demandé :

— As-tu besoin de quelque chose ? Ce serait peut-être plus agréable pour toi de travailler en musique ?

Elle a pu s'acheter un petit poste à cinq cents roupies. Ce jour-là, elle s'est mise à pleurer et lui a dit merci :

—J'ai beaucoup de chance de vous avoir, vous êtes vraiment très gentille avec moi…

— Ne pleure pas, Anita ! C'est normal !

— Non, Madame, c'est pas normal. Vous vous rendez pas compte. Tous les gens ne sont pas comme vous… Tout ce que je demande, vous me le donnez. Tout ce dont j'ai besoin, vous me le payez… J'ai beaucoup de chance.

Beaucoup de chance, oui, songe-t-elle encore. C'est la première fois de sa vie qu'elle a autant de chance. Elle a cru être chanceuse, en se mariant par amour. Son mari, Akim, n'est pas un mauvais époux. Il est gentil avec elle. Il l'aime comme un mari doit aimer sa femme, même s'il n'est pas parfait. Tout irait bien, s'il n'y avait que lui ; mais depuis quelque temps, elle est revenue vivre chez ses parents. La vie avec Akim devenait impossible.

Les problèmes ont commencé avec sa belle-mère. Elle, elle était très méchante. Elle ne faisait rien et demandait à Anita de s'occuper de tout. Au lieu de femme au foyer, elle était devenue femme de ménage. Tous les jours, la vieille s'asseyait sur une chaise et lui donnait des ordres : Anita, prépare le repas ! Fais le ménage ! Sers-moi un café !

Pendant longtemps, elle l'a supportée, sans rien dire. Mais au bout d'un moment, elle en a eu assez. Elle s'est plainte à son mari qui n'a rien voulu entendre. Et il a refusé de parler à sa mère.

Un jour que cette femme lui ordonnait de nettoyer les sols et qu'elle s'amusait en même temps à faire tomber de l'encens en faisant une puja,[30] Anita a craqué. Elle a dit :

— Arrête de me parler comme cela ! Je ne suis pas ta bonne !

L'autre s'est dressée, s'est approchée, a levé la main, et lui a collé une énorme gifle sur la joue.

---

30 Puja : Offrande rituelle. Au temple ou à la maison, les Indiens sont très religieux et font des prières aux dieux très régulièrement. Dans chaque famille hindoue, on trouve un autel, même très petit, avec les principales divinités du panthéon.

— Tu es ma belle-fille. Tu fais ce que je te dis !

Le soir, elle s'est plainte auprès d'Akim qui a encore pris la défense de sa mère. Mais cette fois, il a accepté de lui parler.

Anita pensait que les choses changeraient quand elle aurait un bébé. Elle espérait, de tout son cœur, tomber enceinte.

Après trois ans de mariage, c'est venu. Cela a duré un mois, puis, dans le bus, elle a senti qu'elle saignait. Cette sensation lui a fait très peur. La douleur, les crampes, l'impression de se vider… Quand elle est allée à l'hôpital, on lui a confirmé ses craintes. Elle faisait une fausse-couche.

Ça n'était pas grave, se disait-elle pour se rassurer, cela arrive souvent, et elle en aura d'autres…

Le médecin lui a dit qu'il fallait qu'elle maigrisse. Son poids était un facteur de stérilité. Elle s'est promis de mincir, mais elle n'a jamais pu s'empêcher de manger. Aujourd'hui encore, quand elle est à table, elle a besoin de se servir une montagne de riz. C'est moelleux, cela cale, c'est bon.

Ce n'est pas vraiment de la faim, c'est plus un besoin de se remplir, d'avoir comme un gros coussin, là, en bas, qui tient chaud.

Plus tard, elle a fait une seconde fausse couche. Là, elle a commencé à douter. Après cinq ans de mariage, cela faisait beaucoup. Et puis, la dernière fois, la troisième, elle est rentrée chez ses parents. Elle n'en pouvait plus de supporter sa belle-mère acariâtre, qui de temps en temps la battait.

Son mari n'est pas un mauvais bougre. Non. Mais en six mois de mariage, il avait dépensé intégralement sa dot. Trois cent mille roupies en or, en bijoux, en argent… envolés. Impossible de savoir ce qu'il a fait avec.

Anita a bien remarqué qu'il a un petit problème avec l'argent. À chaque fois qu'elle a travaillée, il en a eu besoin. Une fois, c'était pour monter une entreprise, une autre fois, pour payer des dettes, une autre, parce qu'il avait trouvé un emploi et qu'il devait payer la personne qui lui avait donné le piston…

Il n'est pas méchant, et quand il peut, il essaie de lui faire plaisir. Par exemple, à chaque fois qu'il en a l'occasion, il lui achète un nouveau sari.

Mais quand même, qu'a-t-il fait de tout cet argent ? C'est

incroyable qu'il ne sache pas garder trois roupies en poche. À cause de lui, elle n'a jamais réussi à mettre un sous de côté. Et cela l'ennuie, parce que maintenant qu'elle travaille pour Madame et qu'elle gagne bien sa vie, elle aimerait épargner un peu.

Quand elle est retournée chez ses parents, elle lui a expliqué que ce n'était pas sa faute et qu'elle l'aimait toujours. Elle ne supportait plus de vivre avec sa mère. Trop méchante. Elle espérait qu'il comprenne et qu'il choisisse de la rejoindre, mais il n'en a rien fait.

Ils ne sont pas fâchés. De temps en temps, ils se retrouvent, le temps d'une soirée. Mais cela ne suffit pas pour avoir un bébé. Avec le temps, elle a fini par accepter sa stérilité, même si cela lui fend le cœur.

Elle se dit que plus tard, elle vieillira seule. Quand ses parents vont mourir, elle n'aura plus personne, elle qui est enfant unique et n'a même pas de cousine avec qui partager son toit.

Le jour où elle est revenue vivre dans sa famille, elle leur a expliqué le problème avec sa belle-mère ; ils lui ont dit qu'elle pouvait rester tant qu'elle voulait. Elle n'avait pas de travail, elle avait abandonné sa place de standardiste en se mariant, dans l'espoir de devenir mère et d'élever ses enfants. Elle a beaucoup de chance d'avoir autour d'elle des gens si gentils, si compréhensifs. Normalement, en Inde, on n'a pas le droit de quitter son mari. Pour aucune raison. Quand on prend un époux, c'est pour la vie. C'est rare les familles qui acceptent de voir leur fille revenir.

Ses parents étaient seuls. Elle est enfant unique. Ils n'ont qu'elle. Cela a sans doute aidé à ce qu'ils soient plus tolérants. Mais après son retour, il a fallu qu'elle cherche un emploi et elle ne pensait pas si bien tomber.

Cette place, que lui a trouvée Akim, est une bénédiction. Il espère que cela la fera revenir chez sa mère.[31] Il lui a dit qu'avec ce travail, elle n'aurait plus à faire le ménage à la maison, que si elle se débrouillait bien, elle pourrait tirer davantage de Madame…

Elle ne veut pas demander plus. Elsa est déjà très bonne avec elle. Non. Rien de plus. Au contraire, se dit-elle, c'est à moi de donner le

[31] En principe, le lien qui lie la mère à son fils est très fort. C'est la belle-fille qui va vivre chez ses beaux-parents. Le fils ne quitte jamais sa mère.

meilleur de moi-même.

À cet instant, Madame entre dans la pièce. Elle sort du frigidaire plusieurs ingrédients, qu'elle pose sur la table. Tomates, concombre, et deux paquets en plastique qu'Anita ne connaît pas.

— D'abord, tu vas apprendre à laver les légumes.

— C'est facile, ça, Madame.

— Hé bien, pas tant que ça… Quelle eau comptes-tu utiliser ?

— Celle-là, indique-t-elle en montrant le robinet.

— Non. Jamais cette eau-là. L'autre, dit Elsa en pointant l'énorme bombonne d'eau à boire.

Encore une drôle de lubie. L'eau de lavage, ils ne la boivent pas. Alors pourquoi la prendre en bouteille ? C'est cher… Pourquoi ne pas laver les légumes avec du lait, pendant qu'on y est…

Elle hésite à poser la question… Ce serait pas mal d'avoir une explication, et peut-être même lui montrer que ça ne sert à rien.

— Mais, pourquoi ?

— L'eau pénètre les légumes. Et contrairement à toi, nous les mangeons crus. Nous devons, c'est très important, les laver à l'eau potable. Si tu ne fais pas cela, tu nous rendrais malade. Tu comprends ?

— Oh, non ! Non, Madame, je ne veux pas que vous soyez malades.

— Alors ne te trompe pas d'eau.

— D'accord.

Elle ne comprend pas bien où est le problème. C'est vrai qu'ici on fait tout mijoter à petit feux, avec des épices. Sa mère lui a appris, quand elle était petite, à toujours ajouter de la poudre de chili, pour conserver les aliments. Mais elle a déjà préparé des légumes crus, avec un peu de citron. C'est très bon. Et pas besoin de jouer les mijaurées en nettoyant tout ça, comme si c'était des pierres précieuses. Madame a beau avoir de grands airs, elle exagère.

Il faut croire que c'est normal. Ces gens riches se prennent pour des princes et des princesses. Ils ont des besoins bizarres, de drôles d'exigences… Ça lui fait penser aux stars de cinéma. On lit dans les journaux qu'ils font parfois de gros caprices.

— Tu veux bien laver les légumes, maintenant ?

Anita réfléchit. Il faut utiliser l'eau en bouteille. Elle met tous les légumes dans l'évier pendant que Madame prend un grand saladier et le lui tend. Elle hésite. Elsa montre la bombonne.

— Heu, oui… cette eau-là.

Elle trempe les légumes un par un et quand c'est fini, Elsa jette l'eau du saladier et lui ordonne de recommencer.

— Toujours deux fois. Les légumes sont pleins de pesticides.

— Mais, Madame, vous ne voulez pas plutôt que j'enlève la peau ?

— Tu vas voir. Ça dépend de ce que tu cuisines.

Quand elle a fini, il faut éplucher les concombres et couper les tomates avec leur peau, le tout en très petits carrés, puis ranger le plan de travail pour faire de la place. C'est compliqué. D'habitude, c'est quand même plus simple, quand il faut tout préparer en lamelles et faire mijoter. Mais ça l'intéresse. Elle est curieuse de voir le résultat et de comprendre ce qu'elle est en train de faire.

Ensuite, elle jette les épluchures et le fait d'ouvrir la poubelle lui rappelle une question qu'elle s'est promis de poser. Elle hésite, parce qu'elle ne sait pas qu'elle sera la réaction de Madame, puis, elle se lance :

— Je peux vous demander quelque chose ?

— Bien sûr, qu'est-ce qu'il y a ?

— Hé bien… cette poubelle, vous venez de l'acheter ?

— Oui.

— Vous l'avez payée combien ?

— Heu… je ne sais plus… peut-être sept cents ou huit cents roupies, pourquoi ?

— Le gardien m'a dit : dix mille roupies…

— Quoi ? hurle-t-elle presque.

Anita avait raison d'hésiter. Sa tête rouge et gonflée montre bien qu'elle est en colère. Elle se met à rire. On dirait qu'elle se moque du gardien :

— C'est ridicule… Quelle idée, vraiment…

En fait, elle n'est pas si énervée que ça. On dirait qu'elle est à la fois surprise et amusée.

— Oui, Madame, il m'a dit que vous l'avez payée dix mille roupies.

— Mais, c'est n'importe quoi ! Je n'aurais jamais payé ce prix-là !

Elle regarde sur le côté, pensive. Avec son horrible coupe, de profil, elle ressemble toujours à une chèvre. Elle demande :

— Ça lui arrive souvent de dire des choses comme ça, à mon sujet ?

— Non, Madame.

Anita prend son air le plus sérieux possible pour mentir. Ensuite, elle ajoute en riant, pour détendre l'atmosphère :

— Vous savez, les hommes sont de vraies pipelettes ! Les gardiens et les chauffeurs passent leurs journées à se raconter ce que font les uns et les autres…

— Oui… enfin, tu lui diras que je n'ai pas payé ma poubelle si cher…

Et les deux se mettent à rire doucement, d'un air complice. Anita se sent heureuse. Finalement, Elsa et elle ont l'air de se comprendre. C'est agréable.

Cette femme la fait rêver. Quelque part, elle est ridicule, et pas seulement avec sa coupe de cheveux. Ses lubies sur l'eau, ses obsessions sur la propreté et sa manière de vouloir tout contrôler, c'est assez insupportable. Elle a aussi une façon étrange de s'habiller, qui manque de pudeur. Anita n'a rien contre les vêtements européens, mais ces jupes bouffantes et courtes sont assez bizarres. Ça fait comme un gros parapluie sur ses deux cannes de jambes. Et puis, elle est toujours en noir. C'est sombre, c'est dommage. Elle serait tellement plus jolie avec une belle robe colorée.

En même temps, sa vie de conte de fée la fascine. Ici, c'est comme dans les films. Un immense appartement, avec une grande cuisine et des meubles élégants. Madame et Monsieur forment un joli couple. Ils ont tout. Ils sont jeunes, beaux et riches.

Madame ne sait pas, la chance qu'elle a. Est-ce que Frank est pareil ? C'est possible. Elle ne le connaît pas vraiment. Elle le croise, de temps en temps, le samedi, quand il est là. Mais il ne lui a jamais vraiment parlé.

Elsa prend l'un des paquets sous plastique. Dessus, il est écrit « Emmental ». Elle ne connaît pas. C'est une sorte de rectangle jaune de la taille d'une main, à l'aspect caoutchouteux. À première vue, ça ressemble à du fromage. Mais Anita n'est pas sûre à cent pour cent. Ça pourrait aussi bien être autre chose.

— Tu connais ?

— Non, Madame.

— C'est du fromage. Tu veux goûter ?

Elle coupe une fine tranche et la lui tend. Ça ressemble au

fromage à fondre de chez Amul, qu'on met dans les pâtes et dans les sandwichs. Mais c'est plus épais, plus rigide aussi. Ça croque un peu sous la dent et ça a plus de goût.

Elle savoure son petit morceau d'emmental, le premier qu'elle n'ait jamais mangé, et qui sait, peut-être le dernier. Elle se concentre sur chaque bouchée. C'est tendre et assez fort… Difficile de dire si c'est meilleur que les fromages qu'elle connaît. C'est différent.

— Anita, je veux que tu goûtes tout ce que tu prépares pour nous. C'est très important. Tu dois connaître le goût des aliments. Tu es chrétienne, tu manges de tout ?

— Oui, Madame. Je peux tout cuisiner et tout manger, pas de problème. Une Hindoue ne pourrait pas, mais moi, pas de problème.

Elle est vraiment fière d'annoncer qu'elle est prête à tout essayer. Et ce petit bout d'emmental est vraiment savoureux. Ça donne envie de tout tester.

En le coupant en petit cubes, pour le mettre dans la salade, elle aperçoit l'étiquette avec le prix encore collée sur le paquet. Sept cent quatre-vingt-dix-neuf roupies… deux journées de salaire ! Elle se doutait qu'un produit d'exportation ne serait pas donné, mais à ce point…

C'est bon, mais ça ne vaut pas ce que ça coûte. Ces gens ont vraiment des goûts de luxe.

Ensuite, il faut couper le jambon. Elsa lui explique que c'est du porc. Elle en a déjà mangé, mais jamais de pareil. Il est bordeaux, sec et très salé. Celui qu'elle connaît est vendu congelé et il est beaucoup plus rose et plus tendre. On le met dans les sandwichs. Mais c'est assez cher, alors on n'en mange pas souvent. Et avec son mari, qui est musulman, elle a perdu l'habitude de cuisiner la viande de porc.

Mais ce jambon-là, ce « Proscuito », ça a un goût bizarre, trop fort. Elle aime moins que le fromage.

Elsa lui explique qu'elle ne lui demandera pas d'en acheter.

— Le jambon, c'est compliqué. À chaque fois que je vais en chercher, je ne trouve jamais le même emballage. Il y a plein de variétés. Ils se font livrer de plusieurs pays, je pense. Et vu ce que ça coûte, il vaut mieux que ce soit moi qui l'achète. Plus tard, quand tu auras l'habitude, tu pourras faire les courses.

Pendant qu'elle parle, Anita retourne le paquet, pour voir à quoi ça ressemble. Par curiosité, aussi, elle cherche le prix. Presque mille deux cents roupies.[32] Ses yeux voient des dollars en tranche. Mon Dieu, songe-t-elle, comment peut-on mettre autant d'argent dans un plat ? Avec cette somme, elle pourrait se payer un bon restaurant, plusieurs jours de suite…

Après avoir fini de tout préparer, sa patronne se tape le front avec la main et s'exclame :

— Mince ! Quelle idiote, j'ai oublié la salade…

Quelques secondes plus tard, elle sort du frigidaire une grosse laitue toute verte. Anita en a souvent vue dans les boutiques, mais elle n'en a jamais goûté.

Cette fois-ci, elle emplit elle-même le saladier d'eau et commence à couper les feuilles une par une, avec les doigts.

— Tu dois les rincer, et vérifier qu'il n'y a pas de petites bêtes. Et comme pour le reste, tu jettes la première eau, et tu recommences.

Anita s'exécute. Quand tout est prêt, Elsa réunit les ingrédients dans un autre saladier et lui explique qu'il va falloir faire la vinaigrette. C'est compliqué… Il faut de la moutarde, mais pas n'importe laquelle, et de l'huile d'olive. La bouteille est très jolie. Très chère, aussi. Ensuite, Madame sort le vinaigre, ajoute du sel, du poivre, et c'est fini. Ça n'a pas l'air très compliqué, mais ça va être dur de se souvenir de tout.

L'huile et le vinaigre, Anita connaît bien et s'en sert souvent dans la cuisine, mais jamais comme cela. L'huile, c'est pour cuire. Le vinaigre, c'est pour nettoyer. Maintenant, il faut qu'elle apprenne encore des mots nouveaux : balsamique, Dijon…

— Tu vas réussir à te souvenir de tout ça ?

— Je vais essayer, Madame.

— Bon… Demain, tu iras t'acheter un cahier ; dedans, tu écriras toutes les recettes de cuisine que je t'apprends.

Oui, c'est une bonne idée. Un cahier, comme à l'école. Avec ça, elle va pouvoir bien apprendre et ensuite, quand elle se fera engager dans une nouvelle famille, elle pourra montrer qu'elle a déjà beaucoup d'expérience.

C'est Elsa qui va le lui payer, comme tout ce dont elle a besoin. Et demain, elle aura un nouvel objet, rien qu'à elle. Il lui appartiendra, pour la vie. Elle sourit de satisfaction en songeant à son bonheur. Elle n'a pas l'habitude de se trouver si riche, comme ça.

---

[32] Mille deux cents roupies : dans les quinze euros.

La vinaigrette, il faut la mettre dans un bol à part. Monsieur et Madame la mettront dans la salade au dernier moment. C'est pour la conserver plus longtemps.

— Madame, demande Anita en rangeant les affaires, est-ce que je peux vous cuisiner quelque chose ?

— Tu sais, je ne suis pas très fan de la cuisine indienne…

— Un dessert, sucré ! C'est mon mari qui m'a enseigné à faire la pâtisserie.

— Ton mari ?

Elle semble sincèrement étonnée et curieuse. Cela la fait rire aussi. Alors Anita s'explique :

— Oui, Madame, c'est normal, c'est parce qu'il est musulman.

— Là, comme ça, je ne vois pas le rapport.

— Ben si, c'est logique. Les petits garçons hindous n'ont pas le droit d'aller dans la cuisine, alors que les musulmans sont toujours avec leur mère. C'est comme ça qu'il a appris. Et quand on s'est marié, il m'a montré ce qu'il savait.

— Mais toi, tu n'es pas chrétienne ?

— Ben si, et alors ?

— Alors, tu n'as pas appris avec ta mère ?

— Ah, non… ma mère ne sait pas faire les desserts. Mais je sais faire la cuisine. Je vous ferai un plat demain midi, si vous voulez.

Demain, elle cuisinera un dahl avec des naans. Elle ne mettra pas beaucoup de poudre de Chili. Elle a bien compris qu'il ne faut pas mettre trop d'épice. Une cuillère à café, ça suffira, avec le curcuma, le cumin et le massala. Quelque chose de léger.

Tout en planifiant cela, elle prépare pour le soir un bon dessert. Du lait cuit avec de la poudre « Custard » pour faire un flan. On ajoute des fruits secs et des noix de cajou, et le tour est joué.

Quand c'est fini, elle se souvient du linge qu'elle a accroché à sécher. Il est déjà tard. Elle repassera demain. Mais mieux vaut éviter de le laisser là-haut, c'est ce qu'a répété Elsa plusieurs fois.

Elle prend une corbeille, monte détacher les vêtements. Quand elle redescend, elle croise Madame qui l'accueille avec un hurlement :

— Mais qu'est-ce que c'est que ça ? Qu'est-ce que tu as fait ?

— Rien, Madame, j'ai rien fait !

— Mon pashmina ! Mon beau pashmina !

Elle prend la jolie étole verte qui est dans le panier et passe ses doigts dessus. C'est vrai que le tissu a l'air d'être plus épais, comme s'il avait rétréci… Il a maintenant le toucher d'un carton épais. Ça ne ressemble plus à de la laine fine et douce…

— Mais qu'est-ce que tu as fait ? Oh mon Dieu… Qu'est-ce que tu as fait ?

Mieux vaut ne pas répondre, dans ces cas-là. Anita le sait très bien. Elle préfère se taire plutôt que d'essuyer encore la colère de Madame.

— Qu'est-ce que tu as fait ? répète encore Elsa, soudain beaucoup plus fort. Qu'est-ce que tu as fait avec mon beau pashmina ? Tu l'as lavé à la machine à laver ! Hein ! Réponds ! Espèce de débile ! Assume tes actes ! Tu as lavé mon beau pashmina à la machine ! Hein ! Tu sais combien ça coûte, un pashmina ? Et tu l'as lavé à la machine ! Mais réponds !

— Oui, Madame, finit par murmurer Anita, en regardant ses pieds, les yeux au bord des larmes.

— Mais qu'est ce qui t'a pris ? C'est pas croyable ! Je n'ai jamais vu un tel concentré de bêtises de ma vie ! Qu'est-ce qui t'est passé par la tête ?

— Je l'ai trouvé sous votre lit, Madame… pardon, Madame…

C'était vrai. Elle l'avait trouvé au sol et avait pensé qu'elle ferait bien son travail en le nettoyant avec le reste du linge. C'est comme cela qu'elle procède habituellement avec les dupattas. Comment pouvait-elle savoir que celui-ci n'irait pas à la machine ? C'était pas écrit dessus.

Elle tremble en regardant ses pieds, attendant le verdict.

— Hors de ma vue ! File ! Je ne veux plus te voir !

Elle se hâte de déposer le linge dans un coin, et se faufile dans la cuisine où elle range son sac et se prépare doucement, en priant pour que cette histoire ne lui coûte pas sa place.

Oh non, mon Dieu, qu'est-ce que j'ai fait, songe-t-elle… Je n'aurais pas dû… Elle me l'avait dit, pourtant… Ne rien mettre dans la machine si je ne suis pas sûre… Je le savais… Pourquoi…

Et pendant qu'elle se désole sur elle-même, elle entend Madame qui hurle de la pièce à côté :

— Rentre chez toi ! Je ne veux plus te voir.

Anita prend alors son sac et se dirige discrètement vers la sortie en retenant les larmes qui montent. Elle est désolée. Madame qui est si gentille avec elle… oh non, mon Dieu, non…

En passant, elle aperçoit par la porte entre-ouverte Elsa qui est retournée à son bureau. Elle a la tête dans les mains. On dirait qu'elle pleure, elle aussi.

Anita soupire, baisse les yeux vers le sol et se dirige doucement vers l'entrée en priant pour que le lendemain, la porte soit à nouveau ouverte.

3 Ulaga

Son frère Mohan a invité un collègue et sa femme pour Diwali. Cela faisait un moment qu'il en parlait. Il disait qu'en tant que directeur des ressources humaines, il lui fallait accueillir les nouveaux venus.

Maintenant, ils sont à table, tous ensemble, avec Mohan, sa femme, et leurs deux filles. Toute la famille s'est réunie pour l'occasion. Même Appa, qui d'habitude fait la sieste à cette heure-ci, a décidé de faire honneur aux étrangers.

Ulaga n'a que vingt-deux ans et vient de finir ses études d'ingénieur. Il est fier de son frère. Il aimerait lui ressembler, quand il sera marié et qu'il aura des enfants. Pour le moment, il cherche un stage pour valider son diplôme. En dernier recours, il sait que Mohan lui permettra de se faire engager chez Pierport. Ils n'en ont jamais parlé, mais c'est normal. C'est le rôle d'un grand frère.

Leur mère est dans la cuisine. Elle finit de préparer le repas. Sa belle-fille, l'épouse de Mohan, fait des allers-retours pour l'aider.

Ulaga n'a pas compris le rôle de Frank dans l'entreprise. Il lui demande :

— Qu'est-ce que tu fais, comme travail ?

— Je suis le chef de projet.

— Ah ? Tu es le chef de Mohan ?

— Non, moi, je suis employé par le siège, à Paris. Je suis le responsable d'un projet précis. On fabrique une nouvelle ligne de camions. Quand les premiers prototypes seront sortis et que tout roulera, j'aurai fini mon travail et je serai muté sur un autre contrat. Mohan est rattaché à l'usine. Son chef, c'est le directeur du site.

En réalité, Ulaga se fiche un peu de ce que Frank lui raconte. C'est surtout Elsa, avec son décolleté plongeant, qui l'intéresse. Des seins comme ceux-là, il n'en a jamais vus qu'à la télé, dans des films. Les Indiennes ne portent pas ce genre de vêtement. Alors une occasion pareille qui se présente… Il se tourne vers elle :

— Et toi, tu te plais à Chennai ?

— Heu… oui, mais je m'ennuie un peu. Je suis souvent toute seule à la maison. J'aimerais bien me faire des amis et je ne sais pas trop comment procéder…

— Il n'y a pas une communauté française ou étrangère ?

— Il paraît que si, mais je n'ai jamais réussi à établir de contact, à part avec les collègues de Frank.

— Ah… Ne t'inquiète pas, je vais m'occuper de toi.

Elle le regarde, l'air étonné, un sourire aux lèvres et les sourcils levés. Il pense ce qu'il dit. Si elle accepte de se laisser faire, il va bien s'en occuper. Elle ne le regrettera pas.

Sa mère entre, les bras chargés de plats, qu'elle pose sur la table. Elle dit en tamoul à ses fils qu'elle a préparé de la viande pour les invités.

Sur la table, chacun a son assiette. Amma dépose à chacun une grosse louche de riz, un chappatti, et une cuillère de chaque plat.

Frank s'étonne qu'on lui serve la soupe sur le riz.

— C'est très bon, goûte ! lui conseille Mohan.

Et puis, il réalise qu'ils ont oublié de leur donner des couverts pour manger. Les deux blancs se regardent. Immédiatement, sa belle-sœur comprend et s'empresse d'aller chercher un stock de fourchettes dans la cuisine.

— Frank, il va falloir que tu apprennes à manger avec les doigts, à l'indienne, lui dit son collègue.

— Je ne peux pas, répond-il

— Moi, je veux bien essayer, répond Elsa.

Elle est à tomber, avec son décolleté… Ulaga s'empresse de lui expliquer qu'on n'utilise que la main droite, et que la nourriture ne doit théoriquement pas monter plus haut que la seconde phalange.

Il ne lui dit pas que la main gauche sert à s'essuyer les fesses et que c'est pour cela qu'on ne l'utilise pas pour manger. Elle le devinera sans doute toute seule.

— Essaie, ajoute-t-il, tu verras, c'est meilleur ! La fourchette a le goût du métal, c'est pas bon dans la bouche…

Elle se penche sur son assiette et trempe à peine deux petits ongles d'une façon maladroite. Tout le monde la regarde quand elle porte ses doigts pleins de riz et de légumes à sa bouche. Elle s'en met un peu sur le côté des lèvres, essaie de s'essuyer avec sa main mais remet encore des traces de nourritures sur la partie qu'elle essaie de laver.

— Laisse tomber, tu te rinceras plus tard, lui dit-il.

Après le repas, les femmes apportent huit variétés de gâteaux différents. L'épouse de Mohan explique qu'elles les ont tous préparés elles-mêmes pour la fête et que cela fait plusieurs jours qu'elles y travaillent. Il y en a de toutes les formes et de toutes les compositions : des gâteaux secs, au sucre, aux amandes, aux noix et noisettes, au beurre…

Quand ils ont fini, Ulaga s'excuse de devoir partir. Il a rendez-vous avec des amis pour allumer des feux d'artifices. Il resterait bien davantage. Sincèrement, s'il avait su, il n'aurait pas pris de rendez-vous aujourd'hui.

— Je suis désolé… Elsa, n'hésite pas à m'appeler. Mais je suis sûr que Mohan vous montrera comment on célèbre Diwali, quand la nuit sera tombée.

Après avoir laissé son numéro de téléphone, il prépare son sac en prenant un assortiment de pétards dans les différentes boîtes en carton qu'il a achetées pour l'occasion. Ce soir, il retrouve ses amis, comme il le fait d'habitude.

Il se rend chez l'un d'eux. Ils vont s'installer dans la cour de la maison, sous le regard attentif des parents. Quand on est entre garçons, il n'y a pas de problème ; mais dès qu'il y a des filles, il faut un chaperon pour surveiller. Ce soir, on a décidé de faire une petite fête à plusieurs.

Ulaga se rend compte qu'il a de la chance. Son frère n'avait pas le droit d'avoir des copines. Mais lui, on lui permet de fréquenter des filles. Ses parents espèrent qu'il se trouvera une bonne épouse de cette façon, puisque les fêtes sont organisées avec des gens de sa caste. Ce ne sont pas vraiment des mariages arrangés. Ça permet de faire les choses de façon plus moderne.

Il aimerait bien se marier. Souvent, il passe devant sa chambre, au deuxième étage, et il voit le lit dans lequel il n'a encore jamais dormi et qui attend que son épouse vienne le rejoindre. Il imagine qu'il serrera la belle dans ses bras et qu'ils s'endormiront, l'un dans l'autre, en regardant par la fenêtre ouverte, au loin, l'horizon…

Mais pour le moment, il n'a pas trouvé chaussure à son pied. Ses parents lui ont dit qu'ils allaient commencer à chercher une épouse qui lui conviendrait. Il faut qu'il réfléchisse aussi aux filles qu'il connaît, et ce soir, c'est l'occasion.

Il y en a une qui lui plaît beaucoup, mais elle n'est pas de sa caste. Il n'a d'ailleurs jamais compris comment elle a réussi à se faire inviter à ces fêtes… Elle s'appelle Preethi et sa mère est propriétaire d'une agence immobilière spécialisée dans l'installation des étrangers.

Elle est vraiment jolie et très vive. Quand elle parle, elle est pleine d'entrain, et pas du tout pudique comme les autres Indiennes. Elle lui fait penser un peu aux blanches, dans sa façon de se comporter. Elle est un peu plus jeune que lui, puisqu'elle a juste dix-huit ans, et elle commence ses études. Ce serait donc parfait. Ils pourraient se marier l'année prochaine et quand elle aurait son diplôme d'ingénieure, si c'est toujours cela qu'elle veut faire, leurs enfants iraient à l'école. Sa mère ne demande que cela : élever ses petits-enfants… À moins que Preethi ne préfère rester à la maison ?

L'an dernier, elle parlait d'aller étudier à Londres. Apparemment, son père a changé d'avis. C'est mieux comme cela. Quelle idée d'envoyer une fille, seule, à l'autre bout du monde ?

Lorsqu'il entre chez son ami Dhîran, elle n'est pas encore arrivée. Il en profiterait bien pour se boire un petit whisky, mais quand il y a des filles, il n'y a jamais d'alcool. Discrètement, il fait part à son hôte de son envie.

— Pas de problème… On va monter.

Au dernier étage de la maison, sur le toit, il y a comme une petite maisonnette, fermée à clef, qui sert lorsqu'on organise des petites fêtes. On peut y faire ce qu'on veut, discrètement. L'idée a bien effleuré Ulaga d'essayer d'y emmener une fille… mais il n'ose pas. Ce serait trop dangereux. C'est interdit, alors, il ne peut pas faire ça. Pourtant, ça n'est pas l'envie qui lui manque.

Il y a un autre problème : aucune jeune qui se respecte n'accepterait de s'isoler avec lui. Elles ne sont pas folles. Alors, où trouver la perle rare…

En se servant son verre de whisky et en le mélangeant à du coca pour l'adoucir, il songe à Elsa. Les blanches, elles, elles montent sur le toit. C'est facile, c'est sûr. Ce serait tellement bien si elle l'appelait… Il pourrait organiser une petite soirée, comme celle-là.

Les garçons boivent leur verre, très vite. Pas question de laisser les invités tout seuls. Quand ils redescendent, la nuit est tombée, et l'on a déjà commencé à allumer les feux d'artifices, dans la cour.

Ulaga ouvre son sac et en prend un qu'il installe précautionneusement pour éviter tout accident. La mèche allumée se consume et dans une explosion bruyante, le feu se met à tourner en s'élevant dans le ciel et en faisant de petites étincelles dorées et blanches.

— Il est beau, celui-là !

Une voix s'élève, derrière lui. C'est Preethi. Elle est enfin arrivée. Il se retourne pour la saluer. Elle est vraiment radieuse dans son sari vert et or. Elle a mis des boucles d'oreilles en or qui pendent jusqu'à ses épaules. Il n'ose pas lui dire qu'elle est belle. Cela ne se fait pas. Il se contente de la regarder.

— Je ne vais pas rester longtemps, dit-elle.

— Pourquoi ? Tu viens d'arriver ?

— Oui, je voulais voir la fête. Mais j'ai beaucoup de choses à faire à la maison… Ma mère est venue aussi. Elle est avec celle de Dhîran, en train de discuter. Je dois profiter de ma famille un maximum. Je pars après Diwali, en Angleterre.

4 Frank

Ce matin, il s'est levé dans un sale état. C'est le lendemain de Diwali. La fête d'une semaine s'est enfin terminée et lui qui pensait pouvoir se reposer de ces satanés feux d'artifices n'est pas au bout de ses peines. Son nez coule, il tousse et il a l'impression d'avoir une barre au front. Sous les conseils insistants d'Elsa, son épouse, il a donc décidé de voir le médecin avant d'aller travailler, histoire de se requinquer rapidement et de ne pas laisser traîner sa crève. C'était sans compter sur son chauffeur.

Celui-là, il a vraiment une vie compliquée, avec ses six filles et ses problèmes de famille. Le mois précédent, sa femme s'est retrouvée à l'hôpital, suite à une fausse couche. Il était complètement désespéré et s'est adressé à Frank qui a versé cinq mille roupies pour payer les frais. Il ne pouvait pas lui refuser ça.

Quand il en a parlé à Mohan, le directeur des ressources humaines, ce dernier a réagi très vivement :

— Il doit te rembourser ! Si tu commences comme ça avec ton chauffeur, tu ne vas pas arrêter… Dis-lui que ce sera pris sur son bonus de Diwali. C'est plus simple et plus juste.

Frank n'a rien trouvé à redire. Shiva étant bien payé, il est normal qu'il règle lui-même ses frais de santé. D'ailleurs, il a remarqué que malgré les pourboires qu'on lui donne régulièrement, il n'a jamais un sou en poche. Un vrai panier percé.

Il a donc signalé au chauffeur qu'il faudrait lui rendre la somme, pas vraiment pour le montant, mais par principe. Celui-ci a sursauté, l'air surpris, et n'a rien répondu.

Il y a une semaine environ, le moment du bonus est venu. Il n'a pas du tout apprécié qu'on lui retire le coût de l'opération de sa femme. Il a même franchement protesté. Mohan a été intransigeant. Il n'y avait pas de raison pour qu'on l'entretienne davantage que ce qui était convenu au départ. Celui-ci devait impérativement apprendre à gérer son argent.

C'est à ce moment-là qu'il a remarqué ses yeux rouges et son regard fuyant. Il s'est demandé, vaguement, si tous les roupies qu'il gagnait ne passaient pas dans l'alcool… Cela expliquerait bien des choses.

Ce matin, il a eu la confirmation de ses doutes.

À sept heures trente, comme il a l'habitude de le faire, Frank lui a envoyé un message, sur son téléphone :

Viens dans une heure, je voudrais aller chez le médecin.

Normalement, il part un peu plus tôt. C'est une façon de le prévenir qu'il peut prendre son temps. Il est fatigué, il a la crève, il a traîné un peu au lit, parce que de toute façon les docteurs ne reçoivent qu'à partir de neuf heures.

Au moment convenu, Shiva attend en bas, un énorme bandage tout autour de son visage plein d'égratignures. On dirait un gros chou-fleur trempé dans du ketchup ou quelque chose du genre. Il a une explication pour le moins bizarre de son état.

— M'sieur, j'ai reçu votre message à trois heures du matin, alors j'ai embrassé ma femme et je suis parti pour venir vous chercher et vous emmener à l'hôpital. Mais sur le chemin, j'ai eu un accident de scooter. J'ai heurté un chien, je l'ai tué. Après, la police m'a arrêté et ils viennent de me relâcher…

— Shiva, de quel message est-ce que tu parles ?

Ses yeux piquent, son cerveau est embrumé, il ne comprend rien de ce que raconte ce chauffeur. Même en se concentrant, cela n'a pas de sens.

Shiva tend son téléphone et montre : Viens dans une heure, je voudrais aller chez le médecin. C'est bien le message de Frank. Au-dessus, il est indiqué la date et l'heure : 08/11/14 et 03:05 AM. À moins d'une courbure temporelle, qui expliquerait que le texte ait voyagé dans le temps à travers une porte numérique pour arriver à trois heures du matin, alors qu'il a été envoyé presque quatre heures plus tard, il y a quelque chose qui cloche.

Même malade, Frank ne voit pas comment il a pu se réveiller si tôt pour dire à son chauffeur de venir le chercher. Ça n'a pas de sens. Il vérifie sur son propre BlackBerry et lui montre que le message a été envoyé à sept heures trente. Il n'est pas fou.

— J'sais pas, M'sieur… Vous m'avez réveillé, je suis venu, et à cause de ça, j'ai eu un accident.

— Bon, coupe Frank, emmène-moi à l'hôpital.

Il y a quelque chose dans cette histoire qui n'est pas logique. Frank s'est levé à sept heures, il n'a pas de doute sur ses propres agissements. Par contre, Shiva a l'air d'avoir un sacré coup dans la tête…

— Tu n'aurais pas un peu bu, hier ?

Il ne répond pas.

— Shiva, tu as fêté Diwali ?

— Oui, M'sieur.

— Tu as pris beaucoup d'alcool ?

— Un peu, M'sieur.

Voilà donc un début de réponse, mais cela n'explique pas pourquoi le téléphone affiche que le message est arrivé à trois heures du matin…

La visite chez le médecin ne dure pas longtemps. Elsa l'a prévenu : tu vas à l'hôpital, tu demandes à voir n'importe qui, et ça ira vite. Effectivement, en quinze minutes, il est sorti avec une ordonnance, et il est prêt à retourner travailler, shooté de médicaments.

Il retrouve Shiva à la voiture, qui lui aussi aurait bien besoin d'une visite médicale. Sans rien dire, celui-ci l'emmène à son bureau. Il faudra trouver l'explication du message dans la nuit, car le chauffeur a l'air persuadé d'avoir eu un accident à cause de son patron.

Frank s'assoit à son bureau, au troisième étage de l'usine de construction des camions Pierport. Il prend sa tête dans ses mains, et profite de ses quelques minutes de solitude pour se demander ce qu'il fabrique ici.

Cela fait plus d'une semaine qu'il ne dort pas, parce que ces idiots d'Indiens font sauter des pétards toute la nuit. Diwali, il s'en rappellera. On dirait que la guerre est déclarée et ça tambourine tous les soirs. S'il avait su, il serait parti en vacances, comme l'ont fait Hervé et Giacomo. Maintenant, il est épuisé, et pour couronner le tout, il est malade.

La veille, il serait bien resté à la maison à se reposer, mais Elsa a insisté pour qu'ils se rendent à cette fête chez Mohan. Or, la bouffe indienne, les gâteaux très sucrés, gras et lourds, et les pétards, ce n'est pas son truc.

Si l'on considère en plus ce gamin, le frère de Mohan, qui a passé la journée à draguer Elsa, il est étonnant qu'il ait réussi à garder son calme.

Cela dit, visiter une maison traditionnelle, c'était intéressant. Ils ont une façon de vivre très particulière. Mohan est resté chez ses parents, sa femme l'a rejoint, et il y vit toujours avec ses deux filles qui dorment dans sa chambre.

Plus étonnant encore, son frère Ulaga dort toujours dans la chambre de ses vieux parents, sur un matelas au sol, alors même qu'il a plus de vingt ans et qu'il travaille depuis peu.

Un jeune garçon entre timidement pour lui apporter son café, ou plus exactement, un gobelet en carton empli de lait sucré, légèrement aromatisé au café. Quand Frank le remercie, il dodeline de la tête. C'est lui qui tous les jours s'occupe d'apporter aux employés leur boisson. Mais Frank est exaspéré. Depuis combien de temps a-t-il demandé qu'on lui achète une machine à expresso digne de ce nom ?

Entre ce petit serveur, qui ne comprend pas un mot d'anglais, son assistante, Sandra, qui met deux heures à imprimer une feuille, son directeur des ressources humaines, Mohan, qui malgré toute sa bonne volonté, ne fait rien d'autre que lui compliquer la vie en voulant bien faire, l'équipe d'ingénieurs qui n'en fait qu'à sa tête, les financiers qui lui inventent tous les jours des processus administratifs plus compliqués les uns que les autres, et ses chefs à Paris qui lui demandent comment tout cela avance, il se dit qu'il va devenir fou.

Il se demande, d'ailleurs, comment ce pays arrive à fonctionner. Peut-être est-ce juste le contrecoup de son arrivée récente, qu'il va apprendre à connaître ces gens, les apprécier, finalement se rendre compte qu'on peut faire avancer les choses…

Et au moment où il essaie de se reprendre en main et de voir les aspects positifs du pays, son écran devient noir. Il est quatorze heures, c'est la panne d'électricité journalière.

Dix minutes plus tard, il a rejoint Mohan dans son bureau. Si celui-ci veut l'aider, comme il le prétend, il va pouvoir faire quelque chose. Il frappe à la porte et entre sans même attendre une réponse.

Mohan lève les yeux de son classeur d'un air surpris. On dirait qu'il examine des curriculum vitae. Frank se souvient qu'il est question d'embaucher un nouvel ingénieur. Il demande :

— Comment se fait-il qu'on n'ait plus d'électricité ? Il y a un problème avec le générateur ?

— Le directeur de l'usine a décidé que pour une équipe réduite, cela ne vaut pas le coup de s'en servir.

Le directeur, c'est Sudakhar. Ça n'est pas la première fois qu'il prend une décision qui énerve Frank.

— Quoi ? Tu me le remets en route de suite.

— Ok, mais Sudakhar a dit que…

— Je vais voir ça avec lui, coupe-t-il. Toi, tu me remets ça en route. Je perds deux heures par jour, avec ces conneries…

— Ok, je veux bien, mais je ne peux pas.

— Comment ça, tu ne peux pas ?

— Il faut mettre de l'essence, pour faire marcher le générateur. Il y en a pour à peu près dix mille roupies…

— Et alors ?

— Ben alors, je n'ai pas les fonds…

Frank se demande s'il rêve ou si c'est un cauchemar. Pas d'électricité pour dix mille roupies. Cent cinquante euros par mois… Ce n'est même pas le salaire de son chauffeur ! Et la boîte qui perd des milliers d'euros, pendant ce temps…

— Bon, je vais les avancer. Tu me remets le générateur en route, et pour le reste, je m'arrange avec Sudakhar. C'est possible comme cela ?

Doit-il encore parler du gamin qui a passé l'après-midi d'hier à draguer sa femme sous son nez ? Mohan s'en est-il rendu compte ? Il hésite. Puis, finalement :

— J'ai un problème avec le café.

— Avec le café ?

Il a l'air étonné.

— Oui. J'ai besoin d'un bon café.

Pas de réaction.

— À la Française…

Toujours pas de réaction. Il cligne des yeux, remue la tête et pince les lèvres.

— Un expresso, comme tu en trouves dans les grands hôtels…

Son regard s'illumine.

— Mais pourquoi ? Il est très bon, celui-là, répond-il en montrant du doigt le gobelet encore plein.

— Je suis désolé, on doit avoir un différend culturel, mais j'ai besoin d'une machine à café qui fasse du bon café, c'est-à-dire du café noir.

— Là, Frank, je ne peux pas t'aider. Je ne sais pas où tu peux acheter ça…

En attendant, que faire, sans électricité ? Il ne peut pas travailler sur son projet, ni même utiliser le téléphone et il ne sait pas où est Sudakhar pour régler ce problème. Il décide donc de se rendre à l'usine, avec un papier et un crayon, à l'ancienne.

Le bâtiment est juste en face du sien. Il enfile son casque et ses chaussures de sécurité. Outre l'importance de se protéger, il faut à tout prix donner l'exemple.

Quand il arrive, il sent quelques regards curieux. Bien sûr, la venue du chef de projet ne laisse jamais personne indifférent. Néanmoins, il y a beaucoup plus de curiosité que d'habitude.

Comme toujours, il constate que tous les employés portent la tenue réglementaire, chaussures, et casques. Au moins, songe Frank, la sécurité est mise en place. C'est déjà ça…

L'un d'eux est occupé à un travail de soudure. Il porte des lunettes de protection. Autour de lui, trois gamins l'observent béatement, les bras croisés. On dirait qu'ils regardent un cracheur de feu dans une foire, à ceci près que le soudeur est assis dans une position extrêmement dangereuse et que le feu qu'il crache s'élève à plusieurs centaines de degrés.

D'ailleurs, se demande Frank, comment font-ils pour souder sans électricité ? Il s'approche pour pouvoir observer. Il a du mal à croire ce qu'il voit.

Le technicien s'est fabriqué un pistolet de soudure à gaz. L'engin est relié à une bonbonne et fonctionne avec autant de précision qu'un appareil électrique. C'est incroyable. Très ingénieux, ce système… Il est en train de faire une démonstration à ses collègues. Frank est ébahi par tant d'adresse. Cet ouvrier a de l'or dans les mains.

Le soudeur lève la tête et lui adresse un sourire radieux. Il semble content de le voir et fier de la scène qui est en train de se dérouler. Son signe de tête semble demander quelque chose comme : « ça va ? Vous êtes content ? »

Frank lui rend son sourire et plonge le nez dans son cahier, tout en écrivant une note quelconque pour faire semblant d'être absorber dans autre chose.

Il réfléchit. Son projet n'avance pas comme il veut, notamment pour des problèmes de gestion du temps. Ils sont absolument incapables de tenir un planning et ne travaillent que dans l'urgence. Cela se voit dans la chaîne de montage : les ouvriers attendent qu'on leur livre les pièces qui se trouvent à l'autre bout de l'usine, alors qu'avec un tout petit peu de planification, on pourrait aisément faire en sorte que le matériel soit sur place au bon moment…

On l'a bien prévenu : travailler avec des Indiens, c'est dur. Ils ne pensent pas de la même façon que nous, n'ont pas la même conception du temps, ni de la manière dont il faut procéder pour avancer et faire avancer les choses…

À un autre endroit de l'usine, il voit un petit attroupement. Ce sont cinq ouvriers qui regardent travailler un sixième. Et il y a une dizaine de camions garés les uns derrière les autres qui attendent de passer à la peinture. Il s'approche pour tester le produit fini. Ce n'est pas mal. À première vu cela semble au niveau d'exigence européen. Parfait. Parfait, et surtout, étonnant.

Il se dirige vers son bureau, quand son téléphone sonne. C'est un appel du siège. Son chef de Paris, Thomas, veut discuter du projet. Ils ont des soucis avec le client. Ses représentants prétendent vouloir visiter les fournisseurs en Europe. La vérité, c'est qu'ils utilisent ce prétexte pour se faire payer des vacances aux frais de Pierport. Frank s'énerve :

— À partir de maintenant, on refuse ces déplacements ! J'en ai discuté avec Hervé. Il ne validera plus ces notes de frais. C'est terminé ! Ça va faire mal, sur le coup, mais ça va calmer tout le monde, à conseiller par nos propres commerciaux…

— Fais attention quand même. Vas-y avec tact. On a encore reçu une lettre du client qui veut qu'on te vire…

Cette nouvelle le fait sourire. À chaque fois qu'ils ont un désaccord, et qu'il refuse de répondre à l'une de ses demandes, le siège reçoit une lettre de plainte.

La dernière en date, c'était lorsque le client avait exigé, au dernier moment, de changer la couleur des camions. Du jour au lendemain, il avait été décidé que le bleu ne convenait plus et que la couleur dominante serait le blanc. L'idée aurait été bonne, si la peinture n'avait été déjà commandée et payée. Frank avait donc refusé catégoriquement.

C'est pourquoi, cette fois ? Parce qu'il s'est opposé à la décision de remplacer tous ses fournisseurs, comme l'exigeait l'un des consultants, sans donner de raison valable ? Ou peut-être qu'ils s'offusquent déjà de savoir que Pierport ne leur paiera plus aucun déplacement touristique ?

Frank n'en peut plus de leurs caprices absurdes. Il prend sur lui pour garder son calme, mais ça bout à l'intérieur.

— Fais-moi confiance. Il n'y a pas que des types véreux, ici. Il y a des gens bien. On arrête de payer. Ça va faire du bruit, mais ça mettra fin à tout ça. De toute façon, on doit en passer par là… Le client finira bien par se pencher sur le problème et par voir autre chose que ce que ses employés veulent lui faire croire. Il se rendra compte que ses représentants sont véreux et il les remplacera. C'est un mauvais moment à passer. Après, ça ira beaucoup mieux. Même nos relations avec lui seront meilleures. Tu verras.

— Oui, mais je ne voudrais pas non plus qu'on se froisse trop avec eux…

Thomas est bien gentil, mais il n'a aucune conscience de ce qui se passe en Inde. C'est le problème du siège. Ceux qui y travaillent sont complètement déconnectés de la réalité. Frank change de sujet, pour éviter d'entamer une trop longue conversation sur ce sujet piquant.

— En parlant de déplacement, quand est-ce que tu passes ? Tu m'as bien parlé de venir voir l'usine, bientôt ?

— Je vais prendre mes billets. Je serai là fin janvier.

Frank reste muet. C'est maintenant que Thomas doit passer, pas dans quatre mois… Il n'essaierait quand même pas de profiter de l'occasion pour s'organiser des vacances pendant les mois d'hiver…

— Je t'appelle, dès que j'ai réservé, mais ce n'est pas évident, parce que j'ai aussi un autre projet en cours. Tu me prendras le meilleur hôtel ?

— Bien sûr.

— Et tu me diras où sont les plus beaux temples. On ne vient pas pour ça, mais bon…

Vers dix-sept heures, son chauffeur est là, à l'attendre. Il rentre tôt, pour une fois. Elsa sera contente.

Dans la voiture, il s'occupe de répondre aux différents e-mails qu'il a reçus. Parfois, il se dit que son boulot se borne à organiser des réunions et à écrire des messages. Dans son cas, l'écriture est bien une arme. Un mot à la bonne personne, et l'on recrute un ouvrier. Un récit bien construit, et c'est une procédure de licenciement mise en place.

Soudain, en regardant son BlackBerry, il s'écrie :

— Le décalage horaire !

— Quoi ? M'sieur ?

Shiva sursaute et sort de sa torpeur. Frank lui fait signe d'attendre. Il compose un message et l'envoie, puis demande à son chauffeur son téléphone.

— Heu… oui, M'sieur.

— Compose ton code.

Frank ouvre les messages et trouve ce qu'il cherche. Il vient de lui envoyer : Il est dix-huit heures trente-huit. Au-dessus du message, la date est correcte, et l'heure indique 02:08 PM.

— J'ai trouvé, pour ce matin ! Tu as bien reçu mon texte à l'heure où je l'ai envoyé, mais il y a quatre heures de décalage, parce que mon portable est français, et le tien est indien. Ce décalage, c'est celui qu'il y a avec la France ! Regarde tous mes messages, tu verras qu'il y a toujours une différence de quatre heures entre le moment où je l'envoie et l'horaire qui est indiqué…

Le chauffeur ne comprend pas.

— Je t'expliquerai quand on arrivera…

Une fois la voiture garée devant son immeuble, il reprend ses explications avec des termes beaucoup plus simples et en faisant des signes avec les mains. Shiva semble enfin comprendre ce que ça signifie : le décalage horaire…

— Tu vois bien que je ne t'ai pas réveillé à trois heures du matin… Tu avais trop bu…

— Oui, M'sieur. Désolé, M'sieur…

— Ce n'est pas grave. Rentre chez toi et repose-toi…

Il remue la tête à l'indienne, en diagonale, sans rien dire.

Pour se remettre de sa journée, Frank décide de se faire un petit plaisir : ouvrir une des bonnes bouteilles de Bordeaux qu'il a ramené de son dernier déplacement professionnel.

Sa femme est là, à l'attendre, devant la télévision.

Elle se lève pour l'embrasser. Elle n'est pas très bavarde, ni très souriante. Depuis quelque temps, Elsa déprime. Ça a empiré encore lorsqu'elle est allée faire raccourcir ses cheveux chez le coiffeur. Frank ne sait pas trop quoi faire. Elle s'ennuie, ne voit personne. Elle engage la conversation :

— J'ai un truc à te dire.

— T'es enceinte ?

— Non. Et ce serait bien que tu arrêtes de me poser la question.

Elle a arrêté de prendre la pilule il y a plusieurs mois, mais cela ne fonctionne pas, et elle s'inquiète. Il ne comprend pas pourquoi elle se prend la tête comme cela. Ils sont jeunes, ils ont encore le temps, ça marchera quand ça voudra. Lui n'est pas pressé.

— Qu'est-ce que tu veux me dire ?

Elle soupire. Elle le regarde d'un air incrédule, en fronçant un peu les sourcils. Elle n'est pas dans son assiette. Il le voit bien, cela lui fend le cœur, mais il est totalement impuissant.

— Tu vas m'écouter, cette fois ?

Il prend sur lui. Cette fois… comme s'il ne l'écoutait pas. Elle a pris un ton méprisant, dédaigneux. Il s'assoit à ses côtés, constate que la télé est toujours en marche, et répond, en tentant de cacher son énervement :

— Oui, ma chérie. Je t'écoute.

— Tu regardes la télé ?

— Non. Éteins-là, s'il te plaît.

Elle prend la télécommande, appuie sur le bouton et pose ses mains sur ses genoux en regardant le sol.

Il est crevé de sa journée. Il n'a qu'une envie, ouvrir sa bouteille de rouge et en prendre une gorgée. Son cher vin de bordeaux, acheté à Bangalore et payé peut-être dix fois son prix d'origine.

— Je t'écoute.

— Je n'en peux plus de rester ici, toute seule. J'ai besoin de voir du monde.

— Je suis d'accord. Et je t'ai déjà dit que, si tu veux retourner en France quelque temps, tu peux.

— Non. Je veux qu'on sorte. J'ai cherché des cours d'anglais, mais je n'ai pas trouvé. Je ne sais pas comment m'y prendre…

— Tu veux que je demande à mes collègues ?

Il n'a pas que cela à faire, mais si cela peut aider sa femme à aller mieux, cela fera partie de ses priorités. Il lui prend les mains.

— Je te promets que je vais m'en occuper. Maintenant, fais-moi un sourire, s'il te plaît.

Elle le regarde dans les yeux. Un léger rictus qui ressemble plus à une grimace se dessine au coin de sa lèvre. Elle a les larmes aux yeux.

— Il y a autre chose. J'ai trouvé un groupe d'expatriés sur internet. Ça s'appelle InterNations. Ils organisent des réceptions dans le monde entier et il y a une soirée par mois. Je voudrais qu'on y aille.

— C'est quand ?

— Il y en a une ce vendredi, à l'hôtel Hilton.

— Bien sûr, ma chérie, on va y aller.

— Tu sais, si l'on ne connaît personne, c'est aussi de ta faute… Je veux dire… Tu ne veux jamais aller aux soirées qu'on nous propose, parce que tu es trop fatigué…

Le sang de Frank se met à bouillir. Il sait qu'il est un peu casanier, que sans doute il aurait dû accepter davantage les invitations, mais il en a marre des reproches de sa femme. Il soupire.

— On va aller à ta soirée. Ça te va ?

Elle a l'air soulagée.

Il se lève pour se servir dans son buffet. Quand il est arrivé en Inde, il était vide. Aujourd'hui, il est fier de pouvoir contempler sa collection de bouteilles : whisky, martini, vodka, porto, ainsi qu'un choix de vins. Il a aussi ramené quelques bières mais elles ont été trop vite bues.

Quand il ouvre le placard, il s'arrête, pris d'un doute. La semaine précédente, il est revenu avec un assortiment de six vins, dépassant de loin la quantité autorisée par la douane. Il demande à sa femme :

— Tu as mis où les bouteilles que j'ai ramenées ?

— Dans le buffet.

— Si je te demande, Elsa, c'est qu'elles n'y sont pas.

— Quoi ? Mais qu'est-ce que tu racontes ?

Elle se lève, contemple le contenu du placard et remue la tête de droite à gauche, en clignant les yeux.

— Je ne comprends pas. Je les ai mises là.

— Encore un coup de ta bonne débile ! Je n'en peux plus de celle-là !

— Mais non, Frank, réfléchis, pourquoi elle aurait volé ça ?

— Toi, réfléchis, il n'y a qu'elle qui ait les clés ! Il n'y a pas trente-six solutions.

Elsa le regarde et d'un coup se met à pleurer. Lui non plus n'en peut plus. Il la regarde, impuissant et fou de rage.

— Je vais faire un tour.

— Non, je…

Il ne la laisse pas finir et claque la porte derrière lui. Dans la rue, il y a moins de passage. Il est dix-neuf heures trente, la nuit est tombée depuis un certain temps. Il commence à marcher dans les seuls endroits praticables du quartier.

Il fait horriblement chaud. Il avance sans trop savoir où il va. De toute façon, il ne risque pas d'aller bien loin. Très vite, les rues vont devenir des artères sans trottoirs, grouillant de monde et puant la sueur et la merde.

Ici, c'est le seul endroit de Chennai avec la plage où l'on peut encore se promener dans les rues. Il ne rencontre personne dans ce petit quartier pavillonnaire pour milliardaires. De temps en temps, un immense portail en fer forgé s'ouvre, et une voiture de luxe en sort.

Ce serait un petit paradis, s'il n'y avait pas la chaleur et les moustiques. Frank se rend compte qu'il a oublié de prendre le vaporisateur pour éviter les piqûres. Il fait demi-tour, toujours énervé, en réalisant qu'il risque de se faire dévorer et de choper la malaria.

Sur le retour, il tombe nez à nez avec une meute de chien agressive qui le menacent de leurs crocs. Le soir est tombé, les clébards sont rois.

Ces bouteilles, qui ont disparu, c'est forcément la bonne. Il a beau retourner la situation dans tous les sens, il ne voit pas d'autre explication. Le chauffeur n'a pas les clefs de la maison. Il n'y a qu'elle qui ait l'accès. D'un autre côté, cela fait un petit moment qu'il soupçonne Shiva d'avoir un souci avec la boisson.

Il marche de plus en plus vite. Ici, il n'y a pas un seul mendiant. L'endroit est trop riche. Il se trouve dans une rue un peu plus animée maintenant. Toujours pas de passant, mais un gardien à chaque grille. C'est rassurant, en un sens.

Shiva ou Anita… Il n'en sait rien. Cela pourrait être n'importe qui, mais ce qui est sûr, c'est que la bonne a une part de responsabilité. Elle est tellement stupide qu'elle n'a rien vu, à tous les coups…

Quand il rentre, sa décision est prise.

Elsa est allongée sur son lit, sous la moustiquaire. Elle attend, en regardant le plafond. Il réalise soudain qu'il est presque vingt et une heure et qu'ils n'ont rien mangé. Il s'installe auprès d'elle :

— Je te demande pardon, ma chérie. Je n'ai pas vu l'heure passer…

Elle sanglote, sans répondre.

— On va manger, et ensuite, on fera la liste de toutes les personnes qui sont venues et ont pu les voler. On va virer tout le monde. De toute façon, le chauffeur, tu ne l'as jamais aimé…

Elsa se met à sangloter de plus belle. Il la serre dans ses bras, en essayant de la consoler.

— Ne t'inquiète pas, ma chérie… ça va vite passer. Il reste un peu plus de deux ans à tenir… Ça n'est pas si long. Ensuite, nous rentrerons en France. Je te le promets.

Elle se libère de son étreinte et lui prend les mains, les yeux rougis par les larmes.

— Frank… Si on vire la bonne et le chauffeur… Qu'est-ce qu'ils deviendront ?

— Je ne sais pas. Et on ne doit pas se poser la question, sinon, on n'y arrivera pas. Tu comprends ?

Elle acquiesce sans rien dire. Il sait qu'elle a raison, que c'est une décision lourde de conséquence. Shiva serait capable de se foutre en l'air, fou qu'il est… Mais ils n'ont pas le choix. À moins de trouver le voleur, il faut renvoyer les deux, sans état d'âme.

5 Gopal

Il se frotte les mains, en allant chercher sa voiture. Elle est garée à l'arrière ; il faut la déplacer et la nettoyer tous les matins, pour être prêt à partir, quand Monsieur descend. Il est vraiment très content, parce que c'est son premier jour de travail. Se faire engager par ces deux-là, c'est sans doute une super opportunité.

Il n'a pas compris ce qui s'est passé exactement avec le précédent chauffeur. Une histoire de vol, apparemment. Frank lui a dit :

— Si j'ai le moindre soupçon, que tu sois coupable ou innocent, c'est fini.

— Oui, M'sieur.

— Considère que tu es à l'essai. Dans un mois, je te dirai si je te garde ou non.

— Ok, M'sieur.

— Tu devras respecter ma femme comme moi-même.

Cette demande l'a étonné. Elle n'est pas courante. Mais cela ne lui pose pas de problème. Il est honnête et n'a jamais eu de problème dans ses précédents jobs. Il n'y a pas de raison pour que cela se passe mal.

— Ne vous inquiétez pas, M'sieur. Vous serez content, M'sieur.

Frank a incliné la tête. Gopal était engagé, et satisfait. Pas de contrat, juste un accord oral. Du coup, il se demande s'il fait bien d'accepter, mais dans le pire des cas, il est jeune et retrouvera du travail facilement.

Il a décidé de tenter sa chance. Et il paraît qu'avec les blancs, on peut gagner beaucoup. Il verra bien.

On lui a promis un bonus à Diwali et un autre au bout d'un an, le tout équivalent à un treizième mois, versé en deux fois. La voiture est confortable. Elle est payée par l'entreprise de Monsieur. Et comble du luxe, il peut la garder pour rentrer chez lui.

Bien sûr, on lui a dit de ne jamais l'utiliser pour son usage personnel. Il a bien compris que c'est interdit. Mais qui va vérifier cela, franchement ? Il a bien l'intention de profiter de cette magnifique Toyota, la voiture typique de tous les étrangers, pas aussi classe qu'une Mercédès ou une Audi, mais tellement confortable.

Du coup, ce week-end, il a l'intention de s'en servir pour rencontrer sa fiancée. Les deux jeunes gens ne se sont vus qu'une seule fois et leur mariage est prévu le 5 décembre.

Un prêtre astrologue a choisi la date, un jour faste, qui leur portera bonheur à tous les deux. La fiancée, choisie par ses parents, est de la même caste que lui, parle tamoul, mais aussi telougou, car sa mère, dont c'est la langue maternelle, en a fait le vœu. Bien entendu, elle est hindoue ; cela va de soi. Jusqu'à présent, elle travaille dans une boutique de saris, comme vendeuse. Elle a l'intention d'arrêter de travailler après le mariage.

Avant ce week-end, il l'a vue d'abord en photo, puis il lui a parlé au téléphone. Ensuite, seulement, il a pu la rencontrer officiellement, en présence de chacun de leurs parents. Pour les fiancer, on ne leur a pas demandé leur avis. Mais on leur a permis de communiquer. Ils se sont estimés chanceux. La plupart de leurs amis ont rencontré leur époux le matin de l'union.

Quand il l'a vue la première fois, il a d'abord été déçu. Elle était moins jolie que sur la photo. Et puis, en s'approchant de plus près, il s'est rendu compte qu'elle n'était pas si mal que ça avec ses grands yeux de poisson et ses cheveux brillants.

Et comme de toute façon, il n'a pas le choix et qu'il va l'épouser que cela lui plaise ou non, il vaut mieux voir les choses du bon côté. Elle a de très jolies mains et une belle taille que met en valeur son sari. Son visage est rond, son nez un peu épaté, et sans doute serait-elle plus jolie avec quelques kilos en moins. Ensuite, elle est un peu petite. Mais cela lui donne un air enfantin.

Gopal ne peut pas dire s'il est amoureux ou non. Il n'en sait trop rien. Excité, curieux, impatient, oui, indubitablement. Mais amoureux… Qu'est-ce que l'amour ? On lui a toujours dit que cela viendrait, après le mariage, avec le temps, et que c'était le bonheur d'être heureux ensemble.

Il y a longtemps, il été amoureux d'une fille, ou du moins, il a cru l'être. Elle le rendait fou, il pensait à elle toute la journée, il aurait quitté sa famille pour l'épouser si elle avait accepté de le suivre. Mais elle l'a repoussé et lui a brisé le cœur. Est-ce cela, l'amour ? Non, probablement pas.

L'amour doit rendre heureux. Il apprendra à aimer sa femme avec le temps, comme on le lui a toujours dit.

Pour le mariage, elle apporte la dot : bijoux et saris, comme c'est la coutume, mais aussi de l'argent, des meubles et de l'électroménager. Notamment, sa famille s'est engagée à leur acheter une belle télé toute neuve, un écran plasma moderne et classe, qu'elle paiera à crédit. Il se fiche de savoir pour combien de temps ils vont s'endetter. Ce n'est absolument pas son problème. Ce qui est sûr, c'est qu'Akhila va bientôt venir vivre chez lui, chez ses parents, et qu'elle lui apportera un grand lit, une armoire en bois et une belle télé. Il se réjouit à cette idée.

Il songe aussi à la nuit de noce, sa première nuit… Il a des copains qui lui ont expliqué certains points, et il a vu des films avec des blanches, qu'il s'est procuré en DVD, au marché noir.

Malgré tout, il voit bien qu'il y a quelque chose de bizarre avec ces films. Avant, il pensait que c'était un truc de blancs. Pourtant, ceux qu'il rencontre comme chauffeur ne sont pas du tout comme à la télé. Les dames ne s'habillent pas comme ces filles, même si elles ne sont pas aussi pudiques que les Indiennes. Quelque chose le gêne dans tout cela, sans qu'il puisse expliquer quoi.

Il a hâte que vienne sa nuit de noce. Souvent, il s'imagine la scène. Il pense à elle. Akhila… Il se répète inlassablement son nom, en songeant à la façon dont il la touchera, dont il l'embrassera, comment il enlèvera son sari de mariée… Akhila…

Quand il y pense il sent une érection monter entre ses jambes et lui caresser les cuisses. C'est parfois dur à calmer. Il se contient comme il peut. Parfois, il a peur aussi… Si elle ne voulait pas, s'il n'y arrivait pas…

Ce lundi matin, il se gare à sept heures trente en bas de l'immeuble de son nouveau patron. On lui a bien expliqué que son travail ne se limiterait pas à la conduite. Il aurait sans doute de nombreuses courses à faire, et des affaires à régler.

À huit heures du matin, il est prêt, la voiture est nettoyée, il a même pris le temps de s'acheter un café qu'il déguste en attendant Monsieur. Un type qui doit être le gardien s'installe à ses côtés :

— C'est toi le nouveau chauffeur ?

— Oui.

— Moi, c'est Ram. Là-bas, c'est Vilou. Le jour, il travaille pour la dame du deuxième étage, et il est gardien, la nuit. Et toi ?

— Gopal.

Le gardien hoche la tête, comme pour lui souhaiter la bienvenue. Les questions sur l'ancien chauffeur lui brûlent la langue, mais il n'ose pas les poser. Au lieu de cela, il attend. Ram continue :

— Ils doivent chercher une bonne aussi. Ils ont viré les deux en même temps.

— Pourquoi ?

— Lui, il buvait trop. Il leur a volé des bouteilles de grande valeur. Plusieurs milliers de roupies, qu'elle m'a dit, la bonne.

— Et pourquoi ils l'ont virée, elle ?

Ram n'a pas le temps de répondre. Au même moment, Frank descend les escaliers de l'immeuble et fait signe à Gopal de se mettre en route.

6 Alisha

Elle a remonté son sari pour éviter d'être trempée. Les pieds dans la rivière, elle frotte frénétiquement son linge, se demandant ce qu'elle a fait dans sa vie antérieure pour avoir un si mauvais karma. Cela faisait longtemps qu'elle n'avait pas lavé elle-même ses vêtements. C'était bien agréable, quand ils avaient les moyens de payer quelqu'un pour le faire. Mais c'est révolu. Maintenant que Shiva a perdu son emploi, il faut qu'elle s'en occupe elle-même, jusqu'à ce que la situation s'améliore.

L'année qui vient de s'écouler a été pour le moins difficile. Sa fausse couche, à presque quatre mois de grossesse, a été traumatisante. Ce n'était pas la première fois qu'elle perdait un bébé. C'est même la seconde fois, en deux ans. Le docteur a dit qu'à son âge, c'est normal. Il a dit que dans son état, elle ne devait pas recommencer, que c'était étonnant qu'elle soit tombée enceinte deux fois de suite, qu'elle était trop faible, trop vieille, et qu'il fallait faire quelque chose pour arrêter ça.

Elle était à l'hôpital, à ce moment-là. Et elle n'avait pas d'argent pour payer les soins.

Heureusement, Shiva avait son patron blanc.

L'an dernier, quand il a trouvé ce boulot, elle s'est dit qu'ils allaient gagner beaucoup d'argent. Elle n'avait pas tort. Si son idiot de mari avait eu un peu plus de jugeote, c'est sûr que ça ne se serait pas terminé comme ça.

Il n'avait pas un très gros salaire, mais c'était suffisant pour vivre. Et surtout, quand elle est tombée malade et qu'elle a dû rester une semaine dans une clinique, c'est Monsieur qui a payé. Elle n'a jamais eu de détails, mais à priori, Shiva s'est contenté d'aller frapper à sa porte en disant :

— M'sieur… ma femme est à l'hôpital. J'ai besoin de cinq mille roupies pour payer les soins…

Et il a sorti les billets de sa poche.

Une place pareille, avec une réserve comme ça… fallait être fou pour risquer de la perdre.

Des gens comme Monsieur, on n'en rencontre pas tous les jours. Et pourtant, Shiva a fait l'idiot, comme d'habitude.

Depuis qu'il avait ce nouveau boulot, ils étaient plutôt heureux. L'argent rentrait pour les besoins quotidiens. On avait même pu s'acheter de nouveaux vêtements ! Un sari pour elle et chacune de ses filles, un ensemble pour son fils Amulya et même un jean bleu avec une chemise brodée pour Shiva. Ils étaient beaux, tous les huit, en s'habillant le dimanche ! Elle avait cru qu'ils étaient sortis de la misère et que la vie allait être plus facile. Leurs problèmes semblaient résolus.

Cela dit, il restait toujours la question des dots de ses filles. Cela empêchait vraiment Alisha de dormir. Toutes les nuits, elle rêvait d'Ojal, dans son beau sari de mariée rouge, et elle l'imaginait brûler dans une cuisine miteuse, incendiée par une belle-mère pour une dot impayée.

La seule solution, c'était de les marier à un homme de leur caste, voire d'une caste inférieure, qui les prendrait sans dot. Cela avait quelque chose de déshonorant. Elle ne pouvait s'y résoudre. Mais comment faire, avec ces cinq filles qui lui restaient sur les bras ?

Si seulement elle avait eu encore un garçon… au moins un… Ces fausses couches, sûr que c'étaient des garçons. Sans en avoir de preuve, elle en est persuadée. Après avoir donné naissance à six filles et seulement un mâle, c'en était forcément un. Elle l'a tellement souhaité ; elle a fait tellement de pujas pour cela… difficile de croire que les dieux n'aient pas voulu l'exaucer. Et maintenant, il est parti. Et d'après ce qu'a dit le docteur, il n'y en aura pas d'autre.

En plus de tous ces soucis, il y a toujours Pennarasi, sa fille aînée, qui est mariée depuis plus de deux ans, déjà. Elle donne l'impression d'être heureuse dans sa nouvelle famille. Ce sont des agriculteurs. Ils ne sont pas fortunés, mais ils vivent décemment. Et surtout, ils sont d'une caste plus élevée.

C'est justement là, le problème. À chaque fois qu'elle les voit, elle se pavane avec des airs supérieurs…

Sa dot est finie de payer, ou plus exactement, l'argent qu'on doit, on le rembourse à un usurier de la ville. La belle-famille n'a donc théoriquement plus rien à exiger d'eux… Pourtant, dès qu'il en a l'occasion, le beau-père leur demande une nouvelle participation, un effort supplémentaire, qui les achève encore.

Et Shiva n'ose pas dire non.

La dernière fois, c'était pour Diwali. Pennarasi devait leur rendre visite et Alisha voulait bien les recevoir. Quand ils sont arrivés, ils se sont comportés comme des Nababs, faisant comme chez eux, critiquant tout.

Shiva a voulu les impressionner :

— On va leur offrir un festin ! On achètera des feux d'artifices comme ils n'en ont jamais vus ! Je vais avoir mon bonus de Diwali…

Alors, Alisha s'est vantée, devant sa fille. Elle a dit :

— Vous allez voir… Quand il aura l'argent, on fera une grande fête.

On lui avait bien promis un bonus à l'embauche, mais personne n'avait parlé de la somme. La règle, c'est un mois de salaire.

L'entreprise de Monsieur a refusé de le lui donner, prétextant que ça n'était pas dans leurs coutumes. Ils n'acceptaient de lui régler en prime que la moitié de son salaire mensuel. Et comme ils avaient payé l'hôpital d'Alisha, ils considéraient que cela devait être déduit de son bonus. Au final, il ne restait plus grand-chose de la somme tant attendue.

Quand il est rentré et qu'il lui a raconté tout ça, elle s'est sentie très mal. Ils allaient perdre la face devant la belle-famille de Pennarasi. Ça n'était pas possible… Et puis, cet argent devait servir à la dot d'Ojal. Ça n'aurait pas suffi, mais c'était un bon début…

À ce moment-là, elle a réalisé que peut-être le vent tournait. Comment allaient-ils faire pour leurs filles ? Pour toutes leurs filles ?

Il devait faire quelque chose ! C'était lui, le chef de famille ! Alors, le soir où il lui a dit qu'il n'aurait pas de bonus, elle a pris les choses en main :

— Et tu vas te laisser faire ? Tu ne vas pas me dire que t'es bon qu'à boire du Brandy, quand t'as trois sous en poche !

— Et qu'est-ce que tu veux que je fasse, moi ? Ils disent que j'y ai pas droit. Ils disent qu'ils ne me donneront rien…

— Bah ! Demande à ton patron, va ! Il va bien te laisser quelque chose…

Shiva l'a regardée, méchamment. Il a levé la main vers elle pour la menacer, puis il s'est calmé, comme il le fait toujours.

— t'es qu'une sale bonne femme, toi ! Monsieur, il m'a déjà donné l'argent pour toi ! T'étais à l'hôpital ! Tu te rappelles pas ? Tu crois qu'il a donné ça sans broncher ? C'est pour ça que j'ai pas de bonus ! C'est à cause de toi !

Elle a senti la colère monter. Cette espèce de lâche n'avait même pas le courage d'affronter un blanc ! Elle s'est mise à crier :

— Et alors ? T'as une autre solution, toi, peut-être ? Qu'est-ce que tu veux que je fasse, moi, pour trouver l'argent ? Y a que toi qui peux !

Il a soupiré en pinçant les lèvres et il est parti en claquant la porte. À chaque fois, ce pleutre essaie de l'impressionner : il lève la main, s'énerve, et puis… il sort. Idiot incapable. C'est ça qu'il est, rien de plus. Si seulement c'était elle, le chef de famille… ça se passerait pas comme ça. Elle lui aurait montré, à ce blanc.

Le surlendemain, il est revenu avec six mille roupies en poche. Il n'a rien dit, mais elle a pensé qu'il avait enfin eu le courage d'affronter son patron. C'était bien. Il s'était comporté en homme, pour une fois.

Ça ne faisait pas un mois de salaire, mais c'était mieux que rien. Ils ont pu acheter leurs feux d'artifices pour le dernier jour de Diwali. Ça a bien impressionné la belle-famille.

Cette fête, c'est le dernier souvenir agréable d'Alisha. Après, il a eu encore un accident avec son scooter. Cette fois-ci, il avait trop bu et s'est levé au milieu de la nuit pour aller chercher son patron à l'aéroport, sauf que celui-ci était dans son lit, et que sur le chemin, Shiva a écrasé un chien avant de se renverser lui-même et de se retrouver en cellule de dégrisement.

Heureusement, il n'avait rien de grave, mais il avait le visage salement amoché.

Après cela, il est rentré du travail très bizarre. Il faisait une drôle de tête, pas seulement à cause du bandage. Il n'a pas voulu lui dire ce qui se passait mais elle a bien vu qu'il n'était pas normal. Elle a essayé de comprendre.

— Qu'est-ce que tu as, dis ? Je vois bien qu'y a un truc.

Mais il n'a pas répondu. Elle a crié, plus fort :

— Je suis ta femme ! J'ai le droit de savoir ! Qu'est-ce t'as fait ? Tu vas me dire, ce qui se passe ?

Mais il n'a absolument rien dit. Il s'est allongé sur leur natte en paille et il s'est retourné, silencieusement. Il n'avait même pas bu ce soir-là.

Alisha s'est inquiétée de le voir silencieux comme ça. Elle s'est dit qu'elle finirait par savoir. Peut-être que son accident l'avait plus amoché dans la tête qu'à l'extérieur ? Elle n'en savait rien, mais cela l'inquiétait.

Pendant une semaine, il ne lui a pas adressé la parole. Il partait le matin et revenait le soir.

Finalement, elle s'est décidée à faire son enquête. Son incapable de mari avait des problèmes, c'était sûr. Mais quoi ? Alors, elle a attendu son départ, elle a pris le bus, et elle est allée voir où habitent Monsieur et Madame.

Quand elle est arrivée, elle s'est approchée discrètement pour voir ce qui se passait. Shiva n'était pas là. Ça ne voulait rien dire, parce qu'il pouvait être dehors, avec l'un de ses patrons. Alors, elle est venue s'asseoir à côté du gardien. Elle s'est présentée et lui a dit la vérité :

— Mon mari est bizarre. Je veux savoir ce qu'il se passe…

Le type s'est mis à rire. Il l'a regardée avec pitié et mépris. Sans qu'il ait à parler, elle avait compris.

Quand il est rentré le soir, elle ne lui a pas laissé le temps d'aller se mettre au lit. Elle l'a attaqué, sans détour :

— Tu t'es fait virer, hein ! T'avais une place en or, et toi, tu t'es fait virer ! Mais qu'est-ce que t'as fait encore ?

— Comment tu sais ça, toi ?

— Je le sais, c'est tout ! Qu'est-ce que t'as fait ? T'es un incapable ! Pas fichu de garder un emploi ! Comment on va faire, maintenant ? Hein ? Avec quoi on va vivre ?

Il lui jeté une liasse de billets à la figure. Trois mille roupies. C'était pas grand-chose, comparé au salaire qu'il avait perdu, mais avec ça, on pourrait manger quelque temps.

Aujourd'hui, elle est à la rivière, en train de battre frénétiquement le linge, pour le laver. Avant, on pouvait payer des gens pour ça, mais tant que Shiva n'a pas retrouvé du travail, il faut qu'elle le fasse elle-même.

Il n'a pas voulu lui dire ce qu'il a fait, exactement. Alisha a d'ailleurs arrêté de poser des questions. Ça ne sert à rien, à part l'humilier. Au lieu de ça, il a proposé un pèlerinage au temple de Vishnu, à Tirumala, pour se purifier et obtenir la bénédiction du dieu. Ils n'avaient pas beaucoup d'argent, mais elle s'est dit que c'était la meilleure solution, en attendant.

Alors, ils se sont tous mis en route, toute la famille, ensemble. Cela a duré deux jours, sans compter le voyage. Ils ont pris le train, sans payer leur billet.

Ils ont vu un contrôleur. Ils ont expliqué ce qu'ils faisaient là et donné ce qu'ils avaient sur eux. Ça a suffi et c'était moins cher que de payer huit tickets.

Une fois sur place, ils ont vu le dieu et leur ont offert leurs cheveux. Quand ils sont repartis, ils étaient tous chauves. Ce n'était pas la première fois qu'elle faisait ce pèlerinage, mais elle n'a pas aimé.

La première fois qu'on lui a rasé la tête, elle était toute petite. Quand elle s'est vue dans la glace, après la tonte, cela lui a fait un grand choc. Se toucher le crâne aussi, c'était étrange. Et cela faisait froid.

Petit à petit, les cheveux sont revenus, millimètre par millimètre. Cela l'amusait de toucher son cuir chevelu tout doux, au début, de passer sa main sur ces petits poils hérissés comme du gazon.

Mais pour ce pèlerinage-là, elle était avec tous ses enfants, alors il a fallu montrer l'exemple et ne pas se plaindre. Cela devrait suffire à obtenir la protection de Ganesh.

Depuis qu'ils sont rentrés, Shiva cherche du travail. Il dit qu'il va en trouver rapidement, qu'il a des contacts dans des entreprises. Le problème, c'est qu'il n'a pas de lettre de recommandation de son dernier patron.

Il va falloir être convainquant. Lui qui rate toujours tout…

Elle lui a dit de faire un faux. C'est pas dur. Il suffit de trouver quelqu'un qui puisse l'écrire correctement, sans faute. Ça se fait tous les jours.

Elle rentre chez elle avec son panier de linge propre dans les bras. Il faut beaucoup marcher, c'est à une heure de route environ. Il y a le bus, bien sûr, mais ça coûte six pièces, et en ce moment, elle n'a pas les moyens.

Elle a fait ses comptes. Il leur reste huit cents roupies pour le moment. S'il trouve une place, il faudra qu'il demande une avance à son patron.

En pensant à l'argent qui doit entrer, elle allume un bâton d'encens devant la statue de Ganesh. Elle déposerait bien un petit bouquet de jasmin, mais c'est trop cher pour le moment. Alors, elle prie le dieu, et jure qu'il aura la plus belle offrande de fleurs qu'elle puisse trouver si le mois prochain Shiva a trouvé un emploi.

7 Preethi

Cela fait maintenant six mois qu'elle est arrivée à Londres. Au début, c'était compliqué. Elle avait une chambre réservée, sur le campus universitaire, et il a fallu se repérer.

Pour les cours, ça a été facile. On lui a donné son emploi du temps et elle n'a fait que suivre ce qui était écrit. Ça n'était pas trop dur. Elle n'a eu aucun mal à comprendre ce dont il s'agissait. Elle a même trouvé le niveau en maths beaucoup trop simple. Par contre, en économie, c'était autre chose. Là, il a fallu bosser à la bibliothèque.

Au bout d'un mois, elle était à l'aise. Elle s'est donc mise à chercher un job. Malgré sa bourse et le soutien de ses parents, elle savait qu'il lui faudrait participer aussi. Cette année serait facile, mais les suivantes, pour obtenir son master, risquaient de lui demander de plus en plus d'investissement. Il fallait donc mettre de l'argent de côté, dès maintenant, pour pouvoir finir ses études tranquillement.

Il y a une chose à laquelle elle n'a jamais pu s'adapter. C'est le stress. Ici, on a l'impression que les gens courent partout, que c'est toujours une question de vie ou de mort, alors qu'en fait ils vont juste à leur bureau.

Preethi n'a pas la même notion du temps. Elle a appris il y a longtemps à respecter les horaires. Même si en Inde, ce n'est pas une qualité très répandue, la ponctualité est une notion qui se transmet. On sait qu'il y a des rendez-vous auxquels on n'a pas le droit d'être en retard, des rendez-vous importants : chez le médecin, à l'administration, un examen, ou encore pour une rencontre matrimoniale. Il est impensable de faire attendre un docteur, un fonctionnaire ou sa future belle-mère.

Pour le reste, elle ne comprend pas la rigidité londonienne. Amma lui a expliqué que c'est un problème occidental. Le temps est une mesure qui n'est pas prise en compte en Inde.

Depuis qu'elle est là, elle a l'impression d'être plus flexible que ces gens. Elle se sent différente. Il lui paraît évident, maintenant, qu'ils ne penseront jamais de la même façon. Ils n'ont pas la même notion de ce qui est important dans la vie.

Elle a la sensation de s'être bien adaptée, mais c'est comme si elle jouait un rôle. Elle a endossé l'image d'une jeune fille occidentalisée, totalement étrangère à ses valeurs.

Cela a commencé dès son arrivée. Il a fallu fournir une tonne de papiers à l'administration. Le formulaire jaune, la copie du document vert, la photo d'identité, le passeport… sans compter les lettres de ses professeurs, le choix des inscriptions, des options, et de la carte de cantine. Elle avait l'impression que c'était une question existentielle.

La nécessité d'entrer dans les règles lui a semblé un point fondamental. Alors, elle a fait semblant d'être comme les blancs. Dans la rue, elle s'est rendue compte que les gens marchaient vite. Elle a adapté son rythme, pour faire comme eux.

En faisant ses courses au supermarché, elle a découvert qu'il fallait rapidement sortir les produits du caddie pour les poser sur le tapis et ensuite les mettre dans des sacs en accélérant la cadence, si possible.

Et le soir, à force de courir en tous sens, elle est fatiguée en rentrant chez elle.

Trouver du travail a été plus compliqué que prévu. Elle espérait faire des baby-sittings, ou donner des cours de Maths, mais elle n'a jamais réussi à se faire embaucher. À la première annonce à laquelle elle a répondu, sur internet, elle a reçu une réponse favorable par e-mail. On a convenu d'un entretien téléphonique. Et puis, quand elle a appelé, ça s'est passé très bizarrement. Elle s'est présentée, répétant les phrases qu'elle avait apprises par cœur pour ne pas paniquer : Bonjour, je suis Preethi Bagavathy. Je vous appelle pour l'aide au devoir…

Mais le type au téléphone a été très froid. Il a dit :

— Ah… Je suis désolé, mademoiselle, mais j'ai déjà trouvé quelqu'un.

C'était bizarre, parce que dans son e-mail, il avait écrit qu'il devait voir plusieurs candidats, avant de se décider. Elle s'est rassurée en se disant que peut-être il avait eu une sorte de coup de foudre sur une étudiante. Après tout, pourquoi elle ne serait pas engagée ? Elle était très compétente. Aucun doute qu'elle trouverait du boulot dans les prochaines annonces.

Mais malgré son acharnement, les réponses au téléphone étaient toujours les mêmes. Elle ne voyait pas où était le problème. Elle était étrangère, mais elle parlait parfaitement la langue.

Et un jour, un interlocuteur fut plus honnête. Il lui dit :

— Je suis désolée, mademoiselle, vous avez vraiment un accent très prononcé… Cela m'ennuie, parce que je ne veux pas que mon fils prenne ce pli… Vous comprenez ? Je vais garder vos coordonnées pour mon aînée. Si elle a besoin de cours de maths, vous pourriez faire l'affaire…

Elle a remercié et elle a raccroché. Elle a essayé de trouver des annonces où sa façon de parler ne serait pas un problème. Mais cette fois, on lui répondait qu'elle n'était pas assez diplômée. Trop jeune, trop indienne, trop foncée, peut-être… Dans tous les cas, on ne voulait pas l'embaucher.

Elle élargit donc son champ de recherche pour trouver un boulot qui corresponde à son emploi du temps. Elle trouva une place, chez McDonald's. C'était mal payé, avec des horaires très durs, mais qui avaient l'avantage d'être flexibles.

Elle n'avoua jamais la vérité à son père. Il serait devenu fou, en apprenant que sa fille végétarienne faisait cuire des steaks de bœufs et griller du bacon. Sans parler du fait qu'elle rentrait chez elle, à minuit passé, après la fermeture. S'il avait su qu'elle se promenait seule, la nuit, dans la rue, il lui aurait payé un billet retour dans le premier avion sans demander plus de détails.

Il valait donc mieux lui mentir en lui faisant croire qu'elle travaillait comme babysitteur. Cela avait été suffisamment compliqué de le convaincre qu'elle ne deviendrait pas une traînée ni ne renoncerait aux valeurs traditionnelles en venant ici pour tout gâcher en révélant les difficultés qu'elle rencontrait.

Et puis, si elle faisait cuire des steaks, elle n'allait pas jusqu'à en manger.

Convaincre son père avait été très difficile. Elle avait pensé ne jamais y arriver, jusqu'à ce qu'il finisse par céder, et là encore, elle s'était résolue à ne point y croire, tant qu'elle ne serait pas dans l'avion.

C'était deux jours après que son amie Bindu soit venue à la maison. Sa mère ne disait rien et Preethi se doutait que quelque chose n'allait pas, mais elle était loin d'imaginer ce qui s'était passé dans la tête d'Appa.

Le soir, il est rentré ; ils ont mangé en silence un thali que Patti[33] avait cuisiné. Ensuite, alors qu'elle allait se lever de table, il lui a dit :

— Assieds-toi. Je veux te parler.

Elle a senti son sang se figer. Quelque chose n'était pas normal. Amma était debout, derrière, et elle avait les yeux rouges. Sa grand-mère était là, aussi. Elle attendait et souriait.

Quand son père lui a dit qu'il avait changé d'avis et qu'il ne voulait plus qu'elle fasse ses études en Europe, elle a tout de suite compris ce qui s'était passé. Patti avait sans doute fait des siennes. Elle avait une drôle de tête en voyant Bindu, mais Preethi n'aurait jamais imaginé qu'elle lui ferait un coup pareil.

— Je suis désolé. C'est pour ton bien. Tu serais malheureuse, là-bas. Pour bien faire, il faudrait que l'un de nous t'accompagne, mais nous n'avons pas les moyens de le faire…

Appa parlait, mais elle n'écoutait pas. Son sang s'était mis à bouillir de colère. Elle savait qu'elle n'avait pas le droit de désobéir à son père. C'était bien l'une des premières choses qu'on lui avait apprises. Mais elle avait été trop bercée du désir de liberté de sa mère pour accepter de se plier comme cela.

Elle se fit alors une promesse : elle irait en Angleterre, quoi que cela lui coûte. Sinon, elle leur ferait payer, très cher.

Ce soir-là, elle ne prononça pas une parole. Elle avait besoin de réfléchir. Quand elle vit la tête d'Appa, devant son mutisme, elle sut

[33] Patti : Mamie

que son attitude était la bonne. Il la regarda, et répéta plusieurs fois :

— Réponds ! Mais réponds !

Elle ne dit rien et haussa la tête fièrement, essayant d'imprimer à son regard le plus profond mépris. Il comprit. Il se leva et lui retourna une baffe violente qui l'envoya au sol. Du plus loin que remontaient ses souvenirs, il ne l'avait jamais frappée comme cela.

Amma se jeta sur elle et se mit en travers pour la protéger de son corps.

— Arrête ! Elle n'a rien fait !

— Tu as vu comment elle m'a regardé ?

Amma n'a pas répondu, mais elle a dû être assez convaincante, parce qu'Appa est parti en claquant la porte.

Preethi est restée immobile. Elle n'a ni prononcé une parole, ni effectué un mouvement. Sa mère l'a entourée de ses bras et s'est blottie contre elle. À travers le voile du sari qu'elle plaquait contre ses yeux, elle put voir qu'elle pleurait.

Derrière, Patti ne disait rien. Elle les regardait toutes les deux. Est-ce qu'elle se rendait compte du mal qu'elle avait fait ? C'était difficile à dire. Mais Preethi savait que la clef de sa liberté, c'était cette femme qui la possédait, et c'était elle qu'il faudrait convaincre.

Pendant une semaine complète, elle garda le silence. Elle n'adressa la parole à personne, pas même à son jeune frère qui n'avait rien à voir dans tout cela, et encore moins à sa mère.

L'effet produit fut sans attente : on alla voir un prêtre pour faire une puja.

Un matin, Amma ne se rendit pas au travail. Cela faisait trois jours que Preethi n'allait plus au lycée. À la place, elle s'asseyait dans un coin de la maison et regardait ses pieds. Son comportement inquiétait tout le monde, à commencer par Patti, qui avait l'air de culpabiliser.

Quand sa mère lui dit qu'elle voulait la conduire au temple, pour la première fois depuis l'annonce de son père, elle daigna lever les yeux et faire un signe de tête. Elle se leva, et les trois femmes se mirent en route.

Le prêtre était assis, en tailleur, devant la statue de Ganesh. Il y avait un thali posé avec du jasmin, des bananes et une petite lampe à huile allumée. Il les accueillit, écouta ce que sa mère avait à dire, et se contenta de prononcer une bénédiction en cassant une noix de coco et en faisant brûler de l'encens.

Cela dura cinq minutes, au terme desquelles on versa une petite somme d'argent, en offrande au temple.

Amma et Pathi rentrèrent, la mine réjouie, persuadée que tout allait s'arranger. Preethi reprit son attitude habituelle, elle s'adossa à son mur et regarda ses pieds stoïquement. Son père décida alors qu'en la privant de nourriture, on réussirait sans doute à lui arracher une parole.

Le premier jour fut assez facile. Le second jour, elle alla s'allonger parce qu'elle avait mal à la tête. Le troisième jour, elle commençait à se sentir mieux, mais elle vit sa mère et sa grand-mère qui s'agitaient autour d'elle, de peur qu'elle ne tombe malade.

Elle entendit des cris, dans la pièce à côté. Son père craqua, et on lui apporta un repas. Elle regarda le thali, poussa un soupir et se retourna sans rien dire. Ce faisant, elle se demandait où cela pourrait la mener. Combien de temps arriverait-elle à jeûner, sans tomber malade ? Il faudrait qu'ils craquent avant elle. Elle n'eut pas trop à attendre. Elle vit sa mère hurler comme une folle et sa grand-mère pleurer.

Le soir même, Appa était à son chevet :

— Preethi... Je m'inquiète pour toi. Je ne veux que ton bonheur...

Elle ne répondit pas. Il soupira.

— Tu iras à Londres, si c'est ce que tu veux...

Elle tourna la tête et le regarda attentivement.

— Je veux que tu me fasses une promesse. Tu peux faire ça ?

Elle bougea la tête, pour dire qu'elle avait compris et qu'elle écoutait.

— Promets-moi que tu ne deviendras pas comme ton amie, que tu ne tourneras pas le dos à nos valeurs... Je veux que tu restes une Indienne, que tu reviennes aussi pure que tu es partie et que tu épouses un Indien de bonne famille. Tu peux faire ça pour moi ?

Elle remua la tête, doucement.

— Jure-le.

— Je te le promets, Appa.

C'était sa première parole depuis une semaine. Sa voix enrouée eut du mal à sortir. C'était un son rauque plutôt désagréable. Il ferma les yeux et la prit dans ses bras.

— Tu vas manger, maintenant ?

Elle remua la tête. Il approcha le thali pour qu'elle puisse se servir. C'était chaud et agréable, mais un peu écœurant. Elle ne put prendre que trois bouchées.

L'appétit lui revint quelques heures plus tard. Sous les yeux de tous, et dans la joie générale, elle mangea la moitié de son repas.

Après cet événement, pas un jour ne se passait sans qu'elle ne craigne que son père ne change d'avis. Sa grand-mère ne disait rien, même si tout le monde savait ce qu'elle pensait. Apparemment, Preethi leur avait fait suffisamment peur pour qu'ils la laissent partir.

Ce ne fut que lorsqu'elle fut dans l'avion, et qu'elle vit les manguiers s'éloigner derrière elle, qu'elle put vraiment se réjouir de sa chance. Elle regarda par la fenêtre les bâtiments gris, les lumières de l'aéroport, puis la mer disparaître sous les nuages.

À cet instant précis, elle se mit à sourire en songeant à ce qui l'attendait à Londres et à ses rêves d'étudiante.

8 Thierry

Amoureux de l'Inde, il a décidé de s'y établir pour une durée indéterminée. Ce pays le fascine. La chaleur humaine, la simplicité de l'existence, le mélange des cultures... Ça lui prend les tripes, sans qu'il puisse vraiment l'expliquer. Ici, il a l'impression de vivre, et de voir la vraie richesse, celle des hommes.

Parfois, il y a des choses qui provoquent la nausée et qui lui donnent envie de rentrer chez lui, à Paris. Mais ça ne dure jamais longtemps. Bien sûr, ces gens qui crèvent de faim, ça lui fend le cœur. Il aimerait pouvoir faire quelque chose, mais il ne peut pas. Il doit faire comme eux, accepter.

C'est surprenant, cette philosophie de la vie qu'on a ici. Ils savent ce qui est important, ils savent être heureux. C'est tout ce qui compte. Et c'est ce qui plaît à Thierry. C'est pour ça qu'il se sent bien dans ce pays.

Quand il a un problème, il trouve toujours quelqu'un pour lui rendre service. L'autre fois, en sortant du bus, il s'est rendu compte qu'il avait oublié son téléphone. Un type, avec un sac à dos et des lunettes, s'est approché de lui et lui a demandé :

— Vous avez besoin de quelque chose ?

L'instant d'après, il lui prêtait son portable, comme ça, sans plus demander d'explication.

Une autre fois, il s'était perdu. Il était quelque part dans le quartier d'Anna Nagar, incapable de retrouver son chemin.

Il a demandé aux gens qu'on lui indique un bus à prendre. Il ne voulait pas prendre un rickshaw. C'est assez cher, et surtout, on n'est jamais sûr d'arriver à bon port si l'on ne connaît pas le chemin.

On lui a dit comment faire, mais pour aller au sud, c'était compliqué, parce que c'était loin. Et là, un type en scooter s'est arrêté et il lui a dit :

— Je vous emmène ? Je ne vais pas au sud, mais je peux vous rapprocher…

Il a accepté. Il fut bien content de tomber sur ce jeune.

Il est monté à l'arrière, sans casque, comme il a pris l'habitude de le faire depuis qu'il vit ici. En France, ça ne lui viendrait pas à l'esprit, mais en Inde, il a vu des familles de six personnes se caler, on ne sait comment, sur un seul engin… Le plus choquant, ce sont les bébés qu'on met à califourchon sur le moteur. Ainsi, ils dorment bien : ça les berce.

Il adore ce pays. Sa simplicité le saisit toujours. On n'a pas les moyens, alors on fait avec ce qu'on a. Et c'est comme ça qu'ils arrivent à tout. Ils se prennent moins la tête qu'en Occident, c'est sûr. Ils se posent moins de questions, aussi.

Sa femme, Jeanne, est professeure de yoga. Ils sillonnent les routes, tous les deux. Ils vivent quelques mois dans le Nord, quelques mois à Goa, au bord de la mer. De temps en temps, ils vont se reposer dans un Ashram, au Kerala.

Lui, il est photographe. Il vend ses clichés à des journaux du monde entier. Il ne gagne pas grand-chose, mais en Inde, cela suffit, avec quelques expositions, quand l'opportunité se présente, pour vivre correctement.

Jeanne donne des cours de yoga, un peu partout. Elle propose parfois des stages d'une semaine. Souvent, elle se fait engager par une école, pour une mission de six mois. Petit à petit, elle se fait connaître auprès des expatriés qui veulent s'initier. Ils apprécient d'avoir pour professeur une européenne. Elle trouve cela dommage, mais cela l'arrange bien. C'est son job.

En ce moment, ils sont à Chennai. Ils ont loué une chambre dans une collocation, avec des étudiants.

Ces jeunes sont très sympas. Ils font la fête assez souvent, ce qui rappelle à Thierry et à Jeanne la vie à l'occidentale : un peu de bière, un peu de whisky, un peu de coca, et beaucoup de chips.

Ils pourraient se payer mieux que cet appartement, mais ils ont choisi de vivre à l'indienne, avec les avantages et les inconvénients… et surtout, cela leur permet de mettre de l'argent de côté, de voyager et de visiter le pays pendant les week-ends. C'est une chouette expérience, pour eux. Et surtout, c'est unique, car il est très difficile d'obtenir un visa de travail, à moins d'être stagiaire, V. I. E.,[34] professeur de langue, ou expatrié avec un salaire de ministre.

Thierry, lui, a pu avoir son visa grâce à sa femme, qui est française d'origine indienne, ou plus exactement, franco-indienne, de Pondichéry. C'est ce qui leur permet de vivre ici, indéfiniment, et de vivre de leurs passions.

Aujourd'hui, il a passé sa matinée à la plage de Besant Nagar, à photographier les Indiens, les étalages de poisson, les marchands de fruits et légumes.

Il a pris en photo des dizaines d'enfants, courants sur la plage. Il aime exercer son métier à cet endroit, c'est un vrai plaisir : les gens veulent tous se faire photographier !

Parfois, quand ils parlent anglais, il prend leur e-mail et leur envoie leur photo. Quand c'est possible, il fait développer ses pellicules, ce qui ici ne coûte presque rien, et il retourne les offrir. Les femmes l'accueillent de leur plus beau sourire, joignent leur main et inclinent leur tête en guise de merci. Les hommes veulent le serrer dans leur bras, comme ils ont coutume de le faire, entre eux. Il est toujours très ému quand il est entouré de cette chaleur humaine.

Vers onze heures, il est revenu chez lui, avant que le soleil ne soit trop haut et qu'il ne fasse trop chaud. Dans son quartier, il y a six heures de coupures d'électricité par jour, en ce moment : deux le matin, deux l'après-midi, et deux la nuit. Il sait qu'il y a des endroits où il y en a moins. Il y a même un lieu, là où vit le premier ministre du Tamil Nadu, où il n'y en a jamais.

Il charge bien son ordinateur portable, car il sait que bientôt, cela

---

[34] V.I.E : Volontariat International en Entreprise. Contrat particulier offerts aux jeunes de moins de vingt-huit ans en partenariat avec les états.

va s'arrêter, et il n'a pas de générateur, ici.

Cela lui permet de trier tranquillement ses photos. Il a pris un magnifique lever de soleil rouge sur la mer. De nombreuses usines polluent le littoral. La plage est dans un état lamentable. Pourtant, c'est beau. Le mélange des couleurs chaudes et profondes, le sable beige, ocre, et gris ; la mer mouvementée et sombre, et le soleil qui se lève dans le fond.

Dans tous ces clichés, il y en a qui sortent du lot. Notamment, sur l'une d'entre elle, on voit la plage à l'arrière-plan, et devant, les vestiges d'un immense feu de bois, au-dessus duquel se dresse un corps carbonisé, accroché à des piques.

Il a réussi à saisir cette image, parce qu'il était de l'autre côté de la rue et que personne ne l'a vu. Sinon, on ne l'aurait probablement pas autorisé.

C'était fascinant. Il est resté longtemps devant ce spectacle, à contempler les restes de ce cadavre en train de brûler. C'était la première fois qu'il voyait un bûcher funéraire de si près. Quand c'est fini, on le jette dans l'eau. L'incinération est le moyen le plus sûr d'être libéré du cycle des réincarnations.

Ensuite, il s'est approché d'un peu plus près, en ayant pris soin de cacher son appareil dans son sac. Il a vu le cadavre. On aurait dit qu'il avait été enveloppé dans du tissu, comme du coton. Il y avait une odeur nauséabonde, de chair brûlée, et l'on pouvait voir des lambeaux de chair, comme du cuir tanné qui apparaissait par transparence à travers le tissu en décomposition.

Sur l'image, on ne voit pas tous ces détails. Ça n'est pas plus mal. Il vaut mieux garder un peu de mystère, autour de la mort.

Il s'est promené beaucoup plus loin sur la plage et est allé jusqu'à un autre quartier, qu'on dit mal fréquenté. Il s'est senti peu à l'aise à cet endroit, mais malgré tout, il a continué sa visite. Et il n'a pas regretté. Il a pu prendre en photo les pêcheurs, devant leurs barques. De braves hommes, solides, qui inspirent le respect, par leur courage. Ils avaient l'air contents. Quand il a eu fini, ils lui ont demandé une pièce. Il leur a donné un billet, pour les remercier.

Et puis, il a pris beaucoup de clichés des chiens qui dorment sur le sable. Ils sont des centaines à vivre ici. C'est sauvage et effrayant, ces meutes de bêtes errantes. En même temps, la couleur de leur fourrure un peu fauve est magnifique sur la plage. On dirait des dunes de sables en mouvement.

Dans ses fichiers, il ouvre une autre série de photos qu'il a prises, la semaine précédente, en soirée, cette fois. Le visage de la plage change complètement. Elle est illuminée de spots de toutes les couleurs, et pleine de marchands ambulants qui proposent de la barbe à papa en sachet, des jouets en plastique pour les enfants, et des petits gâteaux.

Sur la promenade, une rangée de maisonnettes en bois, comme de grands stands, où l'on propose des boissons, des petits gâteaux et des poissons recouverts d'épices et grillés. Il a goûté, une fois. C'est vraiment très bon. Un peu piquant, peut-être. C'est vrai qu'il a eu du mal à finir son assiette. Les crabes, les calamars, le bar, le barracuda… autant de variétés qui sont imbibées d'épices. C'était brûlant dans la bouche, mais excellent. Il s'est régalé. On sentait bien la saveur du poisson et le parfum du cumin, de la coriandre, du massala. Et ces petits calamars fris, à grignoter… un vrai délice. Il faudra qu'il y retourne, un soir, avec sa femme.

Devant les stands, de petites tables et des chaises en plastiques sont mises à disposition des clients.

Les hommes et les femmes sont en tenue traditionnelle. Au mieux, ils osent mettre un pied dans l'eau. Mais il ne viendrait à l'esprit de personne de se déshabiller pour y plonger. La plupart ont peur et ne savent pas nager.

La nudité, c'est tabou. C'est assez curieux, d'ailleurs : les hommes peuvent montrer leur torse, mais pas leurs cuisses. Pour les femmes, c'est presque pareil. Elles cachent toujours leurs jambes, leurs épaules et leurs poitrines… mais la taille est systématiquement découverte par le sari. Comme quoi, la pudeur, c'est bien une question de culture, songe Thierry, en regardant une belle Indienne qui incline son corps, et laisse apparaître ostensiblement le creux de ses hanches et le rebondi de son ventre. Elle porte son enfant sur le côté et sourit en direction de l'objectif.

Sur une autre photo, il a réussi à prendre de loin une jeune musulmane, couverte de noir de la tête au pied. Le voile opaque ne laisse apparaître que son visage, faisant contraste avec sa blancheur. Elle arbore un grand sourire, et tient par la main un jeune homme qui semble être son fiancé, ou peut-être son mari.

Ici, on trouve toutes les religions. Cela continue de le fasciner, à chaque fois qu'il se promène dans les rues ou qu'il fait le tri dans ses clichés.

Le long de la plage, un peu plus loin, au bord de la route, on trouve aussi des gens qui dorment à même le sol.

Thierry a réussi à les photographier, mais il n'a pas osé trop s'approcher. Le problème des mendiants, c'est qu'ils négocient leurs photos contre quelques roupies, et dès qu'on commence à sortir le porte-monnaie, cela peut devenir compliqué.

Il donne souvent de l'argent aux pauvres, aux va-nu-pieds, surtout ici, où il sait ce qu'on peut se payer avec seulement dix roupies. Mais quand il y en a trop, ça n'est pas possible. Il y aurait un attroupement.

Un jour, une mendiante s'est approchée. Une vieille femme, avec les cheveux blancs. On aurait dit qu'elle avait plus de quatre-vingt-dix ans. Mais quel âge avait-elle, en réalité ? Les gens vieillissent vite, ici, surtout s'ils n'ont pas les moyens de se soigner. Il a remarqué qu'elle boitait, comme si elle avait un problème à la hanche.

À cause de tous ceux qui étaient derrière et qui les regardait, il a dû la chasser. Pourtant, elle avait l'air bien démunie, la pauvre. Elle n'avait que la peau sur les os, les cheveux gris, ébouriffés, comme les sorcières dans les films. Ses dents étaient noires et il en manquait quelques-unes. Il aurait bien aimé l'aider. Il s'en est beaucoup voulu, mais que pouvait-il faire ?

À Chennai, la misère est partout. Mais cela n'a rien à voir avec Delhi et tout le nord de l'Inde, où les gens sont encore beaucoup plus pauvres. Ici, ils arrivent à trouver de quoi se nourrir. La région est plus riche. Même les plus démunis survivent. C'est le Sud.

Finalement, il choisit une dizaine de photos, qu'il met sur clef USB avec d'autres clichés qu'il a déjà triés, pour les faire développer. Cela va très vite. En une heure de temps, la boutique qui est en bas de chez lui s'en occupe, pour quelques pièces.

Ensuite, vers dix-sept heures, il se rend à l'hôtel Hilton. Ce soir, il y a une soirée de rencontre entre expatriés, organisée par l'association InterNations. Il y en a une chaque mois, et bien souvent, c'est l'occasion pour un artiste d'exposer ses toiles, un fabricant de vendre ses confitures, ou une association caritative de se faire connaître.

Pour lui, c'est une opportunité. Cela lui permettra peut-être de vendre quelques clichés, et surtout de lier des contacts et de se faire connaître.

Il n'aime pas spécialement couvrir les soirées, les mariages, les anniversaires… il considère cela comme une forme de prostitution. Vendre ses services, c'est vendre son âme. Malgré tout, couvrir un évènement ou un autre, ça met du ghee dans les chappattis !

Maintenant, il se trouve dans la grande salle où aura lieu la réception. On a mis des tables à sa disposition, tout le long d'un mur, sur lesquelles il peut poser ses créations comme il le souhaite. Il aurait préféré accrocher cela, mais ça n'est pas possible.

Alors, il pose tout à plat, en organisant ses prises autour de différentes thématiques : la plage, le marché, la grande rue…

Il ne pourra pas tout mettre. La moitié, seulement, seront exposées. Heureusement, il a prévu cette situation, et a apporté deux grands lutins, dans lesquels il peut glisser ses clichés, bien protégés dans le plastique, de façon à constituer des livres que l'on pourra feuilleter.

Les gens commencent à arriver, vers dix-neuf heures. L'exposition, c'est aussi l'occasion de faire connaissance. InterNations, ce sont beaucoup d'étrangers isolés qui ne demandent qu'à rencontrer du monde.

Ce soir, il passe son temps à répondre aux questions et à présenter son travail. Une Américaine semble fascinée :

— Je trouve cela extraordinaire ! Et comment choisissez-vous vos sujets ?

La femme le regarde avec avidité. C'est une grande rouquine aux cheveux frisés qui porte des lunettes. Une petite voix lui dit de ne pas s'emballer. Ce n'est pas la première fois qu'on a l'air passionné parce qu'il fait, sans pour autant lui proposer de contrat ou lui acheter quoi que ce soit.

— Je me promène, et quand je vois quelque chose que j'ai envie de saisir, je prends la photo. C'est tout.

— Ah oui, ça paraît si facile… C'est merveilleux, vraiment. Je vous laisse, je vais chercher quelque chose à boire. Je repasserai plus tard.

Et elle s'éloigne, le laissant seul, face à ses toiles. Quelque chose lui dit qu'elle ne reviendra pas, qu'elle s'est arrêtée pour faire bonne figure... Un couple passe. L'homme s'adresse à lui, dans un anglais impeccable :

— C'est vous, le photographe ?

— Oui, c'est moi.

— Combien vous vendez vos clichés ?

— Cinq cents roupies pièce.

— Ce n'est pas très cher, dit l'homme en regardant sa femme.

— Non. Et si vous voulez les faire encadrer, j'ai une excellente adresse ! Pour une vingtaine d'euros, ils vous font un travail superbe, et ils ont l'habitude de travailler avec des étrangers.

— Génial ! T'en dis quoi, on en prend un ? demande-t-il en se tournant vers la blonde.

— Si tu veux, répond-elle, avant d'ajouter, en regardant Thierry, vous êtes français, non ?

— Oui ! répond-il, en riant.

Puis, en pointant une des images du doigt :

— Je vous prends celle-là.

Il sort une enveloppe, et place délicatement la photo à l'intérieur. Puis, il demande :

— Cela fait longtemps, que vous êtes là ?

— Plus d'un an, répond la femme. Et c'est la première fois que nous venons à ce genre de soirée. Je désespérais de croiser un jour un Français !

— Ah bon ? Là, vous m'étonnez… Il y en a beaucoup, pourtant.

— Oui, c'est ce qu'on m'a dit. Mais, je ne sais pas, j'ai dû mal m'y prendre. J'en ai aperçus beaucoup que je n'ai jamais revus. On m'a parlé d'une association, impossible de savoir ce qu'ils font, et aujourd'hui, je n'ai rencontré que des Italiens et des Américains.

— Je vais vous donner mon e-mail. Écrivez-moi, je ferai passer vos coordonnées. Vous rencontrerez du monde, ne vous inquiétez pas !

La femme a l'air vraiment ravie et en même temps incrédule. Pourtant, il n'a rien promis d'extraordinaire… Il observe le couple. Il se demande s'il peut les inviter à la prochaine soirée…

— Vous avez des enfants ? demande-t-il.

— Non, pourquoi ?

— Pour rien… enfin, si, il y a une soirée privée la semaine prochaine. Je ne vous promets rien, mais je peux vous faire inviter.

— Quel genre de soirée ? demande l'homme.

— On loue une maison avec piscine dans le sud de la ville. Il y a une participation de cinq cents roupies par personne, et en plus, il faut amener une bouteille.

— Non, sérieusement, il y a des pool parties à Chennai ? s'étonne la blonde.

— Oui, oui. C'est la partie underground de la ville. Mais c'est très privé. Il faut être mis sur liste, invité personnellement… Cela dit, il y a une excellente ambiance ! Venez, si vous pouvez ! Enfin… écrivez-moi un e-mail.

— Merci beaucoup, vraiment, merci, répond-elle.

— Oui, merci, ce serait vraiment super sympa, ajoute l'homme qui l'accompagne.

— Je vous laisse, je dois me faire de la pub, maintenant !

Ils le remercient encore avant de s'éloigner avec le sourire. Cela fait plaisir de rendre les gens heureux, avec un si petit service… Il faut dire, c'est une grande ville, et l'on a vite fait de s'y sentir bien seul.

Quand la soirée se termine enfin, il a vendu dix photos. L'Américaine n'est jamais revenue, comme il l'a pressenti.

Alors qu'il finit de ranger ses affaires, il voit le manager de l'hôtel venir vers lui pour le saluer. Il n'a pas eu le temps de venir à l'exposition et voudrait y jeter un œil, rapidement.

— Ce n'est pas mal, commente-t-il. Vous avez un visa, pour travailler ici ?

— Oui, répond-il, ma femme est franco-pondichérienne. Nous avons tous les deux un visa « d'origine indienne ».

— On cherche un photographe, pour couvrir les soirées. Il y a beaucoup d'étrangers qui fréquentent notre hôtel… Votre profil peut nous intéresser. Passez donc me voir demain, pour en parler !

L'homme se retourne en le saluant et s'éloigne. Thierry regarde sa montre. Il est deux heures du matin, et ce type travaille encore. Incroyable.

En sortant de l'hôtel, il retrouve son scooter. Ce soir, il risque fort de se faire arrêter par la police. Un homme blanc, à deux heures du matin, sur un scooter… Il cache son argent, ne conserve que deux cents roupies dans ses poches, pour pouvoir prétendre qu'il n'a rien de plus, en cas de contrôle.

Sur le chemin, tandis qu'il songe qu'un contrat avec l'hôtel lui donnerait une stabilité financière non négligeable, il se fait, comme prévu, interpeller à un barrage routier.

Deux types lui parlent en tamoul. Il répond en anglais. Ils semblent ne pas comprendre, s'énervent, se regardent… Finalement, Thierry fait semblant de comprendre et sort tout ce qu'il a dans ses poches, en les retournant ostensiblement. Deux cent trente-cinq roupies, exactement, avec les pièces. Les deux flics font la moue, prennent les deux billets de cent, et lui font signe de s'éloigner avec le reste.

L'esprit tranquille, il peut enfin rentrer chez lui et retrouver sa femme.

9 Nayam

Elle s'est réveillée ce matin, comme tous les autres jours, couchée sur son bout de trottoir, dans le quartier de Besant Nagar. Mue par le seul désir de se nourrir et de survivre en attendant que le temps passe, elle s'est forcée à s'asseoir, accroupie sur ses pieds, dans une position confortable.

Et elle a regardé la mer. Il est trop tôt pour mendier.

Vers dix heures, un vendeur ambulant de noix de coco s'est installé en face d'elle et l'a chassée de la main. Pas besoin de faire de longs discours. Il lui a fait signe. Elle l'a regardé, l'air hébété, refusant de comprendre. Puis, il a dit :

— Dégage de là, toi, tu vois bien que je travaille !

Elle s'est levée. Elle s'est approchée de lui et a tendu la main, sans rien dire. Il voulait qu'elle s'en aille, alors ça valait le coup d'essayer. Gagnant-gagnant. Quelques roupies en échange de son départ.

Le type a saisi le message. Il a eu un mouvement de recul pour ne pas qu'elle ne le touche.[35] Pourtant, il n'a pas l'air d'appartenir à une caste très élevée… Il a eu peur. Tant mieux. Parce que ça a marché. Il a mis la main de sa poche et lui a tendu cinq roupies. Avec ça et ce qui lui reste de la veille, elle va pouvoir déjeuner. La journée s'annonce bien.

---

[35] Etre touché par un intouchable rend impur les personnes de castes supérieures.

Il fait très beau, aujourd'hui. Pas trop chaud. Elle va s'installer dans un coin, un peu plus loin, espérant pouvoir mendier tranquillement. De toute façon, le repas de ce midi est assuré. Demain sera un autre jour.

Tous les soirs, elle dort sur un coin de trottoir, en face de la plage. C'est assez pratique, parce que le matin, elle peut se tremper dans la mer pour se débarbouiller. Elle peut aussi y faire ses besoins, c'est mieux que de salir les rues, et c'est plus agréable.

La seule chose, c'est qu'on attend la bonne heure. D'abord, ce sont les hommes, et ensuite, ce sont les femmes. Chacun son tour.

Ça n'est pas toujours évident pour elle de faire sa petite affaire, le matin, à une heure précise. Mais on s'y habitue. Depuis le temps qu'elle vit ici, Nayam n'a plus aucun problème avec ça. Et puis, si elle a envie, elle peut toujours se soulager plus tard, dans la journée. C'est juste que dans la mer, c'est mieux.

Elle dort toujours au même endroit, sur le même coin de trottoir, entourée des mêmes personnes. C'est important, parce qu'elle est une femme.

À son âge, elle ne risque plus grand-chose. Il y a peu de chance qu'un homme saute sur une vieille de quarante-trois ans, avec ses cheveux blancs et sa peau racornie, pour la violer. Mais on ne sait jamais, alors il vaut mieux rester à côté de gens qu'on connaît.

Et, ici, à Besant Nagar, on est comme une grande famille.

Avant, il y a très longtemps, elle était laveuse. Pour quelques roupies, elle frottait le linge que son patron apportait, dans la rivière Cooum, qui traverse la ville. C'était dur, mais elle avait l'habitude. Elle prenait le tissu qu'elle frottait vigoureusement avec une brosse et du savon, elle le frappait durement contre une pierre pour en extraire les saletés, puis elle rinçait tout cela dans l'eau claire.

Quand tout était terminé, elle l'essorait pour qu'il sèche plus vite. En général, elle avait toujours une compagne pour l'aider. Une femme qui faisait le même métier. Les deux laveuses s'occupaient chacune de son panier, puis quand venait le moment de l'essorage, chacune prenait un bout de linge pour le tourner dans tous les sens. À deux, c'était plus facile.

Pendant vingt-cinq ans, elle a fait ce métier avec Ani. C'était sa voisine, et aussi son amie. Les deux femmes qui avaient en commun de n'avoir plus de parents, à l'exception de leurs époux et de leurs enfants, étaient inséparables. Le matin, dès quatre heures, elles étaient debout à faire la cuisine, ensemble, pour tout le monde.

C'était plus pratique, parce que cela demandait moins de travail de faire tout à deux, et surtout, cela permettait de faire des économies de gaz, grâce à la cocotte-minute qu'elles s'étaient débrouillées pour acheter, en épargnant et en alliant leurs revenus.

Ani avait plusieurs enfants, mais Nayam n'avait qu'une seule fille. Elle avait beaucoup prié pour avoir un garçon, un second enfant, mais il n'est jamais venu. Alors, elle considérait les petits de sa voisine comme les siens et elle était pour eux comme une mère.

C'est aussi Ani qui s'est occupée de Nayam et de sa fille quand elle a eu son accident : elle s'est fait renverser par une voiture, en revenant du travail. Tout le monde a eu très peur pour sa vie et elle-même a bien cru qu'elle y passerait. Le pire, c'est que le chauffeur est reparti, sans même s'arrêter pour savoir si elle était vivante.

Elle a eu la chance. Elle est restée alitée pendant trois mois. Le médecin avait dit qu'elle remarcherait mais qu'elle boiterait. Il avait raison. Ani est venue tous les jours apporter un repas et elle s'est occupée de la maison. Elle a même pris une partie de son travail, pour éviter qu'on ne la remplace. Avec une autre laveuse, elles se sont réparties les tâches et le salaire.

Trois mois plus tard, Nayam a repris sa place, comme si de rien n'était. Sa hanche n'était plus tout à fait droite et cela lui faisait un peu mal, mais cela ne l'empêchait pas de laver son linge et de porter ses paniers.

Un jour, Ani est tombée malade. Elle s'est mise à tousser et à cracher. La fièvre est venue. On a appelé le médecin. Il a donné des médicaments. Nayam est restée à son chevet. Elle était assise à côté d'elle, du matin au soir, à lui tenir la main, et la nuit, elle s'allongeait sur le sol, et dormait à son chevet.

Elle est partie.

Après une longue soirée agitée où la fièvre monta sans qu'on ne puisse rien y faire. On la retrouva froide et bleue, au matin.

Nayam reprit sa vie, comme avant, mais seule. Une autre laveuse, qui avait pris la place de son amie, devint sa partenaire d'essorage. Elle ne choisit pas. Le patron lui imposa cette nouvelle voisine de rivière. Il ne mit pas longtemps à trouver une nouvelle employée. Un jour, il lui dit :

— Je suis content. Elle travaille mieux et plus vite. C'est bon pour les affaires, ça…

Mieux et plus vite. Bien sûr. Elle était plus jeune, plus vigoureuse. La vie d'un être a si peu de valeur, quand il s'agit de faire du profit. Ça se remplace. C'est facile.

Mais dans son cœur, rien ne put jamais prendre sa place.

Le mari d'Ani maria son fils un an plus tard. La nouvelle petite famille déménagea parce qu'on trouva du travail ailleurs. Nayam n'eut plus jamais de nouvelles.

Heureusement, il lui restait son mari et sa fille. Elle ne s'inquiéta pas de son avenir. Elle savait qu'un jour, elle serait trop vieille pour travailler et que les dieux n'avaient pas eu la bonté de lui donner un fils pour s'occuper d'elle. Mais elle était sûre qu'une solution viendrait.

Sa fille se maria, sans dot. Elle épousa un cordonnier qui ne pouvait prétendre à une femme de caste supérieure ou plus riche. Il fut bien content déjà de trouver une épouse. Elle partit vivre à l'autre bout de la ville et l'on n'eut plus de nouvelle. De temps en temps, on la croisait, dans la rue. Elle n'avait pas l'air heureuse. On aurait dit qu'elle évitait de revoir sa famille, qu'elle était désolée.

À chaque fois, cela fendait le cœur de Nayam. Que pouvait-elle faire ? C'était sa fille, mais une fois mariée, elle ne lui appartenait plus.

Alors, elle se trouva seule avec son mari. Tout allait pour le mieux, à part qu'ils se faisaient vieux et fatigués. Elle avait de plus en plus de mal à s'occuper de son linge et à porter son bac. Elle était moins rapide qu'avant. Elle le sentait.

Ses cheveux devenaient gris. Un jour, une très grande douleur à la dent l'a surprise. Elle a attendu, espérant que cela passerait, mais il n'y avait rien à faire. Quand la douleur est devenue insupportable, elle est allée voir un dentiste qui avait un petit cabinet, dans un quartier voisin. Il a regardé, et il a dit :

— Faut enlever ça… Je ne peux rien faire…

Le soir, elle ne pouvait plus se regarder dans la glace. Elle avait un grand trou au milieu de la bouche. Ça lui parut horrible de se voir, comme ça, édentée. Elle qui avait un si joli sourire… C'est alors qu'elle prit conscience de son âge, de ses rides de plus en plus marquées, et de sa peau flétrie. Elle devait avoir un peu plus de trente-sept ans.

Elle voyait aussi que son époux commençait à courber le dos et qu'il avait des cheveux blancs. Le matin, il était plus lent à se préparer.

Cela ne l'inquiéta pas. Les dieux apporteraient une solution, c'était évident. Il ne fallait pas penser au matériel. L'argent, ça va, ça vient… ça n'est pas important. Ce qui compte, c'est d'être vivant.

Un matin, elle vit une énorme machine arriver au bord de la rivière, comme un gros cylindre de plus de deux mètres de long. Son patron était là. Il avait l'air tout excité par son nouvel achat. Il sautait de joie.

Nayam vit la machine tourner bruyamment. Elle ne mit pas longtemps à comprendre que cela faisait le travail plus vite, plus efficacement, et sans doute à moindre frais.

Une semaine plus tard, on la convoqua avec une dizaine d'autres laveuses qui avaient passé un certain âge et on leur expliqua qu'on ne pouvait plus les faire travailler parce qu'elles coûtaient trop cher, qu'il fallait se moderniser, faire baisser les prix, et que cela exigeait le remplacement des personnes par des machines.

Le patron argua qu'il n'avait pas le choix. La concurrence était très rude et il devait s'aligner sur les autres, sinon, ils seraient tous sans emploi. Il avait conscience que ce serait très dur pour elles, mais elles retrouveraient sûrement du travail. Ce n'était pas ce qui manquait à Chennai, leur dit-il, avec force de persuasion.

Quand Nayam rentra chez elle, elle n'osa pas dire la vérité à son époux, le soir même. Comment allaient-ils faire, pour s'en sortir, si elle ne gagnait plus d'argent ? Elle prit la décision de se taire, jusqu'à ce qu'elle ait trouvé un autre travail. Il y en avait beaucoup, à Chennai, avait-il assuré, alors elle trouverait facilement.

Le lendemain, elle arpenta la ville en frappant à toutes les portes. Elle demandait :

— Vous n'auriez pas un petit quelque chose à faire, pour moi ? Je ne suis pas toute jeune, mais je suis forte et courageuse ! Je peux porter des charges lourdes et faire beaucoup de choses…

Partout, la réponse était plus ou moins la même… Non. Nous n'avons besoin de personne. Tu es trop vieille. Rentre chez toi.

Le plus dur, ce fut cette réponse :

— C'est à ton fils, de t'entretenir, maintenant.

Cette phrase fut comme un coup de poing pour Nayam. Elle continua de croire et sans cesser de perdre espoir, le lendemain, elle fit une puja pour obtenir les faveurs des dieux. Ensuite, elle continua sa tournée, s'arrêtant à toutes les portes pour demander un emploi. Elle n'eut pas plus de chance que la veille.

Au bout d'une semaine, elle se résolut de dire la vérité à son mari. Peut-être aurait-il une solution. Quand il rentra du travail, elle avoua :

— Je dois te dire quelque chose… c'est terrible… Je…

Elle hésita. Elle ne trouvait pas ses mots. C'était difficile pour elle parce qu'elle avait honte. Elle pouvait tout endurer, la faim, la peur, la pauvreté… mais perdre la face, c'était trop.

— Il y a une semaine, dit-elle, ils ont apporté un nouvel appareil à la rivière. Une machine à laver, qu'ils ont dit. Et ensuite… ils ont expliqué qu'ils ne pouvaient pas nous garder, nous, les plus vieilles. Depuis une semaine, je cherche, mais…

Elle regardait ses mains en parlant. Elle n'osait pas croiser son regard. Il la prit dans ses bras et murmura doucement :

— Nayam… Qu'allons-nous devenir ?

Le lendemain, elle recommença sa recherche, sans perdre espoir. Elle visita une dizaine d'endroits et enfin, elle passa devant une grande résidence, devant laquelle il y avait un gardien assis et une voiture gardée avec un chauffeur. Elle s'approcha pour demander s'ils ne cherchaient pas une bonne ou n'importe quoi d'autre. Elle était prête à tout.

Elle n'eut pas le temps d'ouvrir la bouche. Le gardien lui fit signe de partir. Et alors qu'elle avança la main pour expliquer qu'elle voulait juste demander du travail, le chauffeur sortit de la voiture, il fit un son bizarre et lui tendit une pièce de deux roupies en lui disant de s'en aller.

À cet instant, Nayam comprit. Et elle cessa de chercher un emploi.

Cela dura près d'un an. Tous les matins, son mari partait et elle arpentait les routes en tendant la main. Il savait ce qu'elle faisait. Cela ne lui plaisait pas, mais il n'avait pas le choix. Et si ça ne payait pas aussi bien que le linge, ça suffisait pour survivre.

Ils réduisirent leurs dépenses au minimum. Ils n'avaient jamais été très riches, mais ils durent renoncer au peu de légumes et aux quelques douceurs qu'ils s'autorisaient, parfois. Malgré tout, ils ne se considéraient pas comme malheureux. Ils étaient vivants et ensemble.

Un matin, son mari ne se leva pas. Elle lui parla, sans réponse, puis elle mit sa main sur son épaule, pour le réveiller. À son contact, elle comprit. Il était comme Ani.

Elle resta devant lui. On aurait dit qu'il dormait.

— Tu vas te lever, hein dis ! Tu ne vas pas me laisser seule, comme ça !

Elle a attendu, espérant un miracle, mais une voix au fond d'elle lui disait que c'était terminé. Elle ne pleura pas. Elle regarda cet homme, avec qui elle avait partagé sa vie. Il avait de la chance, au fond, d'avoir été libéré, comme ça, sans souffrance.

Ensuite, tout est allé très vite. Il y a eu les funérailles. Comme elle ne pouvait pas payer l'incinération rituelle, il fut jeté dans le fleuve. Cela lui fit de la peine. Elle s'était dit que peut-être elle pourrait se jeter avec lui dans le feu, perpétuant ainsi une ancienne tradition dont elle comprenait aujourd'hui le sens.

Au lieu de cela, elle dut continuer à vivre. Alors, tous les jours, elle erra sur les routes, en demandant l'aumône. Il ne fallut pas plus d'un mois au propriétaire pour l'expulser. Sans le salaire de son époux, il devenait impossible de payer le loyer.

Alors, elle alla frapper à la porte de sa fille. Maintenant qu'elle était sans ressource, elle espérait bien qu'on l'accueillerait, dans un nouveau foyer.

Malheureusement, ce ne fut pas Magal qui ouvrit la porte, mais sa belle-mère qui ne la reconnut pas immédiatement. Elle avait drôlement vieilli, ces derniers temps ; ses cheveux étaient devenus tous blancs, sa peau ridée, et elle avait beaucoup maigri.

— Tu ne me reconnais pas ? Je suis la maman de Magal…

La femme ouvrit la bouche d'étonnement et plissa ses sourcils. Elle sortit de la maison, empêchant en même temps Nayam d'y entrer.

— Qu'est-ce que tu veux ?

— Mon mari est mort, tu le sais... Je n'ai plus rien...

Elle pinça la bouche et lui lança un regard de mépris. Elle mit la main dans sa poche, sortit un billet de vingt roupies, qu'elle lui tendit.

— C'est tout ce que j'ai. Je ne peux pas t'aider davantage. Va-t'en, maintenant.

Elle avait le regard dur et son ton était sans appel. Nayam prit l'argent et sentit son ventre se nouer. Elle osa demander :

— Je veux parler à Magal. S'il te plaît... Laisse-moi lui parler.

Sans hésiter une seconde, la belle-mère refusa catégoriquement.

— C'est ma fille, maintenant ! Ça n'est plus la tienne. Reviens quand tu seras plus... présentable. Je ne peux pas te laisser entrer chez moi. Pas comme ça.

Elle se retourna et claqua la porte. Nayam ne put se résoudre à partir comme cela. Elle devait parler à Magal. Elle frappa à la porte, encore, et attendit. À l'intérieur, elle entendit des cris. Il y eût un coup... et un silence.

Était-ce sa fille qui venait d'être battue ?

L'instant d'après, la porte s'ouvrit à nouveau. C'était Magal. Nayam tendit la main pour lui caresser la joue, mais celle-ci eut un mouvement de recul. Elle cachait son œil de sa main. On aurait dit qu'elle avait pleuré...

— Amma... tu ne peux pas rester là... Je suis désolée. Mamiyaar ne veut pas que je te laisse entrer... Je ne peux pas...

— Pourquoi ? Magalae ? Pourquoi ? Dis-moi pourquoi...

— Mamiyaar dit que tu es une mendiante et qu'elle ne veut pas de ça chez elle... Elle dit qu'on n'a pas les moyens de t'entretenir, que la maison est trop petite...

— C'est vrai, ça ?

— Amma... je... je suis désolée...

Elle ne répondit pas à la question. La maison était assez grande. La vérité, c'était qu'elle n'était pas la bienvenue ici. Ça n'était pas son foyer, ni sa famille.

Nayam prit sa fille dans ses bras sans lui laisser le temps de la repousser et la serra très fort. Puis, sans rien dire, elle caressa sa joue pour embrasser sa main,[36] comme elle le faisait quand elle était petite.

Puis, elle baissa la tête, et recula. C'était peut-être la dernière fois qu'elle la verrait. Elle avait envie de pleurer mais les larmes ne montaient pas. Elle se sentait vide, aseptisée, comme morte.

Alors, elle s'éloigna, sans se retourner, sans même jeter un dernier coup d'œil vers sa fille, qui se tenait devant sa porte. Était-elle rentrée ? La regardait-elle partir ? Elle l'ignorait.

Un morceau de sa vie resterait ici, dans ce quartier, devant cette petite maison délabrée qui abritait une famille cruelle.

Si elle avait su, elle aurait choisi un meilleur prétendant pour Magal. Si elle avait pu, elle aurait offert une dot. Qu'est-ce qui lui faisait le plus de mal ? Était-ce son dénuement ? Sa solitude ? Non… Voir sa fille souffrir, c'était ça le plus dur, le plus intolérable.

Elle marcha dans les rues pendant longtemps. Quand elle se rendit compte que c'était la nuit, elle se rappela de ce que sa mère lui avait toujours dit et qu'elle avait répété à sa fille :

— Ne te promène jamais seule, la nuit, même quand tu seras mariée ! Il y a des hommes ivres dans les rues, qui pourraient te faire du mal. Et les hommes bien te prendraient pour une putain. Une femme qui se respecte ne se promène jamais, seule, la nuit.

Et ce soir, que pouvait-elle faire ? Elle marcha, ivre de désespoir, pendant des heures, en attendant de croiser un homme qui lui fasse du mal, de tomber de douleur, ou bien de se faire renverser par une voiture qui ne l'aurait pas vue sur la chaussée.

Elle marcha, en attendant quelque chose, sans savoir ce qu'elle attendait. Et au final, le soleil se leva, sur un jour nouveau. Elle était seule, sale, perdue, et elle avait faim.

Depuis l'aube, le trafic avait repris, lentement. Elle se posta à l'angle de deux rues, à un feu, et s'adonna à la seule activité honnête qu'elle put faire : mendier. Entre les voitures, elle se faufila, tapant doucement aux vitres sombres, espérant que celles-ci s'ouvriraient et qu'une roupie ou deux lui seraient données. Finalement, ça n'était pas si dur… Quand on n'a plus de maison, la vie coûte moins cher. Il lui suffisait de quelques pièces pour subvenir à ses besoins. C'était même

---

[36] Pour éviter d'embrasser directement les enfants, les Indiens ont l'habitude de leur caresser ou de leur pincer la joue pour ensuite embrasser leur propre main. C'est un geste affectueux.

moins fatigant qu'avant.

Pendant plusieurs jours, elle arpenta la ville, et lorsqu'elle arriva à Besant Nagar, la plage lui parut paradisiaque. Il faisait chaud sur le sable. Il fallait faire attention, à cause des bouts de verre et des débris en métal qui jonchaient le sol, mais malgré tout, c'était un endroit agréable.

Et c'était tellement beau, à côté de la ville polluée et de la circulation. Il y avait toujours du monde, mais c'était calme. Plusieurs mendiants s'étaient installés là. Elle se fit une petite place, auprès d'eux.

C'était l'endroit parfait pour attendre la mort.

Depuis, elle y passe toutes ses nuits. Elle survit, en regardant défiler les jours. Elle sait que bientôt viendra la délivrance, la réincarnation. Ce sera un nouveau cycle. Finalement, elle est bien, là, dans la rue. Elle est vivante.

Le seul vrai désagrément, ce sont les chiens, qui dorment sur la plage et ont vite fait de montrer les dents. Quand il y en a un qui s'approche et la menace, chose qui arrive très souvent la nuit, elle évite bien sûr de se faire mordre, mais surtout, elle prie pour qu'il n'ait pas la rage. Ça lui fait peur. Elle ne veut pas mourir de ça.

Elle sait que maintenant, il n'y a plus beaucoup de chiens enragés. Le gouvernement a donné des médicaments, mais malgré tout, il y en a encore, parfois.

Quand elle était jeune, dans son village, elle a vu un enfant mourir de la rage. C'était horrible. Il jouait avec ses copains dans la rue. Ils couraient dans tous les sens. Sans prévenir, sans crier garde, une sale bête s'est jetée sur lui et l'a mordu. Elle a vu la scène. Elle était assise devant la maison de ses parents. Le petit s'est mis à crier. Des gens sont venus et ils ont fait une grimace apeurée, quand ils ont vu la morsure.

Le chien a été abattu sans faire d'autre victime, mais le garçon… Quelques jours plus tard, il est tombé malade. On lui a interdit de lui rendre visite, mais elle est quand même allée le voir, discrètement. Il n'était pas tout seul. Il y avait sa mère, assise à côté du lit, qui pleurait.

Il était allongé. Il ne dormait pas. Il regardait le plafond, en respirant bruyamment. Ses yeux étaient convulsés et rouges, et il y avait de la bave qui coulait de sa bouche.

Elle n'a pas pu rester dans la pièce. Il était là et se tordait de douleur en hurlant. Alors elle s'est enfuie.

Ici, au bord de la plage, avec les meutes errantes, elle a du mal à se sentir vraiment en sécurité. Quand elle voit un chien, elle ne peut s'empêcher de penser à ce garçon. Cela la terrorise. Elle aimerait bien vivre dans un endroit plus sûr, mais à Chennai, c'est encore ce qu'elle a trouvé de mieux.

Plus loin, quand on s'éloigne de Besant Nagar, il y a le quartier des pêcheurs. C'est aussi une grande plage, mais là-bas, c'est très dangereux. Il ne faut pas y aller. Le problème, ce n'est pas les bêtes, mais les hommes. On raconte des choses horribles sur cet endroit. Des filles qui sont violées, des meurtres… La journée, il n'y a pas de souci, mais quand la nuit tombe, c'est comme si les hommes devenaient fous.

Là où elle réside, du côté de l'Eglise, elle n'a jamais eu de problème. Il y a toujours du monde et de la lumière. Les gens viennent se promener, ils achètent du poisson frit. Ça a l'air bon, mais c'est trop cher pour Nayam.

Et puis, les passants sont assez généreux. Ils sont détendus, ils viennent pour prendre l'air et oublier le quotidien.

Un jour, elle a vu un blanc, qui prenait des photos. Il était assis sur un petit muret devant les bicoques qui vendent du poisson et des jouets pour enfants. Elle aurait bien aimé le voir de plus près, et même être photographiée. On n'a pas souvent cette occasion. Elle s'est approchée, doucement, et elle a pu voir son gros appareil. Ça l'a impressionnée.

Quand il l'a vue, elle lui a souri. Il avait l'air gentil. Elle a tendu la main et lui a montré qu'elle voulait de l'argent pour manger, mais il lui a fait signe de partir. Elle n'a pas insisté. On ne sait jamais. Il y en a qui ne renoncent pas et qui continuent, jusqu'à ce qu'ils obtiennent quelque chose. Mais Nayam, elle, ne fait pas ça. Elle n'en a pas besoin. Ça ne vaut pas le coup de risquer de se faire battre.

Aujourd'hui, pour changer, elle a décidé d'aller mendier un peu plus loin, à un autre carrefour. Si elle arrive à récolter dix roupies, elle pourra s'offrir encore un plat chaud, de lentilles et de chappattis.

Le problème, à Chennai, c'est que c'est une grande ville et que la vie est très chère. Heureusement, il y a beaucoup de monde qui passe. On arrive toujours à grappiller une roupie par-ci et une autre par-là.

Une voiture s'est arrêtée devant elle. Une dame blonde est à l'intérieur. Elle a tourné la tête de l'autre côté. Nayam a collé son nez contre la vitre pour la regarder. C'est rare de pouvoir voir un blanc d'aussi près, surtout une femme. Elle est bizarre avec ses cheveux jaunes et sa robe rouge. On voit ses seins.

La vitre avant s'est ouverte et une main s'est tendue vers elle, avec trois roupies. Le chauffeur lui a dit :

— Prends ça, et va-t'en.

C'est ce qu'elle a fait. Elle a pris l'argent, et elle est partie.

10 Céline

Pour valider son diplôme d'école de commerce, Céline est venue faire son stage de fin d'étude à Chennai. Une chance qu'elle ait trouvé ce job. On lui paie son logement, un gigantesque appartement, qu'elle partage avec d'autres employés en stage ou en mission. Un chauffeur est mis à la disposition de tout le monde, ce qui lui évite bien des problèmes.

Ce n'est pas comme si elle avait une voiture de fonction. Quand elle sort, il faut qu'elle se débrouille. Elle prend un Rickshaw ou se fait déposer par un copain

Elle est jeune, motivée, mais prendre le bus en Inde, sans clim, avec un monde fou… elle l'a fait une fois, pour voir. Ils ont été très gentils avec elle, se sont poussés pour ne pas la bousculer trop. Elle a bien vu qu'elle avait droit à certains égards, étant étrangère.

Mais elle n'aurait pas pu faire cela tous les matins. La vie à l'indienne, c'est quand même difficile.

Elle est très contente d'être là. Elle rencontre des gens de tous les pays. Les Indiens essaient tous plus ou moins de la draguer, mais ils sont en général plutôt respectueux.

La vie ne coûte pas cher, elle mange des plats traditionnels et vit comme les locaux. C'est une expérience unique. Elle a l'impression de vivre sur une autre planète quand elle est dans son Rickshaw, qu'elle sent le vent contre sa joue parce qu'il n'y a pas de fenêtre et qu'elle pense aux taxis parisiens. C'est un autre univers.

Tout l'argent qu'elle met de côté lui permet de se faire des super week-ends au bord de la mer. On prend la voiture d'un copain, et une heure plus tard on peut se prélasser sur un transat, avec des cocotiers comme paysage. Ça n'est pas aussi beau que Tahiti ou, sans aller si loin, ça n'est pas aussi agréable que les plages de Goa.[37] Mais c'est bien sympa !

Il y a aussi des choses qui lui manquent. Quand elle a mangé du dahl toute la semaine, elle se dit qu'un bon jambon-beurre ne serait pas de refus. Mais elle sait qu'elle aura peu à attendre avant de rentrer, et alors, c'est l'Inde et ses chappattis qui lui manqueront.

Elle profite donc de ces six mois pour découvrir le pays et s'amuser le plus possible.

Cet après-midi, elle est allée se faire épiler. Les jambes, les sourcils et les aisselles, pour moins de cinq euros. Ça fait partie des plaisirs à bas prix qu'elle s'offre ici.

Il y a beaucoup d'institut de beauté à Chennai. Beaucoup de chaînes. Elle est allée chez Lakmé Salon. Une copine lui a dit de ne pas se faire couper les cheveux. Apparemment, c'est trop dangereux. Plusieurs sont sorties avec une tête bizarre. Elle n'a pas pris le risque.

Quand elle s'est retrouvée allongée dans le centre, elle a eu un peu peur. Ici, on ne sait jamais à quoi s'attendre. Finalement, tout s'est bien passé. L'esthéticienne qui ne parlait pas anglais a réussi à se faire comprendre avec les mains.

Par contre, quand elle a voulu lui faire les sourcils et s'est approchée avec un fil, Céline a eu peur… Alors, elle est allée chercher la patronne qui a traduit et a expliqué que c'était comme une pince à épiler.[38] Céline est sortie de là impeccable, ravie.

En rentrant, elle s'est fait belle pour la soirée, la pool party. C'est une gigantesque fête, organisée dans une maison avec piscine, la vie underground de Chennai, de la jeunesse dorée, qui en organise tous les mois, entre-autre pour s'envoyer en l'air.

Céline s'y rend, avec des amis. C'est la deuxième fois qu'elle y

---

[37] Goa : Chennai se trouve sur la côte est, en face du Sri Lanka. Goa est exactement à l'opposé, sur la côte ouest. Ses plages sont très touristiques.

[38] L'épilation au fil est une technique qui consiste à tordre le fil et à faire un va et vient sur la peau. Le fil enroulé agit comme une machine à épiler manuelle. Il emprisonne les poils et les arrache.

assiste ; il y a un petit brun du nom de Nicolas qui devrait être là, et qui lui plaît bien.

Il est ingénieur, il vient de Toulouse, et il rentre dans un an.

L'organisateur, c'est Raj, un jeune issu d'une famille de milliardaires, qui cherche à vivre à l'occidentale. Il n'a pas son pareil pour organiser de super soirées.

Lorsque Céline arrive à la fête, elle doit de suite se présenter à lui pour lui régler le coût de l'entrée, cinq cents roupies, et mettre au frais sa contribution en bières. L'argent sert à payer la location de la maison et les flics, qui viendront vers minuit, pour dire qu'il y a trop de bruit.

Ils viennent toujours, alors même que la fête n'a pas commencé. On les paie, et ensuite, on est tranquille. C'est ce que Raj lui a expliqué, une fois :

— C'est pour ça qu'on ne peut pas commencer avant une heure du matin, lui a-t-il dit. Les chiens verts sont là, jusqu'à minuit. Ils passent prendre leur bakchich.

— Et si un voisin se plaint qu'on fait trop de bruit ?

— On a payé, c'est bon. Sur les cinq cents roupies que tu donnes, il y a la moitié pour la maison, et l'autre pour eux.

— C'est fou, ce qu'il y a comme corruption…

— Oui, c'est un des problèmes de ce pays.

Personne ne se baigne encore. On attend le lancement officiel, c'est-à-dire, le passage de la police. Céline rejoint Karen, au bord de la piscine, qui l'accueille en souriant :

— Salut ma belle ! T'es venue toute seule ?

— Non, je me suis fait déposer par Thilak. On est venu en scooter. Il est là-bas, avec la fille et l'autre type.

Thilak est l'un des jeunes en mission qui partage son appartement. Il a loué un scooter pour toute la durée de son séjour à Chennai. Il est en train de discuter avec une femme blonde et un type assez grand, brun. Ils ont l'air d'être un peu plus âgés que les jeunes qui sont présents.

— Tu les connais ?

— Non, je ne les ai jamais vus.

Thilak leur fait signe de les rejoindre. Elles se regardent, haussent les épaules, et s'avancent vers lui, à la rencontre de ce nouveau couple.

Ce sont des expatriés, Elsa et Frank, deux Français. Ils doivent approcher la quarantaine, sont plutôt sympas, même si Céline ne peut s'empêcher de se demander ce qu'ils font là, à cette soirée.

Soudain, elle entend un groupe bavarder près de l'entrée. Il est là, il vient d'arriver. Ne pas se retourner, faire comme si de rien n'était… Elle commence à bavarder avec la femme, feignant l'ignorance totale. Nicolas ne doit se douter de rien.

— Et vous êtes arrivés quand ? demande-t-elle.

— Cela fait plus d'un an, maintenant, et…

Elle ne l'écoute pas. Cet idiot est en train de discuter avec une brune qu'elle n'a jamais vue. C'est qui, cette pétasse ? Qu'est-ce qu'il fait avec elle…

— Et toi, qu'est-ce que tu fais ?

— Moi ? Je fais mon stage de fin d'étude, chez Renault.

— Ah ? C'est bien, ils ont une grosse usine, ici.

— Oui, répond-elle, les yeux rivés sur Nicolas.

Elle ne peut pas rester là, à discuter avec cette femme. Il faut qu'elle sache qui est cette fille, et surtout, il faut qu'elle arrive à chopper Nicolas…

— Excuse-moi, je vais te laisser, j'ai des amis qui viennent d'arriver, et…

Elle se dirige vers lui. Dès qu'il la voit, il lui adresse un grand sourire. Son cœur se met à battre.

Elle se tourne vers la pétasse brune et arbore un sourire chaleureux. Le meilleur plan d'attaque, c'est de sympathiser avec l'ennemi :

— Bonsoir ! Moi, c'est Céline. On ne s'est jamais vues…

— Bonsoir. Je suis Michèle. Je viens d'arriver, il y a à peine une semaine !

— Ah, mais bienvenue, alors !

Nicolas regarde les deux filles d'un air satisfait et propose :

— Je vous laisse deux minutes, je vais chercher de la bière.

Le temps qu'il s'éloigne, elle fait connaissance avec Michèle. Bien qu'elle tourne autour de Nicolas, elle a l'air sympa.

Il revient avec les bières, et avec son pote André, dont il est inséparable.

Et puis, Raj fait son entrée fracassante, agitant deux bières qu'il fait mousser tout autour de lui en s'écriant :

— Les chiens verts sont partis ! La soirée peut commencer !

Ensuite, il enlève son t-shirt, son jean, et se jette dans la piscine. Nicolas se tourne vers les filles et propose :

— On y va ?

Cinq minutes plus tard, il y a une vingtaine de personnes dans l'eau, et une autre dizaine au bord avec autant de cadavres de bouteilles au sol.

Deux jeunes passent avec un sac poubelle, pour ramasser ce qui traîne, et éviter un accident. C'est la fête, mais tout de même, on fait attention.

Derrière elle, une jeune Indienne est en train de chevaucher l'un des jeunes stagiaires avec qui elle travaille. Elle a collé sa langue dans sa bouche et l'on dirait que rien ne pourrait les séparer.

— Il y en a un qui va passer une bonne soirée… commente Nicolas.

Céline le regarde. Il est tout proche de son visage. C'est peut-être le moment… Elle s'approche de lui, doucement, discrètement. Elle sent son corps chaud dans l'eau, tout près du sien. Encore un peu plus près…

Soit qu'il l'ait vue et ait voulu l'éviter, soit qu'il ne l'ait pas senti, Nicolas se retourne et s'éloigne en direction de son pote André.

Céline sent son cœur se décomposer. Est-ce qu'il l'a fait exprès ? C'est difficile à dire. Ce qui est sûr, c'est que le premier baiser n'est pas pour ce soir.

Elle s'assoit au bord. En face d'elle, le jeune stagiaire est sorti de l'eau et suit l'Indienne qui le tient par la main en direction de la maison.

À côté d'elle, Frank et Elsa sont en train de discuter.

— Ça va, ma chérie, tu passes une bonne soirée ?

— Oui, je tombe des nues… ce n'est pas le Chennai que je connais…

— Non, sourit-il, c'est le Chennai underground avec des jeunes Indiens milliardaires, qui veulent vivre à l'Européenne.

— Et qui se pervertissent… ajoute-t-elle.

Effectivement, songe Céline, on est loin des saris couvrant et des salwars traditionnels…

— Je te laisse, dit Frank, il y a un type très sympa avec qui je voudrais parler…

Il s'éloigne. Céline se tourne vers Elsa, histoire de se donner une contenance :

— Ça va, cette première pool party, ça se passe comme tu veux ?

— Ça va, merci. Je suis assez étonnée de voir ça. Cela fait plus d'un an qu'on est là, et franchement… Je ne m'attendais vraiment pas à un tel spectacle.

— Oui, j'imagine. Ça m'a surprise aussi, la première fois.

— Non, tu ne comprends pas… J'ai déprimé pendant un an, parce que j'étais seule. Et maintenant, je découvre qu'il y a une communauté cachée de Français, d'expatriés, de jeunes qui font la fête… J'ai l'impression de rêver… Là, en deux semaines, je me retrouve ici et j'ai pris contact avec d'autres gens… Tu connais Solène, de ChennaiExpat ?

— Ça me dit quelque chose… Ce n'est pas l'association des Français de Chennai ?

— Exactement ! Je suis invitée à la prochaine réunion… Ce sont les femmes qui ne travaillent pas et qui ont suivi leur mari. J'ai contacté la présidente et l'on a échangé quelques mails.

Cette fille est bizarre. Céline ne voit pas pourquoi elle est restée isolée si longtemps. C'est peut-être dû à son âge. Elle l'observe, étonnée, attendant des explications.

— Tu as beaucoup de chance, d'avoir un boulot ici. Moi, je me suis retrouvée coincée à la maison, et je n'osais pas sortir au début. En fait, les expats ne se rendent pas compte, mais si les femmes n'ont pas de boulot ou pas d'enfants, elles se retrouvent exclues. Sérieusement, je n'ai rencontré personne pendant un an !

— Ça va changer, maintenant. Tu vas voir, il y a plein de soirées.

Elle s'arrête, observe un groupe de garçons qui viennent de se mettre en tenue de bain et s'approchent pour plonger. Puis, elle demande :

— Pourquoi tu ne profites pas de ton temps libre pour… je ne sais pas… faire des trucs que tu n'avais pas le temps de faire avant ?

Elsa soupire et regarde l'eau bleue, triste.

— Je ne sais pas… Depuis un an, je n'ai pas arrêté de me répéter qu'il fallait que j'en profite, que j'avais de la chance, d'avoir du temps pour moi, pour réaliser des projets personnels, mais c'est comme si les heures s'étaient étirées, qu'elles avaient pris une autre dimension par rapport à la France... En fait, cette expérience en Inde aura été une baffe et une leçon de vie. Je veux dire... J'ai tout : du temps, de l'argent, des domestiques et même une piscine. Et pourtant, je n'arrive pas à en profiter ! Je ne me suis jamais sentie aussi mal de ma vie... parce que justement, ma vie n'a pas de sens ! Tu comprends ?

En parlant, elle tapote l'eau calme et fait des vagues du revers de sa main. Distraitement, Céline voit passer Nicolas sur sa droite et disparaître au fond du jardin. Mais qu'est-ce qu'il fabrique ?

— J'ai appris... Comment dire ? Tu vois, depuis que je suis là, je culpabilise de ne pas profiter. Le temps, on court après quand on n'en a pas, et on le perd quand on en a. Et moi, je n'ai rien fait en un an...

— Je veux bien croire que ça n'ait pas été facile... Moi, j'ai été prise en main par l'entreprise et les copains, et je n'aurais pas aimé me retrouver toute seule... C'est fou, qu'on ne t'ait pas aidée. Mais ne t'inquiète pas ça va aller mieux, maintenant...

Elle a répondu comme un automate, concentrée sur autre chose. Le silence soudain d'Elsa l'interpelle. Celle-ci pince les lèvres et fait une sorte de grimace, le regard en biais. Elle murmure, entre ses dents :

— Tu as raison... Ça va aller mieux, parce que j'ai appris de mes erreurs. Je vais rencontrer du monde et profiter du temps que j'ai pour faire des choses, à commencer par écrire un livre.

Céline qui n'écoutait qu'à moitié lève la tête, intéressée.

— Un livre sur quoi ?

— Un roman sur l'Inde ! C'est ce qui s'impose, non ?

Elsa se met à rire amèrement, en parlant de son projet. Ça n'est pas encore très défini mais elle a quelques idées.

— Je vais me prendre en main... S'il y a une chose que j'ai apprise ici, c'est que le bonheur, on le trouve à l'intérieur de soi. Ce n'est ni l'argent ni les autres qui font qu'on se sent bien... la réussite, c'est éphémère. Tu vois, j'ai réussi. C'est moi qui ait poussé mon mari à accepter ce job, parce que je pensais que cela nous rendrait riche, or ça ne m'a pas rendue heureuse... La vérité, c'est que c'est sa réussite à lui, pas la mienne...

Elle a la voix rauque. Céline ressent de l'aigreur, des regrets dans ces paroles, et malgré la pitié qu'elle ressent, elle comprend son désarroi.

— Et maintenant que j'y suis, continue-t-elle, maintenant que je me sens à l'abri et que je n'ai plus rien à redouter, je me sens vide… Donc, oui, je vais écrire un roman, sur ce pays. Tu vois, le bonheur, c'est un état d'esprit. C'est bien une chose que les Indiens m'ont appris : ils sont tellement heureux, eux qui n'ont rien… La moindre petite chose les fait sourire ! Il y a une telle chaleur humaine ici, c'est incroyable… Ces gens, même s'ils m'agacent, et même si j'ai du mal à les supporter, ils sont pleins d'amour…

Elsa continue :

— Tu as de la chance, toi. Tu es jeune… tu auras appris beaucoup de choses, très tôt ! Ça te permettra d'aller de l'avant, sans faire les mêmes erreurs que moi…

Céline reste dubitative et regarde cette femme de presque quinze ans son aînée. Quel drôle de sermon… Un peu agaçant, aussi. Enfin, si cela lui permet de se sentir mieux…

Nicolas a disparu. André passe également, longe la piscine, et se dirige vers le fond du jardin, sans doute pour retrouver son copain. Il a quatre bières dans les mains. Quelque chose se trame, là-bas. Elle donnerait cher pour y être.

— Tu veux boire quelque chose ? Je vais me chercher une bouteille…

Elle se dirige vers la cuisine. L'eau dégouline sur son corps. Elle enfile ses tongs, pour éviter de glisser sur le marbre blanc.

Dans le frigo, elle déniche un jus d'orange hyper chimique, une création locale à laquelle elle n'a aucune envie de goûter. Elle sert ça dans un verre en plastique pour Elsa, et prend une bière.

Quand elle se retourne, avec ses boissons dans les mains, elle est stoppée net. De l'autre côté du salon, dans un angle qu'elle ne pouvait voir en entrant, elle aperçoit Nicolas, tourné contre le mur, en train d'embrasser quelqu'un.

Elle n'en croit pas ses yeux. Il fait sombre, mais elle est sûre de le reconnaître… Que fait-il ici ? Elle l'a vu passer, pourtant… De colère, elle s'approche, pour mieux voir.

Le monde chavire et tourne autour d'elle. Dans les bras de Nicolas, un corps frémit et se tortille. Ses jambes sont poilues, son torse viril.

C’est André.

André est en train d’embrasser Nicolas, derrière la porte des toilettes.

11 Radha

Gynécologue diplômée de l'université de Southampton, Radha Lakshmi est revenue dans le Tamil Nadu après plusieurs années en Angleterre. Au bout de quelques mois, elle s'est mariée à un homme, choisi par sa famille, après avoir donné son accord.

Cela fait maintenant cinq ans qu'elle exerce dans l'institut privé Apollo Hospital. Aujourd'hui, elle attend sa prochaine patiente. Parfois, cinq, six, jusqu'à sept personnes l'attendent et son cabinet médical ne désemplit pas. Certains soirs, comme c'est le cas en ce moment, elle est seule.

Elle a beaucoup de mal à se changer les idées. Ce matin, à quatre heures, l'hôpital lui a téléphoné. Une de ses patientes était en train d'accoucher, elle a dû venir de suite. Régulièrement, elle est appelée en urgence. Cela fait partie du métier : on suit les femmes, on observe leur grossesse, et puis, le moment venu, on s'occupe de la délivrance.

Jusque-là, il n'y avait rien d'exceptionnel. Mais en arrivant, elle a vu tout de suite au visage des sages-femmes que quelque chose n'allait pas. Elle a vite compris en regardant le monitoring : calme plat, pas de signe de vie. Le bébé était mort.

Comment annoncer cela à la mère ? Personne ne le lui avait dit, bien sûr.

Elle s'est assise à ses côtés et lui a pris la main.

— Qu'est-ce qui se passe, docteur ? Dites-moi… elles ne veulent pas me dire… a supplié la jeune-femme.

— Il va falloir être forte, Madame.

— Dites-moi… il y a un problème ? C'est quoi, le problème ?

Elle a tourné l'écran vers elle et lui a montré l'électrocardiogramme plat. La femme a regardé, sans comprendre, puis elle a demandé :

— Ça ne bouge pas ? Pourquoi ça ne bouge pas ?

— Je suis désolée, Madame. Nous allons vous opérer. Nous allons faire une césarienne, et…

— Dites-moi… Pourquoi il ne bouge pas ? Il ne fait pas bip bip ? Pourquoi ? S'il vous plaît… a-t-elle murmuré, les larmes aux yeux et la voix prise de panique.

Radha a détourné le regard. Le spectacle de cette femme désespérée, le visage convulsé, la bouche tordue de douleur est insoutenable. C'est injuste. Puis, elle a répété :

— Je suis désolée, vraiment désolée.

La femme s'est mise à hurler. La gynécologue lui a lâché la main et s'est levée, la laissant seule dans son désespoir. Ensuite, elle a fait signe aux infirmières. Il n'y a pas de temps à perdre. Au bloc opératoire, elle a retiré de ce ventre un petit être encore chaud. Là, entre ses mains, elle a vu la vie s'en aller. Le teint devient bleu, le froid s'installe. Et elle se demande ce qu'il a fait pour mériter cela.

Elle a posé dans un linge propre le petit corps bleui. Maintenant, c'est aux infirmières de s'en occuper. Elle a besoin de se reposer. Elle parlera avec la femme, quand elle se réveillera. Pauvre femme. Pauvre enfant.

On dit que cela arrive. Un pour cent des grossesses. Mais jusque-là, cela ne lui était jamais arrivé. Jamais. Elle a sorti de beaux enfants, vigoureux, rouges. Elle s'est occupée de beaucoup de jeunes mamans.

Jamais, elle n'avait vu de bébé bleu.

On frappe à la porte. Le bruit la fait sortir de ses pensées. Elle est assise dans son cabinet médical et cela fait une heure qu'elle est seule, à attendre. Pendant qu'elle ferme le journal qu'elle n'a pas réussi à lire, une infirmière ouvre la porte et avance avec une jeune personne qu'elle reconnaît.

— Bonjour Elsa, lui dit-elle.

Il lui faut faire un gros effort pour se souvenir de cette patiente et de ses problèmes. Elle feuillette le dossier que l'assistante pose sur le bureau. Lentement, elle commence à se souvenir… Un problème d'hormones probable, une difficulté à concevoir. Elle lui demande :

— Vous avez vos résultats ?

— Oui, je viens de les récupérer. Les voilà…

Elle lui tend une liasse de papier.

— Si je me souviens bien de ce que vous m'avez dit, vous n'avez pas vos règles depuis deux mois, et vous pensez avoir un dérèglement hormonal, c'est bien ça ?

— Oui, c'est ça, répond-elle en soupirant et en regardant ses pieds.

Petit à petit, la gynécologue se souvient des détails. Elsa est française. Elle est venue il y a une semaine parce qu'elle n'arrive pas à tomber enceinte et qu'elle a des cycles très longs. Elle a dit avoir fait plusieurs tests, toujours négatifs, avoir mal aux seins, et aussi avoir pris de la progestérone pendant des années… On lui a prescrit une échographie et un bilan sanguin.

Radha a du mal à se concentrer et à oublier le visage du bébé mort. Elle se force à sourire à sa patiente :

— Bon, je vais regarder ça. S'il y a un problème, cela figurera dans vos analyses. Je vous ai fait faire un bilan complet.

— Oui.

Elle regarde chaque ligne de résultats et commente petit à petit :

— Les analyses de sang ont l'air tout à fait correctes… vous n'avez pas de cholestérol, la thyroïde… ça, c'est bon…

Elle tourne la page et continue son analyse :

— Tout a l'air normal, mais…

Elle s'arrête et relis plusieurs fois le taux de bêta-HCG pour être sûre de son diagnostic. Quand elle est certaine que la fatigue et les émotions du matin ne l'induisent pas en erreur, elle annonce :

— Vous êtes enceinte !

— Quoi ?

— Vous êtes enceinte, répète-t-elle, avec un sourire, heureuse d'avoir enfin une bonne nouvelle à annoncer.

La Française ne bouge pas, la regarde en fronçant les sourcils, sans manifester ni joie ni surprise. À son absence de réaction, Radha se demande si elle a bien compris. Elle cligne les yeux trois fois, puis finit par répondre, tout doucement, presque en murmurant :

— Ce n'est pas possible.

Radha est sans voix. Elle insiste :

— Mais si je vous le dis !

— Non, ça n'est pas possible, répète l'autre.

La gynécologue essaie de comprendre. La fatigue ou l'agacement l'en empêchent. Cette blanche écervelée qui voulait être enceinte n'a pas l'air contente de l'être. Elle tente de la raisonner :

— Écoutez, si vous ne voulez pas me croire, ne me croyez pas, mais regardez vos résultats. Regardez votre taux de HCG. 97,7 : il n'y a pas de doute possible. Vous êtes enceinte !

La femme a l'air complètement abasourdie. Pourquoi ne se réjouit-elle pas ? C'est formidable, pourtant ! Elle croyait être stérile.

— Elsa, vous m'avez dit que vous n'arriviez pas à être enceinte. Vous voulez avoir un bébé, non ?

— Oui… c'est ce que je voulais.

— Alors, vous êtes contente ?

— Hé bien… Non ! Enfin… oui… enfin… je ne sais pas… je ne m'y attendais pas.

— Mais vous devriez être contente ! s'indigne Radha.

— Oui… mais, vous ne comprenez pas. Depuis plus d'un an que j'essaie de tomber enceinte, je m'étais préparée psychologiquement, à être chez moi, dans mes toilettes, à faire un test d'urine… et, heu… à voir deux traits roses ! J'ai dû faire plus de vingt tests, ils étaient tous négatifs ! J'en ai même fait un mardi, avant d'aller faire les analyses !

— C'était trop tôt. Cela fait à peine une semaine, votre taux est très bas.

— Oui… enfin… vous ne pouvez pas me dire comme ça que je suis enceinte… je suis choquée.

Radha la regarde, sans rien manifester, et se concentre à nouveau sur les analyses pour changer de sujet. Elle regarde l'échographie.

— Il devrait y avoir quelque chose… quoi que non, c'est trop tôt. Vous allez refaire une prise de sang demain, puis quarante-huit heures plus tard… non, pas dimanche. Faites-en une samedi et une autre lundi. Vous reviendrez me voir la semaine prochaine avec les résultats. Nous allons vérifier que tout évolue bien.

— D'accord. Merci.

— Ça va aller ?

— Oui… je crois…

Elle s'est levée difficilement et est partie lentement. Ses jambes tremblaient et l'on aurait dit qu'elle avait du mal à se tenir debout.

Radha l'a observée, sans rien dire, avec mépris.

Le choc culturel. C'est ça. Ce doit être le choc culturel…

Troisième partie :

Renaissance

1 Solène

Ce matin, c'est un peu la course-poursuite. Comme tous les matins, en fait. N'ayant qu'une voiture pour elle et son époux, il n'est pas rare qu'ils partent ensemble, pour éviter que le chauffeur ne fasse davantage d'aller-retours. À huit heures trente, elle laisse son mari devant son bureau, puis il faut acheter le pain au seul boulanger français de la ville (quelle chance qu'il y en ait un !) et repasser à la maison vérifier que la nouvelle bonne s'occupe de tout correctement, qu'il n'y a pas de piment dans le repas des enfants, ni de rideau lavé à quatre-vingt-dix degrés.

Elle se félicite d'Anuradha, la nouvelle employée qui ne parle pas anglais, mais semble comprendre tout ce qu'elle lui demande, et qui depuis deux semaines n'a pas fait de très grosses erreurs. Cela change de la précédente qui lui rendait la vie impossible.

Anuradha est vraiment bien : elle apprend et enregistre très vite. Le concept « sans aucun piment, ni sel, ni poivre, ni épice » a été relativement simple à lui faire comprendre. Les premiers jours, bien sûr, elle en a mis « un peu ». Le plat était explosif, mais Solène et son époux avaient connu bien pire. Puis, au septième essai, elle a eu la révélation :

— Madame, quand vous dîtes que vous ne voulez pas d'épice, vous voulez dire que je ne dois pas en mettre du tout ?

Solène a écarquillé les yeux, est restée bouche bée, et a soufflé :

— Mais oui !

Ce jeudi matin, à onze heures, l'expatriée doit partir pour le centre-ville où un repas d'accueil est organisé dans un petit restaurant, par l'association francophone dont elle est la présidente. Elle est très fière de pouvoir annoncer officiellement la mise en ligne du site internet de ChennaiExpat, qu'elle a elle-même créée.

Quand elle est arrivée ici, il n'y avait rien. Elle s'est dit qu'il fallait faire quelque chose, pour les femmes qui suivent leurs maris. On a vite fait de déprimer, en terre étrangère.

D'habitude, la communauté se retrouve dans des appartements privés, et ce sont les membres qui reçoivent chacune leur tour, à domicile, les autres participantes. Mais parfois, on est moins nombreuses. Un café fait bien l'affaire, comme c'est le cas, aujourd'hui.

Quand elle arrive au Chamiers Coffee, il y a déjà quelques personnes sur place ; elle en attend une trentaine.

Solène salue tout le monde, puis entame une discussion avec Olivia, une de ses amies qui s'occupe aussi de l'association et de l'accueil des nouveaux. Elle demande :

— Alors, on attend du monde aujourd'hui ?

— J'ai eu plusieurs e-mails de Français, lui répond Olivia. Il y a quelques familles qui arrivent.

Trois heures plus tard, c'est quarante personnes qui sont réunies dans des petits groupes. Sur une table, on règle sa cotisation à l'année : vingt euros pour recevoir les invitations aux différentes activités. À côté, on peut acheter un petit livre, fait par des bénévoles, qui répertorie les « bonnes adresses » à connaître. Une bible.

Les filles ne tarissent pas de conseils, d'anecdotes, de mises en garde… Solène les observe avec humour. Pour certaines, c'est un peu leur heure de gloire.

Alice, la femme du chef de projet qui travaille chez Michelin, s'est mise au centre. Elle cambre le dos, agite les bras, et fait ressortir ses hanches ainsi que le décolleté plongeant de sa robe de soie rose sur mesure :

— Mon mari, Jean-Bernard, a été extraordinaire, vraiment. J'ai cru qu'on ne rentrerait jamais à la maison, avec ce chauffeur !

Puis, considérant qu'elle a attiré l'attention d'une bonne partie de l'assemblée, elle reprend :

— Je vous explique... Ce week-end, on est allé à Bangalore, parce que Jean-Bernard avait un déplacement là-bas, jeudi et vendredi. Donc on a fait l'aller-retour en voiture. À l'aller, tout s'est bien passé, mais au retour... Imaginez qu'on a retrouvé notre chauffeur complètement malade, à vomir dans la rue en sortant du restaurant !

Elle s'arrête une seconde, évalue son effet sur l'assemblée attentive, puis continue :

— Il était incapable de nous conduire, vous vous en doutez... Et là, vraiment, Jean-Bernard a été génial. Je ne dis pas ça parce que c'est mon mari, non, vraiment, je le pense, parce que figurez-vous que notre chauffeur est allé se nettoyer le visage, et qu'il est ensuite revenu s'installer au volant, comme si de rien n'était. Mais il n'était pas en état de conduire, c'était sûr. Hé bien, mon mari l'a sorti de la voiture, l'a mis sur le côté, et il a conduit lui-même jusqu'à la maison. Je n'aurais pas pu le faire moi-même ! Heureusement qu'il était là...

Cette femme a vraiment un don pour se mettre au centre de l'attention. C'est vrai qu'avec les employés, ce n'est pas toujours facile. Ces problèmes-là... ça fait partie de ce à quoi il faut s'habituer en vivant ici.

Une fois, Solène a assisté, de loin, à un accident : une moto percutée par une voiture, qui a fait un vol plané pour s'écraser sur le sol, au sens propre. Elle a tourné les yeux, et a demandé à son chauffeur de lui éviter ce spectacle. À regret, il a éloigné la voiture, pendant qu'une foule immense s'amassait autour du blessé, ou plus vraisemblablement du mort...

De loin, Solène avait l'impression de les voir rire. Plus tard, cela lui fut confirmé par son époux : la mort, les accidents, le sang... tout cela semble les amuser. Elle ne comprend pas.

Non, définitivement, conduire ici, ça n'est pas une option. Elle préfère de loin laisser ça à un conducteur expérimenté qui a l'habitude.

Et puis, ici, tout le monde a un chauffeur, dès qu'on en a les moyens. C'est institutionnel.

Une nouvelle fait son entrée et se présente. Elle devine qu'il s'agit de la Française avec qui elle a communiqué par e-mail.

— Bonjour, moi, c'est Elsa…

— Oui, on s'est parlé par internet… moi, c'est Solène. Bienvenue ! Installe-toi là, je vais te présenter.

La femme s'exécute. Elle rencontre Olivia, Alice, et aussi Stéphanie, une autre expatriée qui est à leur table. Elle commande un café noir.

— Vous n'imaginez pas à quel point je suis contente d'être ici ! Je n'en pouvais plus d'être isolée, à la maison…

— Et comment ça se fait que tu es restée seule si longtemps ? demande Olivia.

— Je ne sais pas… Je n'ai pas eu de chance… ou je n'ai pas été douée… J'ai cherché sur le net, j'ai trouvé InterNations, mais je ne vous ai pas trouvées… Et comme InterNations, c'est une très grosse communauté et que tout est en anglais, j'ai mis du temps à aller à leurs soirées…

— Pourtant, on est sur internet, sur Facebook… commente Alice.

— Non, coupe Solène. Ça n'est pas si simple… Il y a huit mois, il n'y avait pas tout ça. C'est nouveau… et quand je suis arrivée, j'ai été confrontée au même problème. C'est pour ça que j'ai voulu fonder ChennaiExpat. Le site est en ligne depuis hier, le groupe Facebook doit exister depuis deux mois à peine…

— Quand même, commente Stéphanie, c'est fou qu'elle n'ait pas croisé un Français…

— J'en ai rencontré… Un collègue de mon mari avec sa femme, notamment, mais ils ne m'ont rien dit… Ils n'ont pas dû y penser. Ce n'est pas grave, je suis contente de vous avoir trouvées, maintenant.

— Moi, quand je rencontre une nouvelle, la première chose que je fais, c'est de prendre son e-mail pour lui envoyer les invitations… C'est la moindre des choses… Si j'ai bien compris, tu as déprimé pendant huit mois, c'est ça ?

Elsa ne répond pas. Elle esquisse un sourire triste et regarde sa tasse de café. Pour changer de sujet, Solène leur parle du site internet.

— Je suis contente, on a fait du bon boulot. Il me manque encore quelques articles, notamment sur les maids et les chauffeurs. Si quelqu'un veut s'en charger…

— Je vais le faire, propose Stéphanie.

Au même moment, une autre Française fait son apparition. C'est

Marion. Solène s'étonne de la voir arriver si tard. Elle salue tout le monde rapidement, puis explique qu'elle aimerait bien organiser une soirée de charité, en lien avec un autre groupe de femmes expatriées anglophones.

— Ce serait sympa de travailler avec elles. On parle toutes anglais, on peut faire un partenariat, je pense…

L'idée séduit Solène. Les filles semblent intéressées. Au bout d'un moment, Marion fixe Elsa et lui dit :

— Mais… on se connaît, non ?

— Oui, je suis la femme de Frank, le collègue de ton mari, Hervé, répond-elle. On est venu manger chez toi, il y a quelques mois…

— Ah ? Ça va, depuis tout ce temps ?

Elsa ne répond pas. Elle se contente de lui sourire. Marion n'a de toute façon pas l'air de s'y intéresser plus que cela et change de sujet.

Au bout de quelques minutes, elle s'éloigne à nouveau, pour aller faire part de son projet de soirée caritative à d'autres groupes de femmes.

Stéphanie se tourne vers Elsa et lui dit à voix basse, tout en parlant suffisamment fort pour que Solène et Olivia puissent l'entendre :

— Si c'est la seule Française que tu aies rencontrée, tu n'as pas eu de chance…

Un peu plus tard dans la journée, les filles ont sorti un jeu de tarot et s'occupent à jouer tout en discutant. Karine, une autre expatriée, arrivée depuis peu, s'installe avec elles. Elle a encore plein de questions à poser, pour avoir des conseils… Où trouver un bon médecin ? Où acheter de la viande ? Une moustiquaire ? Elle s'énerve, même :

— Ce pays me rend folle ! Ils ont des moustiques gros comme le poing, et impossible de trouver une moustiquaire ! J'ai fait tous les centres commerciaux, tous ceux à qui j'ai demandé m'ont regardé la bouche en cœur, en dodelinant de la tête, en me disant « ok, M'dame ! » mais pas un n'a été fichu de me répondre… Ce n'est pas possible ! Comment font-ils ? Ils n'ont pas tous la clim !

— Je ne sais pas, répond Stéphanie. Je n'ai pas de moustiques chez moi…

Solène non plus n'a pas ce problème. C'est l'avantage de posséder une maison au bord de la mer. On trouve parfois des serpents dans son salon, des grenouilles ou des geckos, mais pas d'insecte.

— J'en ai trouvé un ! s'exclame Elsa, visiblement ravie de pouvoir à son tour prodiguer des conseils. Du sur-mesure. Le type travaille très bien, mais il est long, et à mon avis, il multiplie ses prix par dix avec les étrangers… Je te donne son adresse, si tu veux.

Elle ouvre son sac, sort un joli carnet brodé bleu, dans lequel elle a collé toutes ses cartes de visite. Quand elle a trouvé l'adresse, elle le fait passer à Karine qui le prend en photo avec son téléphone et commente :

— C'est drôlement pratique, ça ! Je vais faire la même chose.

— Oui, ça m'a sauvée, plusieurs fois ! Quand j'ai changé de chauffeur, c'était l'enfer. Avec l'ancien, j'avais l'habitude de lui dire « on retourne à la boutique d'hier », mais avec le nouveau, je me suis retrouvée sans savoir où aller…

— Il ne faudrait pas que tu le perdes, ironise Olivia.

Le livret fait le tour de la table, et chacune note les coordonnées, au cas où. On prend toujours les bonnes adresses. Ça peut servir un jour.

Pendant ce temps, on redistribue les cartes, sous l'œil attentif d'Olivia qui commente :

— Vous n'en avez pas marre de jouer au tarot ? On pourrait changer un peu…

— À cinq, ça va être difficile, mais pourquoi pas… lui répond Karine.

— Quand j'étais au Brésil, il y avait une expat qui jouait au mah-jong. Il faut que je retrouve les règles et que je prépare un peu, mais on peut essayer la prochaine fois. J'en ai un jeu à la maison.

— Justement, reprend Solène, j'aimerais bien qu'on commence à proposer des activités diversifiées. Nous, on continue avec le groupe tarot qu'on peut élargir à différents jeux de cartes… Olivia peut aussi proposer un cours de Mah-jong. S'il y a d'autres idées…

— Je peux proposer un atelier origami, si vous voulez ! propose Stéphanie.

— Génial, ça fait un petit choix de départ, reprend Solène. J'ai contacté Jeanne, la prof de Yoga ; elle est d'accord pour nous donner une heure de cours par semaine. Cela coûterait cinq cents roupies par participante, pour un groupe de dix, maximum.

— Ce n'est pas donné !

— Non, mais c'est son moyen de gagner sa vie. Et cinq cents roupies, ça fait quoi… huit euros ?

Les filles acquiescent. Solène préférerait trouver un prof indien, mais sans qu'elle puisse expliquer pourquoi, elle n'arrive pas à créer des liens comme elle le souhaite. Jeanne est sympa, très pro, et elle est française. Cela facilite les contacts.

Elle se souvient d'avoir sympathisé avec plusieurs Indiennes, mais celles-ci ont toujours une excuse pour refuser ses invitations. La doctoresse de l'institut d'Ayurveda où elle se fait masser de temps en temps, par exemple, a toujours discuté avec elle avec beaucoup de plaisir. Mais quand il est question de prendre un café, cela devient très compliqué, à cause des enfants, de son mari… Elle a l'impression qu'elle a peur de manger chez elle.

Sa voisine, qui habite la maison d'à côté, lui a même dit qu'elle était végétarienne, et que pour cette raison, elle préférait cuisiner elle-même. Apparemment, elle avait peur que Solène ne l'empoisonne en cachant du bœuf dans le plat…

— Mais vous venez quand vous voulez ! Ma porte est ouverte, a-t-elle précisé.

Les invitations ont toujours été à sens unique, et malgré ses tentatives, Solène n'a jamais réussi à nouer des liens.

Les hommes paraissent plus ouverts. Mais elle s'est toujours demandée si cela n'était pas intéressé, et comme son mari, qui n'est pas d'un tempérament jaloux, en est persuadé…

C'est comme cela. Il est dit que les expatriés resteront entre eux.

Vers dix-sept heures, elle prend sa voiture pour raccompagner Elsa. Elles se sont arrangées ainsi, pour pouvoir rester ensemble, plus longtemps. Avec un seul véhicule pour un couple, il est très fréquent de déposer une amie ou un collègue, ce qui arrange tout le monde.

Elles ont mis leurs chauffeurs en contacts, par téléphone, ce qui est la façon la plus simple d'arriver à destination. Celui de Solène a appelé celui d'Elsa, qui lui a expliqué où elle habite. C'est beaucoup plus facile que de le laisser se débrouiller tout seul et demander à tous les passants.

Les explications orales remplacent le meilleur des GPS.

Sur le chemin, Elsa semble hésitante. Solène a l'impression que quelque chose ne va pas, comme si elle voulait parler, sans l'oser. La blonde finit par demander :

— J'ai une question…

— Oui, je t'écoute.

— La semaine prochaine, je suis invitée à un mariage. C'est mon nouveau chauffeur, le marié, et il tient absolument à ce qu'on vienne.

— C'est sympa ! Tu vas voir à quoi ressemble un mariage hindou.

— Oui, le souci, c'est que je ne sais ni comment m'habiller, ni ce que je dois offrir. J'ai pensé mettre un sari…

— Bonne idée, c'est un signe de respect. Par contre, évite le rouge. C'est la couleur de la mariée.

— Ah, je ne savais pas… Et pour le cadeau ?

— À vrai dire, je ne sais pas trop… Fais leur une enveloppe. J'ai lu quelque part que les chiffres qui ne sont pas ronds portent bonheur. Tu offres la somme que tu veux, plus une roupie.

— Mais quelle somme ?

— Je ne sais pas… Tu le connais bien ?

— Non, ça ne fait même pas deux mois qu'il travaille pour nous…

— Alors pas plus de trois mille roupies. C'est déjà une belle somme.

— D'accord, je vais faire ça. Trois mille et une roupies.

La voiture est coincée dans les embouteillages. D'habitude, il faut dix minutes pour faire ce chemin, mais à présent, ce sera une heure de route.

Elsa semble songeuse. Elle regarde le paysage défiler derrière sa fenêtre, sans rien dire. Au bout d'un moment, elle se tourne vers Solène et lui demande, hésitante :

— J'ai un problème… Tu peux garder quelque chose pour toi ?

— Oui, bien sûr, qu'est-ce qui se passe ?

— Je suis enceinte…

— Mais c'est merveilleux !

— Oui, je suis contente, répond-elle doucement. Mais cela ne fait pas longtemps, alors j'attends trois mois avant de l'annoncer. Tu peux garder ça pour toi ?

— Bien sûr, je comprends.

— Si je t'en parle, c'est parce que… je suis en Inde… J'ai un peu peur, et je ne sais pas trop qui aller voir. J'ai bien une gynécologue, mais je ne sais pas ce qu'elle vaut… Et je ne suis pas sûre qu'on se comprenne bien.

— Ne t'inquiète pas ! Il y a plein de femmes qui ont des enfants, ici. Je vais t'en présenter. Elles te diront qui aller voir, quoi faire… Donne-moi ton numéro de téléphone…

— Oui.

Les deux femmes sortent leurs portables.

— Il y en a deux qui ont accouché l'an dernier, et une autre qui est enceinte. Je vais t'envoyer leur e-mail. Je verrai ça tranquillement, ce soir. Si j'oublie, n'hésite pas à me relancer !

— Merci !

— Ne t'inquiète pas, la première année en expat est toujours très dure, surtout ici ! Après l'Inde, tu pourras vivre partout… Dans quelques semaines, tu te sentiras déjà beaucoup mieux. Viens au cours d'origami, vendredi ! Et puis, ce bébé, ça va changer ta vie. C'est génial d'avoir des enfants ici, tu vas pouvoir te faire aider, et en profiter !

— J'ai peur d'accoucher là…

— Ne t'inquiète pas, ça va bien se passer. Et tu verras, dans deux ans, tu ne voudras plus repartir !

Le chauffeur se retourne et demande où il doit aller. Elsa lui fait signe de tourner à gauche, puis de s'arrêter. En descendant de la voiture, elle se tourne vers Solène :

— Merci encore ! Juste une chose… je n'en suis pas encore à trois mois. Je voudrais éviter d'en parler, en attendant.

— Bien sûr, je comprends… La voiture redémarre, et elle se trouve à nouveau seule, dans sa voiture de luxe.

Calculant rapidement la date du terme dans sa tête, elle réalise qu'elle ne verra probablement pas naître ce bébé. Dans six mois, nous serons partis, soupire-t-elle. Et elle regarde les rues indiennes défiler devant sa fenêtre.

2 Akhila

Elle s'est levée très tôt, pour se préparer. Avant même le lever du soleil, sa mère est venue la réveiller, pour la baigner.

Elle s'est assise sur un tabouret en plastique, nue, les mains posées sur les genoux. Et elle a attendu, les yeux fermés de pudeur, qu'Amma accomplisse son rituel. Pour commencer, elle l'a enduite de savon. Le contact de sa main rugueuse, abîmée par le temps et par les travaux du quotidien, avait quelque chose d'étrange. À ce moment précis, elle a ressenti un malaise, comme si elle ne reconnaissait pas les caresses de celle qui l'avait mise au monde. Elle a ouvert les yeux, une seconde. C'était bien Amma, qui la massait, la frottait, s'évertuait à la purifier par le va et vient de ses bras vigoureux. Elle a refermé les paupières et n'a plus rien senti d'autre que ce frottement à vif. On aurait dit qu'une pierre lui ponçait le corps. Est-ce que c'est bon signe, au matin de son mariage ? Elle s'est posé la question, aux aguets du moindre présage qui pourrait lui porter bonheur.

Ensuite, elle n'a plus rien senti pendant une minute, le temps qu'Amma remplisse un seau d'eau froide, pour la laver. Elle savait ce qui l'attendait, pour l'avoir déjà expérimenté, étant petite, mais elle a eu du mal à se préparer au contact du froid.

Elle sursauta. Amma avait pris un broc et lui balançait le liquide glacé sur le corps, pour rincer abondamment tout le savon.

Le premier jet d'eau est toujours un moment douloureux. Et puis, on s'y habitue. Les uns derrière les autres, sa mère lançait le contenu de son récipient, rempli au fur et à mesure. Elle lui levait les bras, écartait les cuisses, inondait le visage. Pour finir, elle lui a demandé de se lever et elle a déversé le reste du contenu sur son corps.

Amma a bien respecté le rituel. Pour finir, elle l'a massée avec une pâte chaude, un genre d'onguent constitué de curcuma et de bois de santal. C'était plutôt agréable, comme sensation.

Les femmes de sa famille sont venues très tôt pour la parer. Elles l'attendaient dans le salon, quand elle est sortie du bain. Elles l'ont entourée pour l'aider à enfiler son sari, qui mesurait plus de huit mètres de long. Elle l'avait choisi avec sa mère et sa tante, quelques semaines plus tôt, dans un magasin spécialisé qui proposait des tissus à tous les prix. Il est en soie magnifique, de couleur rouge et orangé, très lumineux. On dirait qu'il est brodé de fils d'or.

D'abord, sa tante l'a aidée à mettre le bustier, taillé sur mesure dans le même tissu que le reste de la robe, par un couturier professionnel.[39] Mais celui-ci est un peu particulier. Akhila a demandé une coupe un peu originale, qu'elle avait vue dans un magazine, fait par un styliste. C'est un léger décolleté rond et une forme en arabesque sur l'arrière. Cela reste pudique, mais le mouvement est joli.

Ensuite, on lui a enfilé un jupon de coton neuf et sa grand-mère a commencé à plisser le sari en ajustant le pallu.[40] Quand tout a été placé, elle l'a fixé avec des épingles à nourrices. Akhila l'a remerciée intérieurement pour cela, parce que si les femmes d'un certain âge ont l'habitude de maintenir leur sari d'une main tout en vaquant à leurs occupations, c'est loin d'être son cas.

Enfin, on l'a maquillée et couverte de bijoux. Pendant que l'une appliquait du noir sur ses yeux, l'autre fixait une parure de cheveux sur sa tête. On lui a mis aussi du rouge à lèvre, du rose sur les joues, et des bijoux à n'en plus finir. La plupart ont été prêtés par la famille,

---

[39] Le bustier du sari est quasiment toujours fait sur mesure, par un couturier professionnel. En général, un morceau du tissu qu'on achète est dédié à la fabrication de ce bustier. Il faut donc se rendre chez le tailleur pour le faire confectionner. Toutes les femmes s'en font faire, dans toutes les couches de la société, des plus modestes aux plus fortunées.

[40] Le Pallu : la partie du tissu qui tombe librement dans le dos.

pour lui porter bonheur. Certains sont en or véritable, d'autres sont en plaqué. Elle porte aussi des bracelets en verre.

Elle est enfin prête. Tout le monde la regarde et complimente sa beauté.

— Tu es magnifique, ma chérie ! lui dit sa sœur.

— Tu es plus que magnifique… tu es sublime, renchérit sa mère.

Akhila sourit. Elle aimerait bien se voir, mais il n'y a pas de miroir à proximité. Et elle n'ose pas bouger, de peur de froisser sa belle robe.

Quand Madhu, le frère du marié, est arrivé, son cœur a fait un bond. C'était enfin le moment qu'elle attendait depuis toujours, ce rêve de petite fille qui allait se concrétiser. Il était là, pour elle, pour la mener à son futur époux, à Gopal.

Alors, tout est allé très vite. C'était comme si l'événement défilait sous ses yeux, sans qu'elle n'y prenne part. Elle n'a pas eu l'impression d'assister à son mariage, mais plutôt d'en être le témoin extérieur, autour de qui tout tournait.

On l'a conduite sous le dais nuptial, où la puja devait se dérouler. Gopal était assis par terre, en tailleur. À ce moment précis, elle l'a vu, pour la troisième fois : l'homme à qui on l'a promise et à qui elle sera mariée, aujourd'hui.

Elle essaie de le regarder, l'examiner de plus près, mais il y a tout ce monde et le prêtre qui leur parle. Elle n'est pas libre de ses mouvements. Les yeux mi-clos, contemplant l'autel, elle arrive à l'apercevoir, à ses côtés. Il ne bouge pas non plus. Il est immobile, comme une statue.

Il ne ressemble pas à ses souvenirs. Elle le croyait plus grand. En même temps, cet homme fin, aux cheveux très bouclés, a quelque chose d'attirant. C'est son mari. Elle devra l'aimer toute sa vie.

Tout va très vite. Le prêtre accomplit ses rituels, il psalmodie des prières, lance du beurre clarifié dans le feu, brûle de l'encens. Il fait encore d'autres offrandes, mais elle ne réalise pas ce qui se passe. Elle est comme fascinée. Elle contemple cet homme sacré, qui est en train de bénir son union.

Elle a peur, et en même temps, elle est très heureuse. Celui qu'elle épouse, elle ne le connaît pas. C'est un étranger, qu'elle a vu deux fois.

Sa mère a été mariée, il y a vingt ans, à un homme qu'elle n'avait jamais vu. Ce fut le lot de sa grand-mère, de sa sœur, de son arrière-grand-mère et de sa tante. Ce sera aussi le lot de sa petite cousine, quand elle aura l'âge. C'est ainsi.

Elle est très heureuse. Gopal est un homme bon. Ils apprendront à se connaître, à s'apprécier, et à s'aimer. Ils ont toute la vie pour cela. Ses parents l'ont choisi pour elle, avec tout le soin et tout l'amour dont ils étaient capables.

Ils ont fourni une belle dot, pour lui trouver le meilleur gendre possible. Quand tout sera fini, elle ira vivre dans sa famille à lui. Elle abandonnera tout et entrera dans un nouveau foyer. Elle sent les larmes monter en y songeant, mais quelque chose les empêche de couler. De la pudeur, peut-être ? De la retenue ? Demain, elle quittera ses proches, pour toujours. Elle deviendra la nouvelle fille d'une belle-mère inconnue. Elle n'arrive pas à bien comprendre ce que cela signifie. Cet avenir mystérieux l'effraie. Elle sait qu'elle a deux destins possibles, l'un fait de joie et de bonheur, l'autre de souffrance et de maltraitance. Elle n'est pas maîtresse de son avenir. Pourtant, cela semble encore tellement irréel. On dirait un rêve. Est-ce qu'elle va se réveiller ? Non. Bientôt, ce sera scellé, pour la vie. D'ailleurs, songe-t-elle en regardant le prêtre qui psalmodie, c'est déjà fini. L'avenir est arrêté. Son karma, bon ou mauvais, est depuis longtemps déterminé.

Il a fini ses prières. La famille bénit le thali qui porte les colliers de fleurs, pour que les mariés puissent les échanger. Et avant qu'Akhila ne réalise vraiment qu'elle est mariée, elle a passé à Gopal son alliance et en échange, il lui a mis autour du cou le mangalsutra.[41]

Le prêtre allume le feu sacré du mariage. Il attrape un bout du sari d'Akhila, qu'il noue au veshti[42] de Gopal. C'est le dernier acte, le grand final : les mariés vont tourner sept fois autour du feu, ce qui finira de les lier à jamais.

Elle fait un premier tour, suivant Gopal qui avance doucement, et

---

[41] Mangalsutra : Collier en or agrémenté de deux pièces d'or symbolisant les deux familles. Ce collier est comme une alliance. La mariée ne le quitte jamais.

[42] Veshti ou dhoti : désigne un vêtement traditionnel. Il s'agit d'un rectangle de tissu noué autour de la taille pour faire comme une jupe.

en passant, elle aperçoit sa mère qui lui sourit. Elle a les larmes aux yeux. À chaque passage autour du feu, elle contemple l'assemblée qui la regarde, émue. Les sourires sont sur tous les visages. Elle essaie de sourire, mais n'y parvient pas. Elle est figée, incapable de réagir.

Son époux est juste devant elle. Il continue ses tours. Elle n'a pas compté, mais on doit en être au sixième ou au septième. Il s'arrête. C'était donc le dernier… Enfin, dans un mouvement lent, il tourne la tête vers elle et lui sourit. Elle sent son cœur battre et son estomac se nouer. Est-ce que c'est ça, l'amour ? C'est ça, le signe du bonheur, qu'elle guette depuis ce matin ?

Si seulement cela pouvait être vrai…

D'un coup, elle voit sa mère se jeter sur elle le visage décomposé en hurlant quelque chose qu'elle ne comprend pas. Un coup porté vient lui rompre les reins. Elle se plie en deux de douleur. Un autre coup continue de la frapper, puis un troisième.

Elle se trouve le nez à terre sans comprendre ce qui s'est passé. Sa mère l'aide à se relever. Elle aperçoit son époux qui l'observe, bouche bée, sans rien dire, l'air hébété.

— Amma ? Qu'est-ce qui s'est passé ?

— Rien, ma chérie, c'est fini… ton sari s'est pris dans les flammes et il a commencé à brûler. On l'a éteint de suite. Tu n'as rien…

Elle ne répond pas. Si ça brûle, c'est que ça n'est pas de la soie… Le vendeur lui a donc menti. Elle se tourne vers son mari qui ne dit rien. Et ça, c'est un présage ? On dit que le feu purifie…

Quand tout est rentré dans l'ordre, et bien qu'elle continue à sentir le cochon grillé, il faut saluer les invités, un par un. D'abord, la famille. La mère de Gopal l'embrasse en lui souhaitant la bienvenue :

— Sois comme ma fille ! dit-elle.

Elle n'arrive pas à répondre. Elle se contente de sourire. Quand vient sa propre mère, elle se met à pleurer. Est-ce de bonheur, de peur, de tristesse ? Peut-être un mélange de tout cela.

Elle réalise pour la première fois que c'est bien réel. Elle va quitter le cocon familial et rejoindre un nouveau foyer. Tout cela n'était ni un rêve, ni un cauchemar. C'était juste la réalité, sa propre existence dont le fil s'est noué à cet homme. Ses parents à lui, ses frères, tous ces gens seront à partir d'aujourd'hui sa nouvelle famille.

Ensuite, c'est le tour des amis. Son nouvel époux, Gopal, semble connaître beaucoup de monde. Après ses copines d'école viennent un grand nombre d'hommes. Ils se contentent de la saluer, en joignant leurs mains, et ils leur souhaitent beaucoup de bonheur à tous les deux.

Un couple de blancs s'avance. Ils viennent d'arriver. On les aurait placés au premier rang, au côté des mariés s'ils étaient venus plus tôt. C'est dommage. Ça aurait été beau, sur les photos. C'est toujours un honneur d'avoir des étrangers à ses côtés, pour son mariage.

Elle a entendu parler d'eux, même si elle ne les connaît pas vraiment. Ce sont les employeurs de son mari. C'est la première fois qu'elle voit des blancs de si près.

L'homme lui fait penser aux héros des films hollywoodiens qu'elle aime aller voir au cinéma. Il est très grand, et sa peau est tellement claire et fine qu'il ressemble à une statue. Il porte une belle chemise en soie noire. C'est beau, sur son teint.

La femme ressemble à Madonna, avec ses cheveux courts et blonds, coiffés à l'américaine. Sa coupe n'est pas du goût d'Akhila. Trop vulgaire. Ce qui est dérangeant, dans sa coiffure, ce n'est pas que les cheveux soient courts, c'est la façon dont elle les a peignés et laqués. Le mouvement qu'elle donne à sa frange, avec son maquillage, son rouge à lèvre, le fard à paupière... tout cela a quelque chose de vulgaire.

À moins que ce ne soit la façon dont elle porte son sari... Oui, c'est cela. La jupe est plissée beaucoup trop haut, ce qui laisse apercevoir le bout de ses pieds. Il n'y a que les prostituées qui s'habillent comme ça, en Inde. Et puis, son décolleté... Elle a fait faire un bustier avec un décolleté. On ne montre pas sa poitrine quand on est une femme honnête. Mais les blanches... elle sourit en pensant à ce qu'on dit des blanches.

Enfin, le temps des félicitations est passé. On va manger, se réjouir, passer du temps ensemble, et ce soir... ce sera la nuit de noce. Elle rougit en y songeant.

La tradition veut que le nouvel époux passe la première nuit dans sa belle-famille. C'est le lendemain qu'il emmène sa femme dans sa nouvelle maison. Ce soir, Gopal dormira donc chez elle, dans la chambre de sa grand-mère, qu'elle leur prête pour la nuit, pour qu'ils aient un peu d'intimité.

Akhila n'a jamais eu de chambre à elle. Elle a toujours dormi au pied de ses parents, sur un matelas très fin posé au sol. Cette nuit, ce sera la première fois.

Quand la porte se referme derrière eux, son cœur bat la chamade. Elle n'ose lever les yeux du sol, pour regarder cet homme qui partagera toute sa vie. Elle devine ses mouvements. Il s'assoit sur le lit.

Quand enfin elle ose le regarder, elle réalise que lui aussi est gêné et observe ses pieds. Les voilà bien malins, tous les deux. Elle se souvient du conseil que lui a donné sa tante, la veille :

— Ma chérie, n'oublie pas que, pour lui aussi, ce sera la première fois… Les hommes ne sont pas plus expérimentés que nous.

— Que dois-je faire ? a-t-elle demandé.

— Quand tu seras devant lui, tu sauras ce que tu dois faire.

Maintenant, elle ne sait pas davantage comment procéder. Enfin, si, théoriquement, elle sait comment cela se passe. Aucune épouse n'est plus conduite à son mariage sans savoir ce qui va lui arriver. C'est d'une autre époque. Mais dans les détails, comment s'y prend-on ?

Gopal ne semble pas plus entreprenant qu'elle. Au bout d'un moment, il finit par la regarder. Il est plus beau qu'elle ne l'avait d'abord cru. Va-t-il parler ? Non… Ce n'est pas le moment pour cela. Il se lève et s'approche d'elle tout doucement, puis, il lève une main, qu'il approche de son visage, pour lui effleurer doucement la joue, du bout des doigts.

C'est la première fois qu'un autre homme que son père ose la toucher. Elle ferme les yeux tout en respirant profondément. C'est agréable.

Elle entre-ouvre les paupières et le voit approcher doucement son visage. Ses lèvres effleurent les siennes.

À cet instant précis, elle sent un tiraillement dans la poitrine, quelque chose de profond et doux, douloureux et excitant. Cette émotion qui se manifeste dans son corps par ces étranges sensations, elle ne l'a jamais ressentie comme cela. Submergée par la peur, et partagée entre l'envie de se laisser aller et celle de s'enfuir en courant, elle se demande : c'est ça, l'amour ? C'est ça, ce qu'on ressent ? C'est normal que mon cœur batte la chamade et que j'en aie presque la nausée ?

Le parfum de son mari est très fort. Il l'enlace dans ses bras, de plus en plus intensément et son corps se retrouve contre le sien, dans une étreinte, à laquelle elle s'abandonne.

Quoi qu'il arrive, elle doit se laisser faire. Elle sait que cela sera douloureux. On l'a déjà prévenue.

Il l'entraîne vers le lit où il l'invite à s'asseoir. Quand ils sont côte à côte, il se jette sur elle avec une fougue violente et l'embrasse en lui caressant le sein.

Maintenant, ses baisers ont quelque chose de dégoutant. On dirait qu'il veut faire comme dans les films. Elle a l'impression qu'il bave dans sa bouche en faisant tourner sa langue. C'est très désagréable.

Elle se répète, inlassablement qu'elle n'a pas le choix. Quoiqu'il arrive.

Il appuie sa main sur son sein et commence à lui faire mal. Elle sursaute, mais il ne semble pas s'en rendre compte. Puis, il cesse, la regarde avec un grand sourire, se lève et retire ses vêtements.

— Déshabille-toi, lui ordonne-t-il, en même temps qu'il retire son veshti de marié.

Sans oser lui répondre, elle se lève et se dépêche de retirer son sari. Sous le tissu de huit mètres plissé, elle porte encore sa longue jupe et son bustier qui recouvre la poitrine. Elle hésite.

— Allez, n'aie pas peur, je suis ton mari ! dit-il en souriant.

Il est maintenant tout nu. Elle n'ose le regarder. Tout doucement, elle dégrafe son haut, qu'elle pose au sol. Ensuite, en tremblant, elle tire sur le cordon de sa jupe qui tombe naturellement par terre. Elle lève enfin les yeux vers lui. À cet instant précis, il lui paraît beaucoup plus grand et aussi vraiment plus gros qu'elle ne l'avait d'abord imaginé.

Elle détourne immédiatement le regard de son époux pour se recentrer sur son propre corps. Tout doucement, elle défait son soutien-gorge, et lorsque celui-ci est tombé, elle retire d'une main sa culotte en cachant ses seins de son bras resté libre. Elle réalise qu'elle a très froid.

Il se lève et l'attire à lui.

Là, tenue comme cela, les mains écartées, sa nudité exposée, elle se sent soudain complètement vulnérable.

Il la dirige vers le lit et se couche sur elle en faisant toutefois attention à ne pas l'écraser. Tantôt, elle le trouve très doux, tantôt, c'est un monstre qui lui fait peur.

Il continue de l'embrasser, parfois doucement, parfois violemment. Ce qu'il lui fait avec sa bouche est vraiment répugnant. Par moment, c'est plus agréable.

— Tu es prête ? demande-t-il.

— Oui, répond-elle en serrant les dents et en fermant les yeux.

Il se plaque contre elle en l'écrasant presque avec son ventre. Sa bouche se colle à la sienne et elle peut sentir sa bave couler sur ses lèvres. Cela dure une éternité.

Pourquoi ne commence-t-il pas ? Elle attend.

Il finit par se relever et s'assoit à côté d'elle. Il soupire et met ses mains sur sa tête, comme pour réfléchir.

— Ça ne va pas ? demande-t-elle, innocemment.

— Si… non… je n'en sais rien.

Il se lève alors et se met à marcher dans la pièce pour faire les cent pas. À cet instant, le regard d'Akhila se pose sur l'entre-jambe de son époux. Elle ne comprend pas bien ce qu'elle voit, mais elle sait que cette forme rabougrie ne ressemble pas aux dessins qu'elle connaît, ni à la chose qu'elle a cru voir un peu plus tôt.

Elle n'ose rien dire. Elle se blottit dans le lit en attendant qu'il fasse quelque chose, qu'il vienne à elle, ou qu'il se couche.

Au bout d'un certain temps, il finit par s'allonger, sans rien dire. Elle n'ose pas dormir. Elle attend.

Que se passe-t-il ? Est-ce que j'ai fait quelque chose de mal ? Est-ce que je n'ai pas fait ce qu'il faut… Elle se rappelle des paroles de sa tante. Les hommes ne sont pas plus expérimentés que nous… Et en quoi est-ce que cela l'avance, maintenant ?

Elle se demande ce qu'elle doit faire. Au bout d'un certain temps, elle ose se retourner, doucement, pour voir ce qu'il fait. Il semble qu'il se soit endormi. Un ronflement vient confirmer cette idée.

Elle pose sa tête et imagine le ciel qui s'étend de l'autre côté du plafond. Elle attendait un signe, un présage. Quelle drôle de journée. C'est à ça que va ressembler sa vie ? Son mariage ?

Pourquoi n'a-t-il pas pu… Et s'il ne pouvait jamais ?

Au petit matin, alors que son époux ronfle de plus belle et qu'aucune de ses questions n'a trouvé de réponse, bercée par ses peurs et ses incertitudes, elle finit par s'endormir.

3 Lakshmi

Quand elle s'est présentée à son entretien d'embauche, Elsa n'a pas eu l'air enchantée. Elle s'est assise en face d'elle, lui a demandé si elle parlait anglais. Elle a répondu :

— Un petit peu, Madame…

— Parle-moi de toi, a demandé Elsa.

— J'ai quinze ans expérience, je faire très bon cuisine, linge, repassage, le ménage. Je faire les courses. Je connaitre les fruits et légumes. Je sais boutiques… Vous essayer moi, et vous voir.

Madame a soupiré. Lakshmi a sorti ses lettres de recommandation. De vraies lettres, écrites par de vraies patronnes. Cela fait six mois qu'elle cherche du travail. Elle a besoin de cet emploi. Madame n'a même pas lu les lettres. Elle les a regardées rapidement, pour en donner l'impression, mais elle n'a pas lu les lettres.

Elle lui a dit :

— Je veux quelqu'un qui parle anglais… Tu ne parles pas très bien…

— Madame, je parle assez ! Je travaillé quinze ans pour étrangers… Japonais, Américains, Allemands…

— Bon, a-t-elle coupé. Je veux que tu sois là du lundi au samedi, de dix heures à dix-huit heures.

— Je pas travailler samedi, Madame.

— C'est à prendre ou à laisser.

— Ok, Madame.

Elle n'a pas le choix. Elle doit absolument gagner de l'argent. Et puis, l'appartement n'est pas très grand. Madame vit seule avec son mari. Soit. Elle répète :

— Ok, Madame, je travailler samedi.

— Bien. Tu dois être là à l'heure. Quand le travail est fini, tu peux partir. Pas besoin de rester jusqu'à dix-huit heures. Mais le travail doit être fait.

— Oui, Madame.

— La paye est de neuf mille roupies.

Lakshmi sursaute. Ça n'est pas beaucoup. Elle était mieux payée chez son ancien patron. Quatorze mille roupies,[43] et elle ne travaillait pas le week-end… Elle sait bien que ce n'est pas un salaire ordinaire pour une bonne à tout faire, mais quand même, elle n'est pas n'importe qui, et elle a de l'expérience. Pas question de toucher si peu. Elsa continue :

— En plus, je te donnerai mille roupies pour le transport, ce qui fait dix mille et je te donnerai à manger le midi.

— Madame, répond-elle, saisissant l'occasion, vous pas donner repas. Je amener manger. Vous donner pas manger. Vous donner mille roupies plus. Pas dix mille. Onze mille.

Madame la dévisage, devinant sans doute qu'elle y gagne au change. Un salaire de onze mille roupies est déjà plus acceptable. Amener du riz, ou des restes de la veille, ne lui coûtera pas grand-chose.

— C'est d'accord. Tu peux commencer tout de suite ?

— Oui, Madame, pas problème.

— Tu sais cuisiner, tu m'as dit.

— Oui, Madame, très bien.

— On va voir ça.

Elle se dirige vers le frigidaire, l'ouvre, sort des gombos,[44] des

---

[43] Un chauffeur est payé environ quinze mille roupies par mois. Une bonne touche dans une famille traditionnelle environ cinq mille roupies. En général, dans les familles riches, il y a plusieurs employées : un cuisinier, une nounou, une femme qui nettoie, un autre qui s'occupe du linge… Dans les familles occidentales, le travail est difficile parce qu'on demande à une seule employée de tout gérer. Les critères n'étant pas les mêmes, c'est un emploi qui exige une véritable formation.

[44] Gombos : appelé aussi « okras », c'est une variété de plante cuisinée comme légume. Il a la forme d'un piment, mais le tour est pyramidal au lieu d'être rond.

carottes et des haricots verts. Puis, elle se tourne vers elle :

— Tu sais cuisiner ça ?

— Oui, Madame.

— Sans épice ?

— Pas épice.

—Tiens, lui dit-elle en tendant les bras. Prépare-moi quelque chose pour ce midi.

Elle prend les légumes et s'isole dans la cuisine, bien décidée à montrer à cette femme qu'elle connaît son métier.

Son beau-frère a travaillé pour un grand chef et lui a enseigné la cuisine, il y a de cela plusieurs années. Depuis, elle a été au service de nombreuses familles, et elle sait ce que signifie « pas épice ». Ça veut dire qu'il ne faut pas mettre de piment, tout simplement. C'est vrai qu'elle n'avait pas l'habitude, avant, mais elle a appris.

Elle fouille dans les placards, trouve du riz, de l'huile. Il y a même ce qu'il faut pour faire des naans.

Elle prend un oignon, le coupe, le fait frire après avoir fait revenir une toute petite dose de graines de cumin. Ensuite, elle ajoute les gombos et la moitié des carottes. Quand tout est bien doré, elle met une cuillère à café de massala, et une demie de coriandre. Le secret, pour que le repas plaise aux étrangers, c'est de ne pas mettre de poudre de chili, et de ne jamais mettre plus d'une pincée d'épices. Ça n'a pas de goût, mais les blancs sont contents.

Parallèlement, elle fait cuire du riz. Ça ne sera pas le meilleur repas qu'elle ait fait, mais avec les moyens du bord, ce sera très bien.

Quand tout est prêt, elle met la table, puis signale à Elsa qu'elle peut déjeuner quand elle le souhaite. Celle-ci s'assoit et commence à manger, tandis que Lakshmi se retire dans la cuisine pour faire la vaisselle et attendre le verdict.

À la fin du repas, Madame a l'air très satisfaite. Elle la félicite et lui donne des indications sur la maison.

— Aujourd'hui, tu nettoies ce que tu peux. Demain, tu t'occuperas du linge. Il faut changer les draps deux fois par semaine, et quand tu as un peu de temps, ouvrir les placards pour faire les poussières. Il faut aussi faire les vitres de temps en temps…

— Oui, Madame.

Elle sait tout cela. Tenir une maison, c'est son métier. Mais elle ne voudrait pas la contrarier, alors elle hoche la tête en signe d'assentiment, puis elle se met au travail.

Lakshmi est née en Assam, une province du nord, célèbre pour ses thés. Elle vivait dans un petit village avec sa famille.

Quand elle a eu quatorze ans, son père lui a dit qu'il fallait qu'elle se marie. Ses deux sœurs étaient déjà parties. L'une était restée dans le village, et l'autre était allée s'installer dans le sud de Chennai. Il ne restait plus que son frère et elle.

Cela s'est passé très vite. Deux mois plus tard, on célébrait son mariage avec un homme qui travaillait dans les plantations de thé. Il avait vingt-quatre ans et acceptait de la prendre sans dot.

Au début, il a été gentil avec elle. La première nuit n'avait pas été facile. Elle était jeune et timide. Il comprenait. Il avait été très doux et très tendre. Il avait même montré beaucoup de patience à son égard.

Et puis, petit à petit, il s'était montré plus grincheux. Lakshmi avait mis cela sur le compte de la fatigue. Il travaillait dur et ses patrons étaient de plus en plus exigeants, d'après ce qu'il lui racontait. Un soir qu'elle avait fait trop cuire le repas, il s'est emporté :

— T'es qu'une sale gamine, c'est pas vrai ! Qu'est-ce qui m'a pris d'épouser une empotée pareille…

Il lui a fait très peur. C'était pas très bon, mais c'était mangeable. Ça n'était pas une raison de s'emporter comme cela… Il est sorti et elle l'a attendu pendant plusieurs heures. Quand il est revenu, elle a vu qu'il était complètement ivre. Elle a supposé qu'il avait eu une journée difficile et lui a pardonné, sans même lui faire de reproches. C'était son mari, il fallait l'accepter, comme il était.

Ensuite, il a pris l'habitude de sortir et de revenir tard dans la nuit. Parfois, il ne cachait même pas les petits sachets d'alcool artisanal qu'il ramenait. Quand l'envie le prenait, il en vidait un directement dans sa bouche, après l'avoir percé d'une petite ouverture sur le côté.

Lakshmi comprit vite que son mari buvait. Cela ne la dérangeait pas plus que ça. C'était le problème de tous les hommes, pensait-elle. Cela arrivait parfois à son propre père aussi. Tant que l'argent rentrait et qu'on avait à manger, le reste importait peu.

Mais un soir, il rentra ivre, et il lui reprocha de ne pas avoir pris assez d'eau à la rivière. Cette fois, en plus, il leva la main et la frappa une première fois au visage. Cela l'envoya au sol. Elle se couvrit la tête de ses bras, pour se protéger, mais il la saisit d'une main, et de l'autre se mit à la cogner plusieurs fois, comme pour se soulager de quelque chose. Elle hurla d'abord, puis la peur la fit taire. Elle resta muette à attendre qu'il ait fini. Il la projeta au sol et sortit.

Elle resta là, pendant longtemps, sans bien comprendre ce qui lui arrivait. Elle était complètement hébétée, épuisée aussi. Au bout d'un moment, sa belle-mère, qui dormait à côté et avait assisté à la scène, s'approcha d'elle avec un tissu pour lui nettoyer le visage. Elle ne dit rien. Comme si tout était normal.

Le lendemain matin, son mari était revenu. Il ne parla pas de la veille et se comporta comme si de rien n'était, très gentiment. Son beau-père était là, aussi. On aurait dit qu'il souriait en regardant son œil gonflé et que cela l'amusait.

Ce jour-là, elle est retournée chez ses parents, en pleurant. Quand sa mère la vit, elle l'accueillit à bras ouvert et lui fit du thé. Elle pleura beaucoup, raconta ce que son mari avait fait. Elle eut droit à la réaction qu'elle craignait :

— Tu dois retourner chez ton mari, maintenant.

Ni Amma, ni Appa, ne pouvaient imaginer qu'elle revienne vivre avec eux. Il faudrait faire avec, gérer ses problèmes. Ce qui se passait chez elle ne regardait personne. C'était son affaire à elle, et à elle de la régler. Son père finit par lui dire :

— Je vais te raccompagner chez toi. Je dirai que je t'ai croisée quand tu faisais le marché, et que je t'ai ramenée ici pour le plaisir de t'avoir à nouveau chez nous. Cela devrait justifier ton absence.

Elle est donc retournée là-bas. Ils ont fait bon accueil à son père, lui offrant même de dîner avec eux, mais celui-ci refusa, prétextant que sa femme l'attendait.

Dès qu'il eut quitté la pièce, son mari se retourna vers elle et lui dit, doucement, calmement, avec une voix qui lui glaça le sang :

— Si tu refais ça, je te tue.

Ce jour-là, elle apprit à vivre dans la peur.

Lorsqu'elle se rendit compte qu'elle était enceinte, il fut très gentil avec elle. Il cessa de boire.

Sa grossesse se passa très bien. Elle eut quelques douleurs au dos, mais elle était tellement contente à l'idée de donner la vie que rien ne pouvait l'atteindre. Et pour la première fois depuis longtemps, elle était à nouveau en paix. Elle aurait été très heureuse si cela avait pu continuer ainsi.

Son bébé, le petit bout qui grossissait en elle, jour après jour, elle l'aimait davantage. Sa belle-mère faisait des pujas pour que ce soit un garçon. Une fois, son beau-père l'a même menacée de la chasser, si elle donnait naissance à une fille.

Elle savait ce que cela signifiait. Il fallait un mâle, à tout prix, et dans le cas contraire, on attendait d'elle qu'elle fasse ce qu'il faut.

Lakshmi a eu beaucoup de chance. Elle a donné naissance à un beau garçon bien vigoureux qui est arrivé à terme. Son accouchement s'est très bien passé. Cela a duré une nuit entière ; c'était très douloureux, mais sans complication.

Ce petit être était un concentré de bonheur qui arrivait dans sa vie.

Au début, on ne lui donna pas de nom, comme le veut la tradition.[45] Cependant, Lakshmi savait que son enfant vivrait et qu'il deviendrait un homme fort. Elle était bercée par cette certitude.

Son mari redevint plus taciturne, après la naissance. Il supportait mal d'être réveillé au milieu de la nuit par des pleurs. Cela l'agaçait.

Le petit pleurait beaucoup. Lakshmi passait son temps à le rassurer et à l'endormir, avec des berceuses. C'était normal. Il fallait faire avec. Pour elle aussi, c'était difficile d'entendre ces cris.

Une nuit, son mari est encore revenu ivre. Il n'a pas supporté le bébé qui geignait et s'est emporté, criant de plus belle et excitant encore plus l'enfant. Il a empoigné Lakshmi et lui a ordonné de le faire taire, le menaçant de ses coups. Cette fois-ci, son beau-père s'est levé, pour intervenir. Il a pris le petit, et l'a laissée, elle, sous les coups de son époux, qui hurlait :

— C'est de ta faute si ce gosse pleure ! t'es pas capable de l'élever correctement ! Tu sais rien faire, de toute façon !

---

[45] À cause de la mortalité infantile importante, pendant longtemps, les bébés n'étaient nommés qu'à l'âge d'un an. Cette tradition persiste encore aujourd'hui dans certains endroits.

Cette fois, c'est sa belle-mère qui s'est interposée :

— Le petit a faim. Laisse-là le nourrir.

Il s'est un peu calmé, lui lançant :

— T'es même pas capable de nourrir le môme…

Puis, il est allé s'allonger, dans un coin de la pièce, attendant qu'elle ait fini de dégrafer son corsage, pour donner le lait, sous son sari.

Lakshmi eut du mal à se remettre de ce dernier coup. Elle était épuisée et sans ressource, mais il fallait qu'elle se sorte de là. Elle attendit une semaine, pendant laquelle elle essaya d'éviter sa colère.

Quand son visage fut plus présentable et qu'elle put marcher sans boiter, elle guetta patiemment qu'une occasion se présente. Elle avait pris sa décision : elle irait dans le sud, rejoindre sa sœur aînée, Pattu. C'était à l'autre bout du pays. Son mari ne la suivrait pas, là-bas. Restait à savoir quel accueil on lui ferait, mais c'était un risque à prendre, et la seule solution pour fuir cet endroit.

On disait que les femmes y étaient mieux traitées, qu'elles étaient plus libres...

De toute façon, elle ne pouvait pas rentrer chez ses parents, ni fuir chez son autre sœur, qui était dans le même village. Et il était hors de question qu'elle reste ici.

Il suffisait d'attendre que la maison soit vide, ce qui finit par arriver assez rapidement, chacun étant parti vaquer à ses occupations.

Elle chercha les endroits où il pouvait y avoir de l'argent, et trouva quelques dizaines de roupies. Ça n'était pas beaucoup, mais cela devrait suffire à lui acheter à manger, le temps du voyage. Ensuite, elle prit son bébé de deux mois dans ses bras. Elle le cala dans un morceau de tissu, qu'elle noua autour de ses épaules, comme un baluchon. Puis, elle se mit en route.

Elle partait pour l'aventure, sans trop savoir où cela la mènerait. Quel accueil lui serait réservé, à Chennai ? Il n'était pas impossible qu'elle se retrouve à la rue, à faire la manche, mais ce destin lui paraissait plus enviable que de voir son mari lever un jour la main sur son enfant.

Plus que la crainte pour sa propre vie, c'était cela qui l'avait motivée à partir : elle voulait protéger son fils.

Dans le train, elle n'avait pas de billet. Si elle s'était fait arrêter, elle aurait peut-être été en prison pour deux jours. Mais tout se passa bien. Avec son bébé, elle ne risquait pas grand-chose. S'il y a une chose qui est respectée, ici, c'est bien la vie d'un nouveau-né.

Elle eut de la chance. Pas de contrôleur, pas de police, pas de question…

Elle voyagea pendant plusieurs semaines, motivée par l'espoir de retrouver sa sœur. Elle savait où elle habitait, dans un petit village, au sud de Chennai. La difficulté, c'était d'y arriver, mais une fois sur place, tout le monde connaît tout le monde : elle savait qu'elle serait vite fixée. La crainte de Lakshmi, c'était que Pattu ait déménagé et que personne ne puisse lui donner sa nouvelle adresse.

Elle mentit sans aucun scrupule à tous ceux qu'elle rencontrait, prétextant que son mari était mort, qu'elle était veuve avec son tout petit, et qu'elle venait quémander l'aide de sa seule famille restante. Très vite, elle eut la réponse à sa question. Pattu vivait toujours ici et la maison n'était pas loin.

Elle frappa à sa porte. Un jeune garçon vint lui ouvrir. Sans pouvoir le reconnaître, elle devina qu'il s'agissait de son neveu.

— Ta maman est là ?

Pattu était derrière, le ventre arrondi par une autre grossesse. Elle avait bien changé depuis la dernière fois qu'elle l'avait vue, ce qui remontait au jour de son mariage, c'est-à-dire à environ six ans. Elle avait beaucoup épaissi, alors que Lakshmi était de plus en plus maigre. La maternité lui réussissait. Elle portait un beau sari en coton jaune et de beaux bracelets aux poignets.

Elle avait même un anneau en or au nez. Et elle avait l'air d'être heureuse. Cette prospérité rassura Lakshmi et lui donna un peu d'espoir.

Quand Pattu la reconnut, elle la serra dans ses bras et l'invita à entrer. Heureusement, elle était seule. Lakshmi put lui avouer la vérité, sans craindre d'être chassée parce qu'il fallait sauver les apparences.

Elles se mirent d'accord sur le mensonge à raconter. Son mari pouvait savoir la vérité, il comprendrait, mais pour les autres… On dirait que ses parents étaient morts de vieillesse et que son mari s'était fait renverser par une moto. C'était plausible. Il faudrait qu'elle porte le sari blanc du deuil et qu'elle ait l'air triste, ce qui ne lui posait aucun problème.

Sa belle-famille fut très gentille et très compréhensive. Elle s'est installée chez eux, a appris la cuisine, auprès de son beau-frère, dont c'était le métier. Elle s'est bien vite trouvé une place de bonne à tout faire. Son fils grandissait, devenant chaque jour plus beau et plus fort. Il fut élevé avec ses cousins.

Lakshmi était courageuse. Elle travaillait dur : très vite, ils ont apprécié sa participation au revenu du foyer. Elle a pu rapidement gagner sa vie, grâce à son emploi de bonne. Elle a travaillé pour des étrangers qui payaient bien et son fils a pu faire des études. Un fils, heureusement, car elle aurait eu bien du mal à marier une fille... Aujourd'hui, son garçon de trente ans s'est trouvé une épouse, et c'est lui le nouveau chef de famille. Ils vivent tous les trois, Lakshmi, lui, et sa compagne, qui lui donnera de beaux petits enfants.

Une femme sans homme ne vaut pas grand-chose. Si les gens avaient su ce qu'elle avait fait, cela ne se serait sans doute pas passé si simplement.

Mais ça, il n'en était pas question. Plutôt mourir.

D'ailleurs, elle n'a jamais voulu se remarier. D'abord, c'est difficile, car ici, quand on est divorcé, on est moins que rien. Mais surtout, un homme, pourquoi faire ? Tous des menteurs et des alcooliques. Non, jamais plus.

Les dieux l'ont aidée. Elle a vraiment eu de la chance, quand elle y repense. En Inde, on estime qu'une femme ne doit pas quitter son mari. Ce qu'elle a fait, c'était vraiment courageux. Elle le sait. Elle ne savait pas quelle serait la réaction de sa sœur en quittant l'Assam, et elle était prête à mendier pour survivre.

Oui, elle a eu beaucoup de chance.

Son fiston a fait des études. Il est devenu informaticien. Il parle parfaitement l'anglais et gagne très bien sa vie. Plus tard, quand elle ne pourra plus travailler, c'est lui qui s'occupera d'elle, comme le font tous les bons fils.

Elsa l'appelle et lui demande si elle peut aller faire des courses. Lakshmi est en train de nettoyer les sols.

— Tu peux acheter de l'eau gazeuse ? Je préfère ne pas porter de choses lourdes…

— Oui, Madame.

— Tiens, je te donne cinq cents roupies. Prends six bouteilles. Frank en boit beaucoup, quand il est là.

Elle prend l'argent, hésite, et demande :

— Madame, vous avoir un sac pour porter ?

— Oui, bien sûr. Dans la cuisine…

Elsa lui ouvre un grand tiroir empli de sacs en plastique plus ou moins solides. Elle en prend un grand qui doit venir d'Europe, parce qu'il est conçu différemment de ce qu'elle connaît, et qu'il est plus épais. Ensuite, elle descend les escaliers de l'immeuble et croise le gardien de jour qui l'interpelle, en tamoul :

— C'est toi, la nouvelle ?

— Oui, enfin, j'espère, je suis à l'essai. Madame m'a demandé d'acheter de l'eau… Où je peux trouver ça, au plus près ?

— Tu prends à gauche, tu traverses la rue, et la première à droite, il y a un Nilgiris.

À l'endroit indiqué, elle trouve le magasin et achète les bouteilles, comme on le lui a demandé. Quand elle revient, le gardien lui demande, en ouvrant la porte :

— Comment tu t'appelles ?

— Lakshmi. Et toi ?

— Ram.

— Je monte, Madame m'attend…

Celui-là a l'air d'une vraie pipelette. Elle n'a pas l'impression qu'il ait de mauvaises intentions à son égard, c'est juste qu'il veut discuter. Elle a l'habitude. Les gardiens, les chauffeurs… ils aiment parler. À l'occasion, elle s'arrêtera davantage. Elle veut éviter les problèmes à tout prix, ce qui signifie, bien sûr, éviter les commérages, qui sont une spécialité des domestiques. Cependant, il faut aussi qu'elle se fasse accepter… donc, il faudra faire connaissance, après le travail.

Elle range les bouteilles dans le frigidaire et rend la monnaie à Madame, qui a l'air satisfaite. Ensuite, elle passe un coup de fil à son fils, et lui demande :

— Tu peux venir me chercher ce soir ? Je vais finir tard…

— Alors, tu as eu le travail ?

— Oui, je crois. Elle me prend à l'essai.

— Donc, c'est bon, comme toujours.

— Je pense. Mais il n'y a pas eu de bonne ici depuis un certain temps. J'ai encore beaucoup de travail pour laisser une maison propre.

— Vers quelle heure tu veux que je vienne ?

— Pour bien faire, je vais rester jusqu'à sept heures.

— Ok, je quitterai le travail une demi-heure avant, et je ferai un crochet pour te prendre. À tout à l'heure, Amma !

Ensuite, elle se remet au travail. Elle commence par faire les poussières qui sont bien accumulées sur les meubles. Les sols aussi sont dans un état lamentable. Elle pousse le canapé, pour aller frotter derrière. On dirait que cela n'a pas été fait depuis une éternité. Enfin, elle passe aussi la serpillère. Alors qu'elle est au milieu du salon, Elsa l'interrompt :

— Tu devrais rentrer chez toi, il est tard…

— Oui, Madame, je sais.

— Tu peux t'arrêter là. Je ne veux pas que tu aies un problème avec le bus… Il te faut combien de temps pour rentrer ?

— Une heure et demie, Madame.

— Tant que ça ! Bon, tu arrêtes, et tu rentres chez toi. Tu finiras demain. Et c'est très bien, tout est très propre.

— Oui, Madame. Je finir, et je aller.

Vingt minutes plus tard, elle a enfin terminé. Il est dix-huit heures quarante-cinq. Elle salue Elsa qui la gratifie d'un grand sourire, et descend en bas de l'immeuble pour attendre son fils. Ram est encore là. À côté de lui est assis un autre homme. Elle se présente, rapidement :

— Lakshmi, la nouvelle maid, à l'essai.

— Ne t'inquiète pas, tu ne pourras pas faire pire que l'ancienne ! répond le gardien de jour. Elle passait son temps dans la cuisine à jouer avec son téléphone et à manger… Ces gens-là ne sont pas difficiles. C'est un job cool.

— Ah bon ? Et pourquoi elle l'a renvoyée ?

— Un vol. Elle a laissé ses clefs au chauffeur qui a piqué des bouteilles pour les vendre.

— Moi, je fais bien mon travail. Si Madame est contente, je suis contente.

L'homme qui est auprès de Ram, c'est Vilou, le gardien de nuit. Ces deux-là ont envie de parler. Elle s'assoit à côté d'eux, pour les écouter, en attendant la voiture.

— Comment vous savez qu'il les a volées, demande-t-elle, plus pour bavarder que véritablement intéressée.

— Je l'ai vu, reprend Vilou. J'étais le gardien, ce soir-là. Je me suis demandé ce qu'il fichait, là-haut, tout seul. Il m'a dit qu'il venait chercher quelque chose pour Monsieur. J'ai pas demandé plus. Mais trois jours après, quand la bonne m'a dit qu'elle était virée pour vol, ben, j'ai compris…

— C'est pour ça qu'ils ont été renvoyés, les deux ?

— Oui. Elle, je ne sais pas ce qu'elle est devenue. Je ne crois pas qu'elle avait vraiment besoin de travailler… je veux dire… elle est mariée…

Il s'arrête, comme pour réfléchir. Ram reprend :

— Lui, je l'ai vu, il y a pas longtemps. Il a dû faire un pèlerinage parce qu'il n'avait plus de cheveux. Il a retrouvé du travail, dans une compagnie de taxi. Il m'a dit qu'il était content.

— Au début, dit Vilou, on pensait qu'il avait un problème avec l'alcool. En fait, il voulait les vendre ! J'en suis sûr, parce que le gardien de la maison qui est au bout de la rue m'a dit qu'il en avait tiré plusieurs milliers de roupies…

En parlant, il lui montre une immense bâtisse illuminée. Elle hoche la tête, pour acquiescer. Cette histoire ne la concerne pas et elle s'en fiche pas mal. Mais c'est important de se faire bien voir des autres employés.

Un véhicule s'arrête devant la porte. Dans la nuit, on ne voit pas le visage du chauffeur, mais Lakshmi le reconnaît immédiatement. Elle se lève d'un bond et son visage s'illumine d'un sourire naturel.

— C'est mon fils, je dois y aller. À demain !

Elle monte dans la voiture blanche, sans se retourner et s'installe avec fierté à côté du seul homme qui n'ait jamais compté dans sa vie.

4 Baptiste

Quand il a mis le pied hors de l'aéroport, ce qu'il a vu l'a surpris. C'est comme à la télé, dans les reportages. Ils sont des centaines, collés les uns aux autres, à transpirer dans la chaleur étouffante. Certains sont assis sur le sol, certains adossés à la barrière de sécurité.

Il se retourne vers sa femme, Pénélope, qui sans rien dire semble penser la même chose que lui.

C'est un mélange de couleurs, de style, de tout. Des vieux, des jeunes, des femmes enceintes, des grands-pères, des enfants, des saris de toutes les couleurs, des tissus sales, du coton beige, des chemises… L'odeur lui paraît épouvantable, un mélange de sueur, de pollution, de pétrole. Ça hurle de partout, on s'appelle dans tous les sens :

— Taxi, M'sieur ?

— Hôtel, M'dame ?

— Bagages, M'sieur ?

Il ignore tout ce beau monde, et parcourt la foule du regard. Un homme mince, habillé tout en blanc, porte une pancarte avec son nom. Il s'approche :

— Gopal ?

— Oui, M'sieur. Bonjour, M'sieur Baptiste. M'dame. Je vais prendre vos bagages.

L'homme prend leurs affaires et se fraye un chemin dans la foule. Ils le suivent, dociles, curieux de découvrir ce pays si différent de ce qu'ils connaissent.

Une demi-heure plus tard, ils arrivent chez son frère Frank. Il n'est pas là, mais sa femme Elsa les accueille :

— Je suis désolée de n'être pas venue vous chercher ! Parfois, il faut attendre plusieurs heures, quand il y a du retard, ou à cause des douanes, alors vous imaginez… c'était plus simple d'envoyer le chauffeur !

— Oui, on te comprend, ne t'inquiète pas ! sourit-il. Je suis content de te voir !

Elsa leur fait visiter l'appartement. Il est grand et très confortable. Leur chambre est petite, mais cela suffit pour un court séjour. Ils ont prévu de descendre le lendemain à Pondichéry, de continuer vers Madurai, et de revenir en avion, pour passer quelques jours à Chennai.

— Frank ne va pas tarder, je pense. Il se fait ramener par un collègue. Ce soir, on vous a préparé un repas indien. Je me suis dit que cela vous ferait plaisir… Je vous laisse poser vos affaires et vous installer. Vous devez être épuisés du voyage…

Douze heures d'avion, c'est très fatigant. Ils sont heureux de pouvoir se reposer un peu. Pénélope s'allonge sur le lit en disant :

— Je suis crevée ! Tu vas te doucher ? J'irai après.

Il s'installe au côté de sa jeune épouse et l'embrasse tendrement dans le cou. Elle se met à sourire et à répondre à ses baisers, avant de lui dire :

— Tu crois que c'est le moment pour ça ?

— Non, non…

Il soupire en la laissant, ouvre son sac et prend ses affaires de toilette.

Frank est rentré vers vingt heures. Il avait l'air content de les voir.

— Ça va ? Vous avez fait bon voyage ?

— Oui, très bien !

— Je vais vous servir un truc à boire.

— Tiens, répond Baptiste, tu me fais penser, on vous a ramené deux Bordeaux et deux Bourgognes, ainsi que du saucisson et du fromage.

En parlant, il ouvre son sac à dos qu'il commence à vider. Entre les t-shirts et les bermudas, bien emballés dans une serviette, il trouve deux des bouteilles. C'est Pénélope qui a le reste, dans sa petite valise.

Elle sort les denrées qu'elle offre à son beau-frère. Il répond :

— Ça, c'est vraiment sympa. Je vais les ranger. Vous me suivez au salon ? Vous voulez boire quoi ? Je peux en ouvrir une, si vous voulez…

— Non, c'est pour vous. Gardez-les, répond Pénélope.

— On a quand même de quoi vous servir l'apéro…

Il s'approche du buffet, qu'il ouvre, laissant apparaître plusieurs bouteilles. Il explique :

— Vous avez de la chance, on est fourni. On a eu quelques problèmes de vol, mais j'ai refait ma cave.

— De vol ?

— Oui… C'est une longue histoire… Alors, Martini ? Whisky ? Baileys ?

Il sert en expliquant :

— On avait une bonne stupide… Je n'ai jamais vu ça. Je veux bien qu'il y ait le choc culturel et qu'on ait eu des difficultés à se comprendre, mais vraiment…

— Oui, reprend Elsa, je devenais folle avec elle. Depuis qu'on en a une nouvelle, ça va beaucoup mieux. Je pensais qu'on ne se comprenait pas, et que c'était parce qu'elle était indienne et moi étrangère ; mais non, elle était vraiment débile. Lakshmi, la nouvelle est… géniale. Elle ne parle pas anglais, ou très peu, mais elle comprend tout ce que je lui demande, elle apprend très vite et depuis qu'elle est là, je crois qu'elle n'a rien cassé, ni abîmé. En plus, on mange super bien et elle dépense beaucoup moins parce qu'elle choisit des produits locaux de bonne qualité… Sérieusement, je revis !

— Et alors, l'ancienne vous a piqué des bouteilles ? reprend Baptiste.

— Ben, pas exactement… En fait, elle a laissé ses clefs au chauffeur pour qu'il en fasse un double.

— Pourquoi elle a fait ça ?

— Parce qu'elle était stupide, répond Frank, du tac au tac.

— Pour être exacte, explique Elsa, il est arrivé à Anita (c'est le nom de notre ancienne bonne) de perdre ses clefs. Je l'ai menacée de lui faire payer le changement de serrure si elle ne les retrouvait pas. Du coup, quand le chauffeur lui a dit qu'il avait perdu ses clefs et que je ne devais pas le savoir, elle l'a cru.

— Mais c'est normal qu'un chauffeur ait les clefs ?

— Ben non, il n'était pas censé les avoir… Il a profité de la naïveté d'Anita, et ensuite il s'est dit qu'on l'accuserait elle. C'est ce qu'on a fait… Un soir, il nous a menés au restaurant, il est revenu piquer les bouteilles pendant qu'on mangeait ; manque de pot, le gardien l'a vu et s'est douté qu'il y avait un truc bizarre. On a mis deux jours à avoir le fin mot de l'histoire, mais finalement, on a su ce qui s'était passé…

— Et pourquoi il a fait ça, votre chauffeur ? C'était stupide…

— Soit il les a bues, soit il les a vendues. Je n'ai pas réussi à savoir : il n'a jamais reconnu les faits.

— Bon, coupe Elsa, on peut manger ? J'ai demandé à Lakshmi de vous faire un repas typiquement indien mais qui ne pique pas. Profitez-en, parce que dans le Sud, vous risquez d'avoir du mal à trouver un bon resto où ce ne soit pas super pimenté…

Ils se mettent à table. Elsa apporte un plat de chappattis, un autre de riz, une casserole de lentilles et deux autres plats qu'il ne reconnaît pas. Il y a un curry de pommes de terre, avec des oignons et un doux parfum d'épices. Également, un plat de tomates coupées très fines et cuites. Elsa explique que c'est un chutney, on peut tout mélanger dans l'assiette ou manger séparément. Frank leur demande :

— Alors, qu'avez-vous prévu exactement ?

— Demain, on prend un bus pour Pondichéry.

— Vous prenez le bus ? demande-t-il, incrédule.

— Oui. Ce n'est pas bien ?

— C'est-à-dire… vous nous raconterez ! répond-il, ironique.

Baptiste échange un regard avec Pénélope. Lui, c'est un aventurier, curieux de tout. Mais sa femme est plus casanière. Il espère n'avoir pas fait de bêtise en planifiant son voyage. Il a choisi des hôtels de qualité, sans être du cinq étoiles. Il n'y en avait pas beaucoup sur le marché. Apparemment, ici, c'est tout ou rien. Le grand luxe, ou la paillasse.

Mais, pour voyager, il fallait bien faire un choix. Louer un chauffeur, prendre le train ou le bus. Il s'est dit que cette dernière solution serait la meilleure…

— Mais sur place, demande Elsa, incrédule, vous prenez un chauffeur ?

Baptiste n'avait pas cette idée en tête. Il pensait plutôt louer un scooter ou utiliser les rickshaws. Après tout, c'est une occasion unique de visiter l'Inde et de découvrir ses habitants… Il voit le regard de Pénélope. Il risque de ne pas avoir le choix.

— Oui, reprend-il, je verrai là-bas…

Le lendemain matin, ils sont partis très tôt. Le chauffeur les a déposés à l'arrêt du car. Il avait déjà ses billets, réservés depuis la France. C'est un véhicule propre, assez moderne. Il y a l'air conditionné. Pénélope ne dit rien. Il espère qu'elle sera contente.

C'est leur premier grand voyage, à tous les deux.

5 Pénélope

Quand Baptiste lui a proposé ce séjour en Inde, elle n'a pas osé refuser. Elle a bien pensé qu'il était un peu fou, mais enfin, pourquoi pas. Il a dit vouloir voir son frère et que c'était l'occasion ou jamais de visiter ce pays…

Elle n'a jamais été très téméraire. C'est une première, pour elle, qui n'a vu que l'Europe.

À Chennai, ils ont pris le car, et elle a eu un peu peur. Une fois assise, cela allait : il était relativement confortable, et, surtout, climatisé. Mais pendant le temps où ils l'attendaient dans la rue, elle se sentait mal. La chaleur, l'humidité, l'atmosphère lourde… et tous ces hommes qui la regardaient...

Quand le car s'est mis en route, elle a commencé à vraiment angoisser, et elle a compris ce que signifie l'expression « craindre pour sa vie ».

Tant qu'ils étaient à l'intérieur de la ville, c'était supportable. Mais dès qu'ils ont commencé à rouler sur une grande route, le véhicule a accéléré, et elle a vu des voitures doubler à droite, à gauche, d'autres arriver en sens inverse, alors que l'autoroute est censée être à sens unique…

Et puis, elle a vu deux camions arriver côte à côte, en face d'eux. La route n'avait que deux voies… Elle a fermé les yeux et serré la main de son mari qui lui a dit :

— Je t'aime…

— Moi je te déteste !

Quand elle les a rouverts, elle a constaté qu'ils étaient passés entre les deux poids-lourds, sans savoir comment. Elle s'est détendue. Et Baptiste lui a dit :

— Tu te rends compte que si l'on était mort, la dernière chose que tu m'aurais dite, c'était : je te déteste.

— Oui, et je le répète. Qu'est ce qui m'a pris de te suivre dans cette galère !

— Tout va bien se passer, ne t'inquiète pas.

Elle ne s'est pas inquiétée plus que cela, mais elle ne sait pas comment ils sont arrivés vivants à leur hôtel.

D'abord, ils ont passé quatre jours à Pondichéry, l'ancien comptoir français. Il y avait beaucoup de choses à voir, mais le musée l'a déçue. De belles pièces, poussiéreuses et mal éclairées.

Au restaurant, ils entendaient parler français tout autour d'eux, ce qui les a surpris au départ, et puis, ils s'y sont faits. Ce qui était bien, c'est qu'on n'était pas obligé de manger indien. Presque partout, les restaurants servaient des plats occidentaux, parfois excellents.

Ils visitèrent le Bharathi Park, l'Ashram d'Aurobindo où ils ne furent pas les bienvenus, et ils firent le marché où ils virent un gigantesque éléphant, en chair et en os, recouvert de peintures multicolores, pour ressembler au Dieu Ganesh. Des dessins à la craie blanche décoraient sa tête et son corps. Quand les passants lui offraient une pièce, il la prenait de sa trompe et les bénissait d'un petit coup sur le crâne.

Pénélope a voulu essayer. Elle s'est approchée, tendant la main avec sa pièce de deux roupies posée dessus. Le Ganesh géant s'est emparé de la monnaie, et l'a frappée d'un mouvement léger pour la bénédiction. Elle ne l'a même pas senti, il l'a juste effleurée.

Ils se promenèrent sur le front de mer, passèrent devant la statue de Gandhi. Ils visitèrent aussi deux églises et une mosquée.

Ils allèrent dans le quartier musulman, constitué de petites maisons de toutes les couleurs avec leurs petites colonnes et leurs terrasses. Certaines étaient vraiment délabrées, d'autres fraîchement repeintes : une petite bicoque jaune, avec une balustrade marron, mitoyenne d'un bâtiment bleu, lui-même voisin d'une construction rose. Une rue entière de maisonnettes, collées les unes aux autres, sans qu'aucune ne ressemblât à une autre. Mauve, vert, orange, gris, rouge, bleu clair, rose foncé, jaune vif… Un paysage unique alternant couleurs et formes. Seule la mosquée faisait contraste avec le reste : blanche, immense, avec une grille en fer forgé noir.

Un imam vit le couple de Français devant la porte. Il vint leur ouvrir et leur proposa de visiter. Les pièces étaient très simples, dépouillées. D'un coup, ils eurent l'impression d'avoir quitté Pondichéry. Et comble de l'étrange, on ne leur demanda rien pour cette visite. Pas une roupie.

Pénélope trouva que la ville était une excellente transition pour découvrir l'Inde du Sud. C'était l'Inde, mais un peu la France.

Elle dut reconnaître que Baptiste avait rudement bien préparé son séjour, sachant exactement quoi visiter, et où aller. Ils purent se rendre à Auroville et visiter le Matrimandir, un temple de méditation en forme de sphère, recouvert de plaques dorées. On aurait dit une immense balle de golf en or, de l'extérieur.

À l'intérieur, il faut garder le silence et mettre des chaussettes, pour ne pas faire de bruit. On a l'impression d'être dans une navette spatiale un peu rétro, comme celles des films des années quatre-vingt.

Au centre, une pièce en forme de cercle, toute blanche, avec une grosse boule de cristal en son milieu, qui capte la lumière et permet de méditer. On s'assoit tout autour, sur des petits matelas, et l'on ferme les yeux, ou l'on regarde la roche ronde et lumineuse. C'est feutré, intime, étonnant.

En sortant, on ne peut s'empêcher de se demander ce qu'un truc pareil fiche à côté de Pondichéry et ce qui a traversé la tête des illuminés qui ont construit ça.

L'expérience du trajet en bus depuis Chennai ayant fait son petit effet, Pénélope et Baptiste louèrent une voiture avec chauffeur jusqu'à Madurai. Lui aurait bien pris le bus local, à l'indienne, sans clim, avec des gens serrés les uns contre les autres, et d'autres assis sur le toit, par manque de place. Mais elle n'a pas cédé.

— Tu sais ce que cela va nous coûter ? lui a-t-il demandé.

— Tu sais ce que cela va te coûter de divorcer ? Fais-moi remettre un seul pied dans un car indien, et je te jure que tu le sauras !

Ensuite, le séjour s'est déroulé très vite, entre visites de temples, promenades dans les villes, et farniente à la piscine. Baptiste n'avait choisi, à sa demande, que des hôtels avec piscine.

Leur chauffeur les emmena partout. Ils visitèrent tous les temples de la région, avec l'impression de voir à peu près toujours la même chose.

Cela la désolait, mais à chaque fois qu'elle voyait un temple, elle se disait qu'il ressemblait à tous les autres… Il y avait les temples avec des statues en pierres et des vieux murs, et les temples avec des statues colorées, en vert et bleu, ornées de petits détails de toutes les couleurs. Quand on en a vu un, on les a tous vus, maugréait-elle.

Une fois, elle assista à une cérémonie religieuse, une puja. C'était dans un petit sanctuaire reculé, où il n'y avait pas beaucoup de touristes. Le prêtre lui fit signe d'approcher, agita une noix de coco qu'il cassa pour en extraire le jus, ouvrit une banane en disant une prière, et lui ordonna de boire et de manger. Elle se força, pour ne pas le vexer, en priant de ne pas tomber malade.

Elle but l'eau qu'il lui tendit, espérant qu'elle soit potable.

Il fit aussi brûler de l'encens qu'il agita sur sa tête et sur celles des fidèles.

Cela ne la rendit pas malade. Ce fut, au contraire, un souvenir exceptionnel, pour lequel elle ne regrettait pas d'être venue.

Quand ils allaient dans des endroits très touristiques, de nombreux mendiants leurs tournaient autour. Cela ne lui a pas plu. Une fois, un petit garçon s'est approché d'elle, pour lui proposer des colliers en perle et des bracelets. Elle a regardé, et d'un seul coup s'est retrouvé entourée d'une dizaine d'autres gosses qui voulaient tous lui vendre quelque chose. L'enfer. Du coup, elle s'est retournée, a rejoint Baptiste en courant et n'a rien acheté. C'est dommage, elle les trouvait jolis, ces petits bracelets en coquillage.

Enfin, après dix jours de vacances, ils revinrent à Chennai par un vol intérieur. Elle ne fut pas mécontente de reconnaître Gopal, le chauffeur de son beau-frère, qui était venu les chercher.

Elsa les attend à la maison. Plus tard, quand Frank est rentré, ils ont ouvert une bouteille de champagne pour leur annoncer une bonne nouvelle.

Avant même qu'ils ne disent de quoi il s'agit, Pénélope a compris. C'est évident. Elsa est enceinte. C'est pour ça qu'elle ne boit plus d'alcool. Elle aurait pu s'en douter avant… Les idées fusent dans son esprit. Non, ça n'est pas possible. Pas ici. Faire un bébé dans ce pays, c'est complètement dingue… Si c'est ça, ils sont fous…

— Elsa est enceinte ! Annonce Frank.

— Non ! s'exclame Baptiste ! Félicitations ! C'est super !

— Félicitations, enchérit Pénélope, incrédule.

Elle se lève pour l'embrasser, puis elle demande :

— Du coup, tu ne boiras pas de champagne ?

— Non… enfin, une demie coupe, parce que cela fait une éternité que je n'en ai pas bu, mais c'est tout…

Ils trinquent. Pénélope se répète qu'elle est folle. Les questions fusent : comment va-t-elle faire ? Veut-elle accoucher ici ? Ont-ils l'intention de rester ? Elsa répond, calmement :

— J'ai une bonne gynéco qu'on m'a conseillée. Au début, je suis allée voir une femme qui ne me comprenait pas bien. Je lui ai dit que j'avais des remontées gastriques, et elle m'a donné de la progestérone, pour garder le bébé !

— Effectivement, on ne voit pas bien le rapport…

— Non, je crois qu'elle a compris que j'avais mal à l'utérus, et pas à l'estomac… Maintenant, je suis suivie par une femme, le docteur Jeyassri. Elle a suivi d'autres Françaises avant moi, elle a l'habitude. Je lui fais confiance.

— Génial. Tu en es à combien de temps de grossesse ?

— Trois mois pile. J'ai fait ma première échographie hier. Tout va bien.

— Et l'hôpital ?

— Là où est Jeyassri, je n'aime pas trop. Il y a toujours énormément de monde, et l'on a l'impression que c'est sale. Je préfère la clinique où j'allais avant, qui est toute neuve. Mais c'est mieux de faire comme les autres expats et de voir quelqu'un de confiance… Et puis, j'ai appelé ma mère hier. Elle a dit qu'elle viendra pour l'accouchement. Je me sentirai moins seule !

Tout de même, Elsa a déprimé pendant au moins huit mois, d'après ce que leur a dit Frank. Peut-être même plus. Et maintenant, elle veut faire un bébé… Elle est folle.

Pénélope hésite à demander, puis se lance :

— Et ça va aller ? Je veux dire… moralement ?

— Oui, ne t'inquiète pas. Je me suis fait des amies, je sors beaucoup. Je prends des cours d'Origami et de Yoga, et quand j'ai du temps, je travaille même sur des projets personnels… Tu as vu que j'ai commencé un blog ?

— Baptiste m'en a parlé, mais je n'ai pas eu le temps d'aller le voir. J'irai en rentrant, ça me rappellera l'Inde.

— Tu me diras ce que tu en penses ! En tout cas, ça va vraiment mieux depuis quelques mois. Le fait de rencontrer d'autres Français a changé beaucoup de choses. Et tu sais, avec le bébé qui arrive, je vais avoir de quoi m'occuper…

Ils sont restés trois jours chez Frank. Elsa a l'air d'être heureuse. Sa grossesse l'a métamorphosée, et elle semble bien aimer ce pays, finalement. Les gens sont gentils, même s'ils sont agaçants, et la vie n'est pas chère.

Cela dit, Pénélope ne gardera pas un bon souvenir de Chennai. C'est moche, ça pue, c'est blindé de monde. Autant le sud lui a plu, autant la grande ville indienne n'a rien de sympathique.

Là encore, ils ont visité des temples qui se ressemblaient tous, plus ou moins. Des éléphants en pierre, des vaches en pierre, des dieux en pierre. Et toutes ces divinités, elle n'y comprend rien. Le panthéon hindou est trop compliqué, entre Brahma, Vishnu et Shiva, les trois principaux, leurs femmes et toutes leurs incarnations, ça fait un paquet de puissances supérieures… Narayana, Rama, Krishna, Sita, Padma, Lokesha, Dathri, Kâli, Lalita, Santosh… Que de noms dont elle est bien incapable de se souvenir.

Pour finir, ils ont visité un parc aux serpents. Magnifique, d'après Frank. Il y avait des dizaines de variétés de reptiles, de toutes les catégories et du monde entier. Pénélope a suivi le groupe mais elle s'est demandé ce qu'elle faisait là, dans ce pays de fous. Comment être sûre que les cages étaient bien fermées ? qu'un crocodile ne puisse pas s'échapper ? Pourquoi ne pas visiter un parc à araignées, pendant qu'on y est ? Nan mais sérieusement…

Et puis, ils ont pris l'avion, pour rentrer en France. Les douze heures lui ont paru beaucoup plus rapides qu'à l'aller.

Quand elle a mis le pied sur le tarmac de Roissy, elle a humé l'air. Il faisait environ vingt degrés, une température froide, pour qui revient du Tamil Nadu. Elle a apprécié l'absence de moustiques, l'odeur presque agréable et la propreté des lieux.

Avant de sortir de l'aéroport, elle s'est rendue aux toilettes et s'est offert un plaisir simple : celui de boire l'eau du robinet, après s'être lavé les mains.

Puis, ils ont pris un taxi pour rentrer. Les voitures roulaient lentement, les unes derrière les autres.

D'un coup, la vie parisienne lui parut bien calme et silencieuse.

6 Jeanne

Son mari, Thierry, a signé un contrat avec un grand hôtel. Il sera leur photographe officiel et couvrira toutes les soirées organisées avec des étrangers. Au moins une par semaine ! Jeanne, elle, est définitivement adoptée comme professeure attitrée de Yoga par les expatriés francophones de Chennai. Ils pensaient ne rester que quelques mois. Ils ne sont pas prêts à quitter la ville.

Quand ils sont arrivés, ils avaient pour projet de voyager, s'installant tantôt à Goa, tantôt à Delhi, tantôt vers Auroville, ou dans le Kerala. Ce sont des aventuriers. Ils aiment bouger. Mais maintenant qu'ils ont ces contrats, c'est dur de céder à la tentation.

Alors ils se sont mis d'accord. Ils vont rester pendant quelques années, et ensuite, ils verront ce qu'ils font.

Jeanne est plutôt heureuse, à Chennai. De son père, elle a hérité un tampon sur son passeport : Personne d'Origine Indienne. C'est ce qui lui permet de résider ici. Elle ne saurait dire pourquoi, elle s'y sent bien. Pourtant, son pays, c'est la France. C'est de là qu'elle vient. Mais quelque chose l'a ramenée et l'empêche de repartir.

De sa mère, elle a pris la peau blanche, ce qui ne laisse rien trahir de ses ancêtres indiens. Lorsqu'elle travaille avec des expatriés, ils la prennent pour une illuminée, une Française qui a tout plaqué pour venir se perdre à l'autre bout du monde. Cela la fait sourire.

Aujourd'hui, à neuf heures, elle a rendez-vous avec ses élèves, dans une des immenses propriétés qui bordent la route entre Chennai et Pondichéry. Toutes les semaines, on change de lieu. C'est toujours dans un endroit luxueux.

Parfois, comme ce matin, on pose son tapis de yoga dans un jardin.

Jeanne a l'habitude de travailler avec ce genre de personnes. Avant, elle avait un petit réseau, et elle organisait des stages un peu partout dans le pays.

Chaque fois, elle leur fait faire à peu près les mêmes exercices en leur conseillant de répéter chez elles. Des figures simples. La salutation au soleil, le cobra, ou encore le poisson. Chaque séance, elle essaie de varier un peu. Ce n'est pas comme cela qu'elle a appris, mais elle sait d'expérience que ces femmes se lasseraient, avec une méthode indienne.

Elle est en plein milieu du cours. Il y a dix participantes. Un groupe complet. Elle se demande même si elle ne va pas bientôt proposer un second horaire, tant il y a de monde qui veut s'inscrire.

Les femmes sont debout, les jambes écartées et les bras levés. Le mouvement n'est pas difficile, mais il faut l'effectuer lentement. Le défaut des débutants, c'est de toujours vouloir aller trop vite… En donnant elle-même l'exemple de la posture, elle observe chacune de ses élèves, pour pouvoir les corriger. Régulièrement, elle circule même entre les tapis pour les aider.

Son regard est attiré par un ventre rond. D'un coup, elle réalise que l'un de ces corps n'a pas pris une position naturelle. Elle comprend immédiatement…. Elsa… Cette fille, c'est Elsa, il me semble… elle a l'air enceinte.

La situation est délicate. Comment faire ? Interrompre le cours ? Si par malheur cette fille avait juste un gros ventre… Il faut faire preuve de tact. Attendre la fin. Et surtout, éviter certaines postures…

Pendant les vingt dernières minutes, elle a les yeux rivés sur ce corps déformé, guettant le moindre faux pas. On ne sait jamais. Un accident est vite arrivé.

Quand l'heure est finie, elle pratique cinq minutes de méditation silencieuse. Elle songe leur proposer aussi des cours pour ça… il y aurait sans doute un public.

— Je ne sais pas si je vous l'ai dit, mais en cas de grossesse, il faut absolument m'en tenir informée… Cela pourrait être… dangereux.

Les regards se tournent immédiatement vers Elsa, qui rougit.

— C'est grave ?

— Ça pourrait l'être…

La blonde a les yeux qui pétillent. Elle la regarde et lui adresse un grand sourire. Elle est rayonnante :

— Je suis enceinte de six mois ! Je me sens tellement bien… Je n'ai pas pensé que ça serait un problème…

Jeanne soupire. Quelle inconscience ! C'est incroyable qu'elle ne s'en soit pas rendu compte avant. Elsa a l'habitude de venir en salwar, dont les pantalons larges et la longue tunique camouflent tout…

— Tu aurais dû me le dire. Il y a des postures que tu ne devras plus faire… J'en tiendrai compte, la prochaine fois et je te dirai comment procéder.

L'incident est clos. Les filles rangent leurs affaires.

Jeanne se dit qu'elle doit parler à Solène de ses nouveaux projets. Cela fait un moment qu'elle apprend le Bharatanatyam auprès d'un grand professeur. Cela la passionne. C'est une danse rituelle sacrée de l'Inde du Sud : guidée par un maître qui donne des petits coups avec un pilon en métal pour indiquer la figure à effectuer, la danseuse s'exécute, obéissant avec précision. Tout a du sens : le mouvement de ses yeux, l'expression du visage, le lever du bras… En dansant, elle donne corps à la musique. Elle s'est même mise à lire les textes sacrés pour essayer d'en comprendre le sens. C'est fabuleux, comme cet art est profond !

Elle se dit qu'elle pourrait enseigner cela, la danse du Bharatanatyam. C'est sûr que cela pourrait intéresser des Françaises. Elle imagine monter un spectacle pour un prochain café-rencontre… Et puis, elle voudrait aussi parler de méditation. Est-ce que des cours ne les intéresseraient pas ? Ce serait non religieux. Juste une expérience, pour se sentir mieux…

Solène est à l'intérieur de la maison. Elle prend un café avec Elsa. Elles écoutent attentivement les explications de Jeanne. La directrice de ChennaiExpat semble méfiante. Elle répond :

— Je vais y réfléchir. Par contre, une démonstration de danse, ça m'intéresse… Tu pourrais nous expliquer en quoi ça consiste et même inviter ton maître…

Elles concluent qu'à la prochaine rencontre, elle fera un petit spectacle. Ensuite, Jeanne reste un peu. Elle se retrouve face à Elsa :

— Alors ? Enceinte de six mois ? Et tu n'as rien dit ?

— Je pensais qu'il n'y avait pas de problème… Mais c'est vrai que je commence à bien sentir le bébé et que c'est moins facile qu'avant.

— Tu dois faire plus attention à toi.

C'est incroyable ce que cette fille a l'air bien dans sa peau. Cela donne envie de tomber enceinte.

Après la séance, elle se rend chez son maître pour s'entraîner à danser. Elle songe à la grossesse et au bébé. Ils en ont vaguement parlé, avec Thierry, mais elle ne se sent pas prête. Et sur le chemin, elle se surprend à songer doucement que peut-être il est temps…

7 Jacqueline

Mais quelle idée a pris à ma fille de venir accoucher dans un endroit pareil, songe-t-elle, en montant dans la voiture pour aller faire des courses, et en regardant les deux hommes en haillons assis par terre devant l'immeuble.

C'est sale, dangereux, stupide.

Elle est arrivée il y a deux jours, en priant pour que le bébé ne se décide pas à sortir plus tôt. Hier, Elsa avait rendez-vous avec sa gynécologue. Pas de voiture : le chauffeur n'est pas venu travailler ce jour-là. Elles ont dû prendre un rickshaw, ces petites voiturettes jaunes, qui ressemblent à des boîtes en carton-pâte avec des roues… Elle a cru qu'elles allaient mourir. Sa fille se tenait le ventre de la main gauche et s'agrippait à une poignée métallique de la droite. Elles étaient secouées dans tous les sens par le véhicule en mouvement. Un cauchemar !

Évidemment, le type ne comprenait pas ce qu'on lui disait, ne savait pas où était l'hôpital… Elsa dut lui indiquer le chemin, petit à petit, mais cet idiot n'écoutait pas et ne tournait pas au bon moment.

Quand elles sont arrivées enfin, il a encore fallu négocier le prix. Il voulait cent roupies, quand Elsa n'en proposait que trente. Finalement, à force de négociations, il a accepté le billet de cinquante qu'elle lui tendait.

Ensuite, dans une salle d'attente miteuse, aux plafonds sales et aux murs gris, elle lui a expliqué :

— Tu sais, Maman, il faut toujours négocier avec les rickshaws. Et c'est encore pire pour les blancs ! Lakshmi m'a dit qu'il y a trois prix, un pour nous, un pour les Indiens du Sud, et encore un autre pour les Indiens du nord… Elle vient d'Assam, ça se voit à sa peau plus claire, et surtout à son accent.

— C'est fou…

— Oui, un collègue de Frank m'a dit la même chose aussi. C'est fatigant, surtout. On est toujours en train de négocier, et l'on ne sait jamais si l'on paie le bon prix, si l'on se fait escroquer ou si c'est nous qui les exploitons… Demain, on aura un nouveau chauffeur. J'espère qu'il sera bien…

— Pourquoi il vous a quitté celui-là ? Comment il s'appelait, déjà ?

— Gopal. Moi aussi j'ai du mal avec leurs prénoms. Je ne sais pas. Il n'a rien dit. D'après le gardien, il aurait trouvé un meilleur boulot mieux payé ailleurs. Il paraît que ça arrive souvent. C'est dommage, je l'aimais bien. Il était sympa.

— Et il part comme ça, sans prévenir ?

— Oui, c'est comme ça que ça marche ici. Les types n'ont pas de contrat, pas de congés payés, pas de préavis… Ils ne se gênent pas pour partir du jour au lendemain, et entre nous, ils ont raison.

— C'est scandaleux ! Tous ces gens travaillent au noir !

— Maman… tu penses comme une Européenne…

La phrase d'Elsa lui est restée en travers de la gorge. Ça veut dire quoi ? Qu'elle n'est pas capable de comprendre ? Qu'elle est stupide ? Elle a demandé des éclaircissements mais les explications de sa fille ne l'ont pas convaincue :

— Tu ne peux pas faire comme en France. Personne n'a de contrat dans ce genre d'entreprise. Ça couterait trop cher, je suppose… En France, ta femme de ménage, tu ne la déclares pas !

— Maintenant, si, figure-toi. On a cinquante pour cent de réduction d'impôt sur son salaire…

— Et tu le ferais s'il n'y avait pas ça ?

— Non, mais c'est différent. Vos chauffeurs sont payés des queues de cerises.

— Oui, et le système des taxes est très compliqué… même si je voulais déclarer la bonne, je ne saurais pas comment m'y prendre. Crois-moi, elle est très bien payée. Une femme de ménage, dans une famille indienne, c'est cinq mille roupies par mois. Elle gagne plus du double… et je la paye pendant ses congés, et je lui fais régulièrement des cadeaux… Tiens, quand on partira, je lui laisserai toutes les affaires de naissance du bébé que je n'utiliserai plus, pour ses petits-enfants. Sa belle-fille est enceinte !

Certes, ces gens ne sont pas à plaindre. Malgré tout, Jacqueline ne comprend pas qu'une grande entreprise comme Pierport puisse embaucher des chauffeurs sans leur faire de contrat.

Apparemment, c'est normal. Sur les chantiers, à l'usine, la petite main d'œuvre n'est jamais formée, ni déclarée. C'est l'Inde.

Mais cela la choque profondément. Que deviennent ces gens s'ils n'ont pas de retraite ? S'ils sont malades ?

— Ils ne vivent pas comme nous… Les grands-parents vivent avec leurs enfants et leurs petits-enfants, dans la même maison… Tu imagines, toi, de vivre avec mamie, sous le même toit ? Et que mon frère soit dans sa chambre avec sa femme et ses enfants qui dorment par terre ? C'est une société complètement différente.

— J'ai du mal à comprendre.

— Franchement, moi aussi… et je suis là depuis presque deux ans… Je crois que l'Inde restera pour moi un grand mystère.

Au retour, Jacqueline est partagée. Elle regarde le conducteur du rickshaw avec autant de pitié que de mépris. Cette fois-ci, ils trouvent le chemin plus facilement. Apparemment le quartier où habite sa fille est connu.

Elsa a ordonné :

— En face du Sheraton.

— Sheraton Park Hôtel ?

— Oui !

Et la boîte de conserve jaune s'est mise en route. Dix minutes plus tard, ils étaient rentrés, sans n'avoir eu ni à indiquer la route, ni à négocier le prix.

Aujourd'hui, Jacquelines prend la voiture pour aller faire les courses. En France, elle a fait pour sa fille quelques pots de confiture, dont son fameux chocolat-caramel, qu'elle lui a apportés, avec des bouteilles et du saucisson. Maintenant, elle espère trouver de quoi faire un bon repas, pour lui faire une surprise. Elle veut vraiment lui faire plaisir.

Installée derrière le nouveau chauffeur, qui n'est là que depuis ce matin, elle lui dit :

— Je veux acheter du poisson.

— Du poisson ? Ok, Madame.

La voiture s'est mise en route. Elsa est restée à l'appartement pour se reposer. Le bébé n'est pas pressé de sortir, en plus, il est en siège. La gynécologue a voulu programmer une césarienne, dans deux semaines. S'il ne se retourne pas d'ici là, on opérera.

Pendant que le chauffeur la conduit à travers la ville, Jacqueline pense à sa fille. Mon Dieu, une césarienne... Pourvu qu'ils ne lui fassent pas une balafre à travers le ventre…

En France, on aurait tenté de l'acupuncture ou même de faire tourner le bébé manuellement. On aurait sans doute consulté un ostéopathe ou essayé l'haptonomie… Mais ici, pour un oui, pour un non, on fait une césarienne.

Jusque-là, Elsa n'en voulait pas. Elle disait qu'elle savait que les Indiennes y avaient souvent recours, pour choisir la date de naissance de leur bébé, un jour faste. Elle savait aussi que les médecins préféraient cela, parce que c'était plus cher. Elle ne voulait pas de césarienne. Sous aucun prétexte.

Et voilà qu'on lui dit qu'elle n'a pas le choix. On va l'opérer.

Si encore elle savait si c'était une fille ou un garçon ! Mais non. La gynécologue lui a dit qu'ici, c'est interdit. On ne donne pas le sexe du fœtus, parce que les gens avortent pour avoir des mâles ! Quand elles en ont parlé, la première fois, au téléphone, elle a dit :

— Maman, tu n'imagines pas la tête qu'ils ont faite quand je leur ai demandé de me dire le sexe. Ils m'ont regardé comme un monstre sanguinaire prête à égorger son enfant… et quand j'ai dit que je voulais avoir une fille plutôt qu'un garçon, leur regard a changé. J'ai lu dans leurs yeux que de monstre, j'étais passée à folle-dingue, bonne à enfermer dans un asile.

Elle a fait des pieds et des mains pour savoir, mais rien à faire. La gynécologue a refusé catégoriquement de lui répondre. Il aurait fallu se rendre dans une clinique miteuse et payer un radiologue pour faire comme les Indiennes dont la moitié finit par avorter. Alors elle s'est fait une raison. D'ailleurs, à ce moment-là, Jacqueline lui a fait remarquer :

— Tu sais, moi, quand je t'ai eue, je ne savais pas ce que tu serais…

— Je sais, je vais faire à l'ancienne… N'empêche, j'aurais bien aimé savoir quand même.

Elsa a l'air de tenir le coup. C'est assez étonnant qu'elle garde le sourire malgré tout ce qui lui arrive. Jacqueline, qui connaît bien sa fille, sait que c'est dur à vivre pour elle, même si elle ne tremble pas devant la césarienne à venir. C'est pour cela qu'elle voudrait lui faire plaisir en lui concoctant un bon repas.

Cela fait plus d'une demi-heure qu'ils ont quitté la maison. Elle commence à se demander où il l'emmène… Et puis, elle se souvient d'une histoire sordide qu'elle a lue dans le journal : un taxi qui conduit sa cliente dans un endroit sombre pour la violer. D'un coup, elle commence à paniquer et demande :

— On est encore loin ?

— Non, Madame, cinq minutes.

Cela la rassure un peu. Elle regarde la route et réalise qu'elle est vraiment dans un quartier pauvre. Ça n'est pas mal famé, du moins pas à première vue, mais elle ne risquerait pas de s'y promener seule…

Enfin, la voiture ralentit pour tourner et Jacqueline réalise qu'elle est au bord de la mer. Un paysage qui pourrait être beau, s'il n'y avait pas des déchets sur le sable, des barques sales à la coque retournée et un bidonville de l'autre côté.

Le chauffeur s'arrête et lui propose de descendre. Devant elle, une dizaine de femmes sont assises par terre, chacune derrière un étalage de poissons posés à même le sol. Elle s'approche et regarde rapidement.

Ces femmes qui l'observent en lui parlant dans une langue étrangère ont quelque chose d'effrayant. Elles tendent la main, montrent leur poisson et font des signes assez clairs. Elles veulent toutes que Jacqueline achète leur marchandise. Elle marche devant les étalages sans oser s'arrêter, sans montrer qu'elle est intéressée. Discrètement, elle regarde de biais, observe les carpes argentées, couchées les unes sur les autres, le regard plongeant vers le ciel. Ces pauvres bêtes ont les yeux rouges, gorgés de sang. Peut-être est-ce un effet de la lumière, mais on a l'impression que leur corps a des reflets verts.

Même avec la meilleure volonté du monde, elle ne risquera pas d'empoisonner sa fille avec ça. Elle finit sa promenade, le long des étalages, puis retourne à la voiture, sans rien dire aux vendeuses qui continuent de la supplier.

À Adyar, à côté de l'appartement, on trouve une boucherie. Elsa lui a conseillé d'y aller. Elle demande donc au chauffeur de l'y déposer.

C'est une toute petite bicoque, ouverte sur la rue, qui de l'extérieur ne paie pas de mine. Dedans, le vendeur lui parle en anglais. Ça n'est pas impeccable, mais c'est suffisamment clair :

— B'jour M'dame.

— Bonjour. Qu'est-ce que vous avez à me proposer ?

— J'ai tout.

Il ouvre son énorme congélateur et lui montre une espèce de gros saucisson en prétendant que c'est du bœuf, des saucisses de Francfort qu'il présente comme du porc. Il sort ensuite du jambon blanc reconstitué et des cuisses de poulet dans un sac.

— Vous n'avez rien de frais ? demande-t-elle. Je veux dire... qui ne soit pas congelé.

— Si, j'ai du poulet.

Elle n'a rien contre le surgelé, mais dans ce pays qui connaît des coupures d'électricité régulières, elle se méfie. Elle répond :

— Très bien. Je vais en prendre.

— Combien ? Un entier ?

— Oui, ce sera bien.

— Avec ou sans la peau ?

— Avec, bien sûr.

La question étonne Jacqueline. Un poulet entier, c'est un poulet entier... Le type sort de son stand et ouvre une cage qu'elle n'a pas remarqué jusque-là. Elle entend brailler avant de voir le poulet qu'il saisit par le cou. Choquée, elle contemple le boucher traîner l'animal et se saisir d'un grand couteau. Elle ferme les yeux, se sent mal, prise de nausée.

Quand elle les ouvre, le type est en train de le déplumer tranquillement. Il y a du sang partout. Elle détourne à nouveau le regard.

— Voilà, ça fera trois cent roupies.

— Heu... oui...

Faut-il négocier ? Est-ce cher ? Elle n'en a aucune idée, et n'a qu'une envie, c'est de se sauver le plus vite possible. Elle paie, prend le sac qu'il lui tend. Il est encore chaud.

De retour à la maison, Elsa est levée. Elle s'est assise dans le salon et boit un café au lait indien.

— Tu es partie longtemps ! Tu as trouvé ce que tu voulais ?

— Non… Je voulais faire du poisson, mais je n'ai pas trouvé.

— Tu aurais dû me le dire, il y a une boutique juste à côté. Il est relativement frais. Le type le conserve dans de la glace… Ici, c'est rare.

— Oui, j'ai vu ça… Je suis allée à la mer, mais ça n'avait pas l'air bon.

— Je veux bien te croire…

— Du coup, j'ai acheté du poulet… je suis choquée. Il l'a tué devant moi.

Elsa a l'air un peu déçue. Elle espérait sans doute que sa maman lui ferait un bon petit repas. Elle ne dit rien, pourtant. Elle répond simplement :

— J'ai eu le droit à ça, aussi ! Maintenant, j'envoie Lakshmi… Dis-moi, tu as passé une super journée dans la voiture, à ce que je vois !

Heureusement qu'elle a pensé à apporter ses bonnes confitures de France. Elle a trouvé des petits pains au lait dans le super marché, en bas. Avec sa confiture de chocolat-caramel, ce sera très bon, une excellente surprise pour sa fille. Ça lui remontera le moral.

— Tu as vu les curiosités les plus intéressantes, se moque Elsa. Il te reste à visiter la boucherie qui vend du bœuf. C'est une carcasse énorme, accrochée au plafond, dans une boutique renfermée, sans climatisation, avec des mouches qui tournent autour. Tu y vas, tu demandes cinq cents grammes, et il te coupe un bout, à même la bête.

— Mon Dieu…

— Oui, c'est ce que j'ai dit aussi, la première fois…

— Je croyais que les Indiens ne mangeaient pas de bœuf et que la vache était sacrée…

— C'est le cas. La boutique est tenue par un musulman. C'est de la viande Hallal.

— Ah, c'est pour ça…

— Ne t'inquiète pas pour ce soir. Je vais demander à Lakshmi de cuisiner le poulet. Elle a l'habitude. Ne t'embête pas. En plus, avec le four à gaz, c'est très difficile de préparer quelque chose comme on le fait chez nous…

Ce soir-là, Jacqueline eut beaucoup de mal à manger. Impossible de chasser de sa tête cette image d'oiseau baignant dans son sang. Elle songea à sa fille, qu'on allait faire saigner bientôt. En imaginant le chirurgien pratiquer la césarienne, elle vit le boucher égorger le poulet.

8 Subramani

Cela fait dix ans qu'il travaille comme anesthésiste à l'Apollo Hospital. Il fait partie de l'Alpha Team, l'une des trois équipes qui se relaient au bloc opératoire. Aujourd'hui, à huit heures, il s'occupe d'une césarienne programmée.

La patiente, il l'a rencontrée il y a une semaine, entre deux opérations. D'habitude, il ne fait pas cela. Il intervient au moment clé, il pose une ou deux questions avant d'endormir la personne, mais il ne perd pas une demi-heure de son temps à rencontrer les gens. Mais la femme, une Française, a dit que cela se faisait chez elle. Alors, pour lui faire plaisir, et surtout pour la rassurer, il l'a reçue en avance.

Il lui a posé les questions habituelles. A-t-elle des ennuis de santé spécifique ? A-t-elle déjà été opérée ? Des allergies ?

Et comme elle est étrangère, il lui a demandé si elle boit ou si elle se drogue. Cette question-là, normalement, on ne la pose qu'aux hommes, mais avec les blanches, on ne sait jamais.

Ce qui l'a surpris, c'est la réaction de la femme, quand il lui a dit :

— Vous devez nous faire confiance. Nous sommes une équipe ! Nous sommes l'Alpha Team. Nous avons l'habitude, et nous avons notre manière de procéder. Vous comprenez ?

Elle a ouvert grand les yeux, a pris un air ahuri, puis s'est mise à rire et à pleurer en même temps. Il n'a pas compris ce qui lui a pris. Il a dit :

— Ça ne va pas ?

— Si, si… a-t-elle sangloté. L'Alpha Team, ça me fait penser à l'A-team, c'est une série américaine…[46] Vous ne connaissez pas ?

— Non…

Il n'a jamais vu quelqu'un paniquer comme cela. Si elle n'était pas enceinte, il lui prescrirait des antidépresseurs. D'ailleurs, après l'accouchement, c'est sans doute ce qu'il faudra faire.

— Excusez-moi, a-t-elle murmuré, je suis un peu nerveuse. Il faut comprendre… ce n'est pas mon pays, je suis un peu… seule…

— Vous n'avez personne avec vous ?

— Si, mon mari, et ma mère est venue. Mais j'ai très peur… J'aurais voulu éviter la césarienne.

— Je sais. Mais ne vous inquiétez pas. Si vous êtes stressée, nous aussi, nous le serons, et ça n'est pas bon…

— Oui…

— Si vous avez des questions avant l'opération, vous pouvez m'appeler.

Ensuite, il lui a donné son numéro de téléphone, chose qu'il ne fait jamais, avec aucun patient.

Aujourd'hui, il est au bloc opératoire, prêt à poser la péridurale. La femme sera réveillée pendant l'opération. C'est très important psychologiquement d'assister à son accouchement, même par césarienne, pour avoir conscience de la naissance. Il ne l'endormira qu'après, si nécessaire.

Le brancard arrive, poussé par deux infirmiers. La patiente est allongée dessus. Elle est vraiment très pâle.

— Ça va, Madame ? lui demande-t-il en l'aidant à s'installer sur la table d'opération.

— Oui, répond-elle en tremblant de tous ses membres.

Sur son bras droit, on lui prend la tension et l'on installe une pince à doigt, pour surveiller le pouls et le taux d'oxygène. À gauche, le cathéter est déjà posé. Une autre infirmière met en place la perfusion, pendant que lui-même s'occupe de la péridurale. Elle tremble de plus en plus. Des larmes coulent de ses yeux. Il demande :

— Ça ne va pas ? Vous avez froid ?

Elle ne répond pas mais hoche la tête. Il fait signe aux infirmières de monter le chauffage. Elles savent ce qu'elles ont à faire. Il lui

[46] Alpha Team est le nom d'origine de *L'Agence tous risques*.

explique :

— Je vais vous piquer dans le bas du dos. Ça va faire un peu mal et ça va passer. Vous êtes prête ?

Elle ne répond pas davantage mais hoche encore la tête. Elle est assise devant lui, immobile et blanche comme une statue grecque, les bras écartés. Il ne peut voir que son dos mais cela lui fait penser à Jésus sur sa croix. Bien qu'il soit hindou, il a souvent vu les représentations du christ sur les publicités, dans la rue.

Il pique. Elle se redresse d'un coup et pousse un cri. Avec l'aide des infirmières, il l'aide à s'allonger sur le bloc, alors que Jeyassri, la gynécologue, arrive enfin pour procéder à l'opération.

— Bonjour, Elsa, lui dit-elle. On va commencer, vous êtes prête ?

— C'est bon, répond-il à la place de la femme qui est dans l'instant incapable de dire quoi que ce soit.

La gynécologue s'approche d'elle, lui tapote l'épaule et lui dit :

— Ne vous inquiétez pas, tout va bien se passer.

Il peut lire dans ses yeux qu'elle tremble encore d'inquiétude.

Chacun se met à son poste, le travail commence. Le produit qu'il a injecté fait son effet. Jeyassri peut procéder à l'opération. Elle prend le scalpel, ouvre le ventre, fait sortir le bébé.

C'est un adorable petit être de deux kilos et quatre cent grammes. Une infirmière le présente à Elsa, de loin, en lui disant :

— Madame, c'est une fille ! Elle va très bien.

— Je vais vous détendre, maintenant, lui dit Subramani.

La femme essaie de lever le bras vers l'enfant, mais elle est immobilisée par tous les fils qui l'entourent.

Pendant que l'infirmière s'éloigne pour s'occuper du bébé et le présenter à son père, Jeyassri est occupée à recoudre le ventre de la mère. Pendant ce temps, il injecte un produit qui va l'aider à se reposer.

Quand tout est terminé, la femme est emmenée en salle de réveil. L'équipe Alpha se félicite. C'est du très bon travail, le bébé est en pleine forme, tout s'est bien passé.

9 Giacomo

Cela fait plus de deux semaines qu'il n'a pas revu Frank. Jusqu'à présent, celui-ci passait son temps à l'usine, mais depuis l'accouchement de sa femme, il a totalement disparu. C'est compréhensible. Il est resté chez lui, à faire du télétravail. Giacomo se demande comment il a réussi à faire ça. Il a tout géré à distance et c'est comme s'il venait tous les jours. D'ailleurs ils se parlent au téléphone, tout le temps.

Ce week-end, il a prévu d'aller voir le bébé. Il a téléphoné, pour savoir s'il pouvait passer. Pour ne pas déranger, il a acheté des sandwichs, des gâteaux, et une peluche pour la petite. Lui aussi a eu des enfants, de son premier mariage. Il sait à quel point les débuts peuvent être difficiles…

Il est arrivé vers treize heures et a frappé doucement à la porte pour ne pas réveiller le nouveau-né. Frank a ouvert. Elsa était assise dans un fauteuil, en train d'allaiter. Elle a couvert ses épaules et sa poitrine d'une grande écharpe opaque. On ne voit strictement rien à travers, pas même le petit bout qui gigote sous le tissu.

— Et voilà la merveille ! s'exclame-t-elle.

Elle reboutonne son corsage avant de présenter le nourrisson qui tient presque dans une main.

— Elle est magnifique, s'étonne Giacomo.

D'habitude, il ne trouve pas les bébés très beaux. Mais celle-là, elle est vraiment belle. Elle est toute petite, moins de trois kilos et avec son petit vêtement blanc, on dirait un ange.

— Sarah, c'est ça ?

— C'est ça, confirme Frank.

— Félicitations à vous deux, vous avez fait une belle petite.

Elsa place l'enfant dans un petit panier à côté d'elle pendant que Frank sert à boire et sort des assiettes.

— Et en plus, elle ne pleure pas ? Mais c'est un amour que vous avez là !

— Ne crois pas ça, répond son collègue. Elsa passe ses nuits debout, elle est épuisée !

— Et alors, ça s'est passé comment, à l'hôpital ?

Elle raconte rapidement : sa mère était présente et est repartie depuis. Elle reviendra avec son père dans quelques mois. Elsa avait une chambre immense :

— C'était plus grand que notre appartement parisien, avec une cuisine équipée d'un frigidaire et d'un micro-onde, une table pour manger, un coin salon avec canapé, fauteuil, table basse… Frank avait même un lit, pour dormir à côté de moi !

— Je te confirme… Mais je ne m'en suis pas beaucoup servi. Je ne pouvais pas dormir, avec les infirmières qui venaient toutes les quatre heures pour vérifier je ne sais quoi... Finalement, je suis rentré à la maison et j'ai fait des aller-retours. J'en pouvais plus.

— Et ce qu'il ne te dit pas, c'est qu'il a travaillé pendant tout le temps de mon accouchement… Il était à côté de moi, avec son ordinateur, à passer des coups de fils…

Ça, Giacomo le sait. Ça l'a impressionné.

— Et d'un point de vue médical, ça a été ?

— Très bien. Quand j'appuyais sur le bouton pour obtenir de l'aide, en quinze secondes, j'avais une infirmière qui était à côté de moi. Heureusement, d'ailleurs, parce qu'au début, j'étais bien incapable de m'occuper de la petite. Par contre, il y a eu des moments moins drôles… Quand ils m'ont conduite au bloc, j'ai eu très peur. Ils sont compétents, mais, tu sais, avec tous les problèmes qu'on a ici, on n'arrive pas à leur faire confiance… J'avais peur qu'il n'y ait une coupure d'électricité, qu'ils ne me ratent, qu'ils ne fassent une erreur quelconque… J'avais même peur qu'ils se trompent de bébé !

À la couleur, elle s'en serait rendue compte, songe Giacomo, en souriant. Mais il comprend. Il comprend d'autant mieux que sa propre épouse n'a jamais voulu le suivre en Inde. Elle est venue une semaine, au début, et ce pays lui a tellement fait peur qu'elle est rentrée en Italie. Elle n'a même pas eu le courage de sortir de l'hôtel… Depuis, elle vient de temps en temps, le plus rarement possible, et se barricade dans son appartement. C'est dommage. Ils pourraient être tellement heureux, tous les deux… Il en a de la chance, Frank, d'avoir avec lui sa petite famille.

— Je crois que les médecins m'ont prise pour une dingue, tellement j'étais paniquée…

— En même temps, ajoute Frank, on n'a rien fait pour nous rassurer. Juste avant l'opération, Hervé m'a raconté qu'une Française s'était faite violer à Delhi, alors qu'elle était en salle de réanimation. Même moi, j'avais la trouille… Je ne voulais pas la laisser seule.

— Finalement, ils ont été super. Je ne sais pas si toutes les horreurs qu'on nous a racontées sont vraies, mais franchement, je ne vois pas comment j'aurais pu être mieux prise en charge.

En dégustant son gâteau, il songe à sa femme, Helena. Quand on l'a envoyé à Chennai, c'était pour un contrat d'une année, alors ce n'était pas gênant qu'elle reste en Italie. Mais ça fait plus de deux ans qu'il est là, maintenant, et il sent qu'on va encore prolonger son séjour, sans vraiment lui demander son avis.

Il est prévu qu'elle vienne le mois prochain, mais ce sera comme d'habitude. Elle va s'enfermer dans sa chambre et ne voir personne de la journée, jusqu'à ce qu'il rentre. Le week-end, ils iront à Mahäbalipuram, dans un hôtel au bord de la mer. S'il arrive à poser une journée, ils passeront peut-être deux jours à Goa. Mais, si Helena pouvait s'amuser un peu, sans lui, peut-être accepterait-elle de rester plus longtemps…

— Elsa, je peux te demander un service ?

— Je t'écoute…

— Ma femme n'a jamais voulu venir vivre ici. Quand je suis arrivée, elle n'est pas sortie de l'hôtel, et depuis, elle me rend visite de temps en temps, sans voir personne d'autre que moi. Je me dis que ce serait plus facile pour elle, si elle avait des amis… Tu pourrais l'emmener dans une association anglophone, comme tu fais toi ?

— Bien sûr. Donne-moi son mail, je lui écrirai, si tu veux. Et puis, tu sais, il y a des Italiens aussi. Je vais me renseigner. Tu peux lui dire qu'elle ne sera pas seule.

En partant, il s'en veut de n'y avoir pas pensé avant. Si cela marche et qu'Helena se plaît ici, non seulement ils seront plus heureux, mais en plus il réussira à mettre à nouveau de l'argent de côté… C'est bien joli, ces voyages, mais faut voir ce que ça leur coûte…

Il croise les doigts. Sa femme lui manque terriblement. Si seulement elle arrivait à s'adapter…

10 Helena

C'est son sixième séjour ici et elle n'arrive toujours pas à s'habituer. À chaque fois, elle est écœurée par cette crasse et cette pauvreté.

Giacomo a insisté pour qu'elle sorte de son appartement. Cela ne lui fait pas vraiment plaisir, mais elle doit reconnaître que ce serait mieux, si elle arrivait à rencontrer du monde. Le lendemain de son arrivée, il l'a emmenée chez des amis. C'est là qu'elle a rencontré Elsa.

— Tu vas venir avec moi et tu verras, tu te sentiras mieux. Moi, j'ai déprimé pendant un an, alors tu vois, je te comprends... On m'a dit qu'il y a quelques Italiens, mais je n'en connais pas. On va vite les trouver, tu vas voir !

Cette femme a un petit bébé de deux mois. Elle l'emmène partout, se faisant aider de son chauffeur et de quiconque se présente. Cela impressionne Helena : avoir un enfant en Inde, si petit... non mais quelle idée !

Elsa a tenu parole. Le lendemain, elle est venue la chercher pour aller visiter une exposition de peinture avec d'autres étrangères qui parlaient anglais. Elle lui a expliqué qu'il y a plusieurs associations et qu'il faut qu'elle fasse connaissance avec les gens, qu'elle choisisse les activités qui lui plaisent...

Toute la semaine, elle l'a traînée un peu partout à ses côtés, pour lui présenter des amies. Elle doit reconnaître que ces femmes sont très sympas, et que d'un coup, on se croirait en vacances.

Le bébé était toujours là. Il a passé ses journées tantôt dans son couffin, à dormir, tantôt sur le sein de sa mère, tantôt avec la bonne, tantôt avec une expatriée. Il se promène, de bras en bras, souriant aux anges. C'est adorable de voir cela.

Helena s'est un peu occupée de lui, aussi. Cette petite Sarah n'est pas farouche du tout. Elle se laisse bercer et adore qu'on la câline !

Il faut dire qu'Elsa laisse faire les gens. Cela semble lui faire plaisir de voir sa fille se balader de la sorte.

Ce jeudi, elle est venue la chercher vers onze heures et lui a expliqué qu'une bonne amie à elle fête son départ.

— Elle s'appelle Solène et elle s'en va dans deux semaines. Je ne sais pas quand je la reverrai… C'est l'association francophone, du coup tu risques d'être perdue, mais ce sera sympa… et les femmes parlent toutes anglais.

— Je comprends un peu le français. C'est proche de l'italien.

— Tu devrais te sentir à l'aise, dans ce cas… Je te présenterai des amies qui fréquentent l'association anglophone, comme ça tu continueras à te faire ton petit réseau.

Ensuite, elle a ajouté :

— Je tiens beaucoup à aller à cette fête, c'est la personne qui m'a le plus aidée. C'est avec elle que j'ai commencé à me sentir mieux… Je lui dois beaucoup.

Quand elles sont arrivées, Helena a été impressionnée par la grande maison avec piscine. C'est une immense propriété d'au moins trois cents mètres carrés, un beau bâtiment blanc, avec des colonnes, et un grand jardin. Si Giacomo pouvait avoir la même chose, cela pourrait valoir le coup de venir vivre ici. Il faudrait le lui demander… Celui-ci lui a toujours dit qu'il était resté dans son petit appartement parce qu'il était tout seul, mais qu'avec elle, il prendrait plus grand. C'est quoi, plus grand ?

Une grande femme mince est venue les saluer et a embrassé Elsa chaleureusement. Ce doit être Solène. Elles se sont parlé en français. Helena a vaguement compris qu'on voulait lui présenter des gens. Ensuite, elles sont entrées dans la maison et il y avait un immense buffet. Chacune avait apporté un plat. Elsa, un gâteau aux carottes.

Très vite, elle s'est retrouvée assise avec deux Anglaises, Julia et Émily. Elles ont passé l'après-midi ensemble à discuter autour d'un thé. Elsa ne lui a pas menti : il y a bien des Italiens à Chennai et Julia lui a promis de lui en faire rencontrer quelques-uns.

La journée a passé vite. Au moment du gâteau, Solène a fait un discours. Elle avait les larmes aux yeux. Helena n'a pas compris ce qu'elle disait. Cela allait trop vite. Ensuite, elle a parlé en anglais :

— Je suis arrivée ici il y a cinq ans, avec un contrat de deux ans... Je pensais ne jamais tenir, au début. Et puis, chaque année, quand on nous a proposé de continuer, on s'est dit pourquoi pas ? On n'est pas si mal, ici, finalement... Maintenant, j'ai du mal à croire que je m'en vais. J'ai envie de rentrer en France, mais en même temps, je n'ai pas envie de vous quitter. C'est un peu un songe éveillé qu'on vit ici. Dès fois, c'est un cauchemar, et des fois, comme aujourd'hui, c'est un rêve.

Après une pause rapide, elle a continué, la voix un peu étranglée :

— Vous allez me manquer ! Il y a des choses qui ne me manqueront pas : mon chauffeur, les moustiques, la misère... Évidemment, cette maison va me manquer aussi, surtout quand j'aurai retrouvé mon petit appartement... Et je serai contente d'avoir à nouveau le confort de la vie occidentale. Mais vous, vous allez vraiment me manquer.

Elle s'est interrompue, émue, a séché une larme puis elle a fini son discours, les yeux un peu rouges :

— Merci, les filles ! Merci d'être venue, ça me touche beaucoup !

Elle a sorti un mouchoir et séché ses larmes, pendant qu'Elsa venait lui passer les bras autour du cou.

De retour à son appartement d'Alwarpet, Helena annonça à Giacomo qu'elle voulait bien rester un peu, pour voir. Elle n'était pas sûre de son choix. Une part d'elle avait envie de prendre le prochain avion, une autre de laisser sa chance à ce pays.

— Je vais modifier mes billets pour prolonger. Si ça se passe bien, je viendrai m'installer avec toi, mais je te préviens... si ça ne va pas, je rentre immédiatement !

Il la prit dans ses bras et l'embrassa doucement dans les cheveux. Faisait-elle une erreur ? Il avait l'air tellement heureux de la voir essayer.

Vivre, c'est prendre des risques…

— Ma chérie… tu seras toujours libre de partir. Et ça ne sera pas toujours facile, mais si tu te fais aider, je suis sûre que ça va aller.

Il eut un sourire de bonheur muet aux lèvres, toute la soirée. Cela faisait longtemps qu'Helena ne l'avait pas vu comme cela.

11 Sarah

Elle observe Lakshmi qui fait des allers-retours entre la cuisine et la chambre. Apparemment, elle s'occupe du linge. À chaque passage, elle porte un panier tantôt plein et tantôt vide.

À chaque fois qu'elle la voit, elle essaye de l'appeler, mais celle-ci ne répond pas. C'est assez agaçant, d'être ignorée comme cela. Alors, elle appelle, plus fort, mais elle n'a toujours pas de réponse. De temps en temps, Lakshmi la regarde, soupire, se retourne vers la porte ouverte et dit :

— Madame ! Le bébé pleure…

Et en général, après cela, c'est Maman qui vient et la prend dans ses bras. Elle aime bien ce moment-là.

Sarah n'aime pas rester seule. Elle passe son temps à le leur dire, mais ils n'ont pas l'air de comprendre. Alors, elle crie, elle pleure, même, et là, seulement quand elle se met à hurler de tous ses poumons, ils commencent à réagir.

Il n'y a pas longtemps, papi et mamie sont venus. Elle ne sait pas exactement quand c'était. Il y a une semaine, un mois peut-être ? Elle n'est pas sûre. Cela doit faire au moins vingt siestes et trente-cinq tétées.

Maman était toute excitée. Elle courait partout dans la maison en disant à Lakshmi de tout préparer.

Quand ils sont arrivés, Sarah dormait tranquillement. Elle s'en souvient, parce que mamie lui a fait très peur. Elle est venue la réveiller en disant :

— Oh ma Princesse ! Qu'est-ce que tu m'as manqué ! Comme tu es jolie !

Elle a sursauté. Elle n'a pas l'habitude qu'on la remue, comme ça. Et puis, elle a vu la tête de mamie, toute blanche avec des traits tirés et des cheveux gris. Elle ne ressemblait ni au visage rond et foncé de Lakshmi, ni à celui tout blanc de Maman et Papa.

Alors, elle l'a prise pour un monstre. C'est pas sa faute à elle, il faut pas lui en vouloir. Un mélange, comme ça, de la pâleur de Maman et des rides de Lakshmi, c'est bizarre, surtout avec cette couleur de cheveux.

Elle s'est mise à pleurer, de toutes ses forces. Maman a compris et est venue la chercher. Ensuite, elles ont commencé à parler, toutes les deux :

— Maman, t'es pénible. Tu lui as fait peur…

— Je suis désolée, j'avais tellement envie de la prendre dans mes bras…

Mamie lui a caressé la joue, en souriant. Sarah a compris à ce moment-là que c'était pas une sorcière. C'était une gentille vieille dame qui voulait juste lui faire des câlins. Elle lui a fait penser à Lakshmi, sauf que Lakshmi, elle est marron.

Ensuite, elle a tourné la tête, pour bouder. Elle n'était pas contente d'être réveillée comme ça.

Quand elle a été de meilleure humeur, elle a fait connaissance avec papi. Il avait la même tête bizarre que mamie, mais comme il ne l'a pas embêtée, elle n'a rien dit. Elle l'a regardé. Il parlait bizarrement, avec des couinements, un peu comme les animaux dans ses livres musicaux.

Sarah a compris ce qu'il disait. Il parlait de beau bébé et de bien dormir. Elle s'est demandée pourquoi il avait cet accent bizarre et ce que signifiaient ces bruits.

Après ces premiers moments de découvertes, c'était chouette, avec mamie et papi. Il l'a fait sauter sur ses genoux, plusieurs fois, et il lui a fait des chatouilles sur le ventre. Elle aime bien les chatouilles.

Mamie avait dans sa valise de drôles de plaques bleues. Elle en a ouvert une en déchirant le papier d'emballage et a sorti une chose marron avec des petits carrés. Elle a dit :

— Tu veux goûter le chocolat ?

Sarah n'a pas répondu. Elle a levé la tête, pour voir ce que c'était, et mamie lui a fourré un morceau de la chose brune dans la bouche. Ça l'a surprise et ne lui a pas plu, au début. Elle a voulu le recracher, puis elle a froncé les sourcils en suçotant. C'était drôlement bon !

Pendant tout le temps où ils étaient là, elle a pu goûter pleins de nouveaux produits que mamie sortait du frigidaire pendant que Maman rouspétait qu'elle n'était pas d'accord. Une fois, elle a dit :

— Tu vas trop vite ! Tu vas la rendre malade…

— Mais non, j'ai élevé trois enfants. Je sais ce que je fais. Ne t'inquiète pas.

Sarah aimerait bien rencontrer les enfants que mamie a élevés. Ça lui ferait des copains, pour jouer. Même s'il y a toujours Maman et Lakshmi, elle se sent un peu seule. Elle voudrait qu'on soit plus souvent avec elle. Papa n'est là que le soir. On joue, un peu, mais pas assez.

Avec papi et mamie, par contre, c'est le bonheur. Papi était à quatre pattes avec elle pendant tout le temps qu'il était là. Mamie aussi, mais un peu moins. Elle a dit qu'elle avait mal au dos. Sarah s'est demandé pourquoi elle ne s'allongeait pas sur un tapis en mousse, comme elle. C'est très confortable et ça ne fait pas mal. Là-dessus, on peut agiter les jambes et remuer les bras pendant des heures.

Ils ont joué avec les peluches et aussi un peu à cache-cache. C'est papi qui a dit que c'était cache-cache. Sarah ne connaissait pas, avant. C'est très facile. Il faut mettre ses mains sur les yeux et ne pas regarder l'autre. Quand il enlevait ses mains, il disait :

— Je te vois !

Et Sarah éclatait de rire.

Quand ils sont partis, mamie avait les larmes aux yeux. Papa et Maman l'ont raccompagnée à la voiture. Papi était en train de sortir ses valises.

— Vous allez me manquer…

— Ne t'inquiète pas, Maman, on se revoit bientôt. Quoi qu'il arrive, on repassera en France.

—Vous ne nous refaites pas une expatriation pourrie comme celle-là, hein ? Vous revenez ! Dites ! Je veux voir grandir ma petite-fille !

Papa n'a rien dit, mais Sarah a vu qu'il pinçait les lèvres et qu'il fronçait les sourcils. Papi s'est tourné vers elle :

— Mon petit cœur… on se revoit bientôt ?

Il l'a prise dans ses bras et lui a fait un gros câlin. Ensuite, il a déposé un gros bisou sur son front et elle a agité ses petits bras pour montrer qu'elle était contente. Après, ça a été au tour de mamie.

— Quand tu viendras nous voir en France, je t'achèterai du bon chocolat ! On n'en trouve pas du comme ça, ici…

Et elle lui a déposé un gros baiser sur le front elle aussi.

Il n'y a pas longtemps, elle est allée voir des animaux. Papa a dit que c'est un « zoo ». Elle aime bien, les zoos. Il y avait pleins de gens autour d'elle qui la regardaient ! Elle était dans les bras de Maman, qui criait contre les gens qui voulaient lui caresser la joue. Elle a dit :

— Non, mais on ne touche pas à ma fille !

— Mais Madame, on ne lui veut pas de mal, ont-ils répondu. Ça porte bonheur !

— Pas touche ! a-t-elle hurlé en levant la main.

Maman ne comprend rien. Elle ne comprend pas quand Sarah lui parle, et elle ne comprend pas quand les gens lui parlent. Elle dit que ce sont des Indiens et qu'ils ont les mains sales, alors que ce n'est pas vrai, ce sont des gentilles personnes qui veulent juste jouer. Un jour, il faudra qu'on explique cela à Maman qui n'écoute que Papa et ses amis blancs.

Sarah aime bien quand on la prend dans les bras. Souvent, ils vont au restaurant, et c'est un Monsieur marron, ou une dame marron qui travaille là, qui s'occupe d'elle. Maman les laisse faire. Elle ne dit pas que ce sont des Indiens qui ont les mains sales et pleins de microbes. Elle dit cela dans la rue et dans les boutiques, mais pas au restaurant. Pour Sarah, c'est chouette. Elle aime bien qu'ils lui caressent la joue, gentiment. Elle est au centre de l'attention et elle en profite.

Hier, justement, ils sont allés dans un restaurant et on l'a posée sur le sol, dans son couffin. Elle n'a pas aimé ça du tout. Elle s'est mise à crier et à pleurer : elle a l'habitude… Maman, ça ne lui fait rien. Mais les Indiens, eux, ils réagissent vite. Ils réagissent toujours vite.

Le serveur est venu. Il a dit :

— Madame, je peux prendre le bébé ?

Maman a soupiré, elle a haussé les épaules et elle a accepté. Alors le jeune Indien a pris Sarah dans ses bras et il s'est mis à lui parler dans sa langue. Il lui a dit que c'était une belle petite fille et qu'elle était adorable. Ça, Sarah le sait. On le lui dit tout le temps.

Ensuite, une autre serveuse est venue avec un téléphone, et elle l'a prise en photo avec tous les Indiens. Il y en avait cinq autour d'elle qui lui caressaient la joue et lui faisaient des câlins. Maman ne disait rien. De temps en temps, elle levait la tête de son assiette, pour vérifier que Sarah n'était pas loin.

Un cuisinier est venu la voir et lui a dit :

— Tu es une princesse indienne !

Elle s'est mise à rire ! Elle lui a dit : toi, tu es un gros Indien et je t'aime ! mais il n'a pas compris. C'est souvent comme cela. Il y a tellement de langages différents, qu'elle ne peut les parler tous ! Alors, elle communique avec les yeux, avec le cœur, elle s'exprime de son petit corps vigoureux à coup de cris, de rires et de petits gestes.

Pendant que Maman et Papa mangeaient, elle a eu tout le personnel du restaurant pour s'occuper d'elle ! Ils se relayaient pour la bercer et lui donner du pain et du lait.

Pour la première fois, on lui a donné à boire dans un verre. Maman n'a jamais voulu la laisser faire. La dame qui travaille derrière le bar, elle, lui a permis de mettre sa petite bouche dedans. Ça cogne dans les dents et quand on tête, ça fait un bruit bizarre. Elle a bien aimé. Elle préfère quand même le sein de Maman, mais ce verre, c'était intéressant. Ça l'a beaucoup amusée.

Papa a fini son dessert et il a fallu partir. Là, tous les gens sont venus un par un, ils lui ont caressé la joue, pour lui dire au revoir. Maman lui fait des bisous partout sur le corps et tous les blancs font pareils. Mais les marrons, eux, ils ne l'embrassent jamais directement. Ils posent un baiser sur leurs mains et ensuite, ils la touchent au visage. C'est leur façon de faire à eux.

Elle s'est endormie dans la voiture, sur le chemin du retour.

Aujourd'hui, Maman et Papa sont assis dans le canapé du salon. Sarah est à côté, dans son transat. Elle regarde les petits oursons qui bougent. Elle n'a pas l'air comme ça, mais elle écoute ce qui se passe. Elle est très attentive, parce qu'elle est curieuse. Maman parle bizarrement, comme si elle était triste. Elle l'a entendue parler avec Papa. Ils disent qu'ils vont partir, mais Sarah n'a pas bien compris.

Pour l'instant, elle est ici, et ça lui convient très bien. Papa dit :

— Je ne prendrai pas une autre expatriation dans un pays aussi dur ! Je veux retourner en France, pendant quelque temps.

— Ça tombe bien, dit Maman. Sarah va bientôt marcher à quatre pattes. Je ne pourrai pas la garder sous une moustiquaire très longtemps. N'empêche… moi, je suis bien. Je resterais bien une année de plus.

Maman dit qu'elle aime ce pays. Elle dit qu'au début, c'était dur, mais que depuis quelques mois, ça va mieux. Qu'est-ce que ça veut dire, qu'au début c'était dur ? Sarah n'a connu que des bons moments. Elle n'arrive pas à imaginer ce que ça veut dire dur.

— Non, je suis désolé, je ne peux pas. Et j'ai pleins de collègues qui ont choppé la dengue. On a eu de la chance, jusque-là, je n'ai pas envie de faire du rab…

— Mais tu as une idée du poste qu'ils te proposent ?

— Oui, je retourne sur Paris. Tu pourras retrouver du travail, comme ça !

— Paris…

Maman est songeuse. Elle n'a pas l'air ravie du tout. Papa dit que ce serait mieux pour tout le monde, mais comme Maman a l'air vraiment stressée, c'est sûrement pas une bonne idée. Elle répète, en faisant tourner un grand verre à pied transparent avec un joli liquide rouge à l'intérieur :

— Paris… L'Inde va me manquer, tu sais.

— Je sais. Quand Sarah sera plus grande, elle voudra voir où elle est née.

Maman s'est tournée vers Sarah et lui a fait un gros bisou sur le front. Elle lui a souri :

— C'est vrai, ça, ma chérie, tu voudras visiter ta ville de naissance ! C'est sûr que nous reviendrons avec toi, plus tard… Paris, ce sera une nouvelle aventure !

Maman l'a prise dans ses bras et lui a fait un gros câlin avant de la reposer et de retourner parler avec Papa.

Elle n'a aucune idée de ce qu'ils racontent. À quoi ça ressemble, Paris ? C'est sûrement comme ici, mais avec du travail. C'est ce qu'a dit Papa : tu trouveras du travail. Le « travail », elle sait ce que c'est.

C'est de marcher dans la maison en portant des paquets de linge, comme le fait Lakshmi, parce que plusieurs fois, elle a entendu Maman dire qu'elle a beaucoup de travail.

Sarah imagine qu'à Paris, il y a des paquets de linge partout et que sa mère pourra en porter plein. Elle ne voit pas trop l'intérêt, mais si cela peut lui faire plaisir…

En fait, elle se fiche pas mal de rester ici ou d'aller à Paris. La seule chose qui compte, pour elle, c'est le bon lait de Maman ; ce sont les bras de Lakshmi, quand Maman n'est pas là ; c'est le bain donné par Papa tous les soirs ; et bien sûr, les Indiens qui lui font des câlins.

Tant qu'elle a tout ça, tout va bien.

Et pendant que Papa et Maman parlent de Paris et de la France, elle met son petit pouce dans sa bouche, se blottit au fond de son transat, et regarde les petits oursons bruns qui tournent en faisant de la musique.

Épilogue

À Paris, le samedi 15 mars 2014

Ma chère Solène,

Voilà bien six mois que nous sommes retournés à Paris. Je t'ai dit que je cherchais du travail et je viens enfin d'en trouver : je suis employée aux ressources humaines d'une petite PME d'informatique. Je commence lundi !

Ça a été difficile, après trois ans d'arrêt. J'ai hâte, et en même temps, j'ai peur. J'espère que ça va bien se passer. Je vais tout faire pour me rendre indispensable, comme je l'étais dans mon ancienne boîte, avant cette longue expatriation.

Le type qui m'a engagée m'a posé beaucoup de questions sur l'Inde. Quand je lui ai dit que je n'avais pas de visa de travail et que si j'avais pu, j'aurais accepté n'importe quel emploi pour ne pas rester à la maison, il m'a regardée bizarrement. Je me suis demandé s'il me croyait.

Tu n'imagines pas à quel point je suis heureuse… j'ai l'impression de retrouver ma liberté ! Avec mon premier salaire, je vais inviter mon mari au restaurant, comme je le faisais, avant.

Tu sais ce que je ressens… j'imagine.

Je continue de recevoir les e-mails mensuels de ChennaiExpat et cela me fait bizarre de lire qu'il y a une expo sur la soie à Pondichéry… C'est comme si c'était une autre vie, comme si j'avais rêvé tout ça.

J'imagine qu'à toi, cela te fait encore plus drôle de lire ces messages. En tout cas, tu peux être fière d'avoir accompli quelque chose. Il semble que ça continue, comme tu le souhaitais, et que ce soit entre de bonnes mains.

J'avais peur, en revenant ici, d'avoir du mal à tout faire moi-même. J'aurais bien emporté Lakshmi avec moi, dans ma valise…

Hé bien, tu sais quoi ? Tu avais raison ! J'ai retrouvé mon lave-vaisselle, mon aspirateur, mon supermarché, mon congélateurs… Moi qui n'aimais pas la voiture, j'apprécie même de conduire, moi-même, pour faire mes propres courses. Cette autonomie, le fait de ne dépendre de personne, ça m'avait vraiment manqué.

Sarah a bien grandi. Je vais t'envoyer des photos. Elle commence à marcher et à vouloir grimper partout ! Hier, je l'ai trouvée assise tranquillement en train de feuilleter un livre. Tu imagines, comme j'étais fière ? C'était un vrai petit ange, tout sage. Par contre, quand elle se met à fouiller la maison pour découvrir des trésors cachés, il vaut mieux la suivre. L'autre jour, elle a arraché une bande de mousse qui servait de joint à la porte du salon…

Il faut que je te dise, aussi : le livre dont je t'ai parlé, j'ai commencé à l'écrire. Il faudra que tu me dises quel nom tu veux que je donne à ton personnage, si tu as une idée… Ce sera un gros travail, et je ne suis pas sûre d'y arriver, mais je vais essayer. Je te le ferai lire, pour que tu me dises ce que tu en penses.

C'est incroyable ce que tu me manques, toi, et toutes les autres, aussi. D'un côté, je t'envie d'être repartie si vite en Russie, mais d'un autre, je n'aimerais pas être à ta place. J'imagine que ça ne doit pas être facile.

J'ai entendu dire qu'Helena était rentrée en Italie… Apparemment, elle n'a pas tenu le coup. Tu as des nouvelles ? J'espère qu'elle va bien… Je sais par mon mari que Giacomo finit son contrat dans trois mois. Pourvu que ça s'arrange, pour eux !

Je continue de suivre ton blog, mais il y a longtemps que tu n'as rien écrit. J'aimerais pourtant avoir de tes nouvelles et j'espère aussi qu'on se reverra bientôt. Si ton invitation à venir en vacances tient toujours, je serais ravie de découvrir Saint-Pétersbourg. Cela plairait aussi à Frank. Quand à Sarah, nous continuons de l'emmener partout avec nous, que ce soit au restaurant ou en week-end, et cela se passe bien.

Il faut que je te dise aussi… Frank m'a parlé d'une nouvelle expatriation… en Allemagne ! Il rêve d'aller vivre là-bas. Il m'en parle depuis longtemps. Mais pour moi, ce serait un grand changement. Je n'ai pas trop envie, maintenant que je viens de retrouver du boulot et que je m'habitue à ma vie ici. En plus, Sarah a une nounou qu'elle adore. Mais dans deux ou trois ans, pourquoi pas… La vie ailleurs, quand on y a goûté…

Je dois te laisser, maintenant. J'entends ma fille qui fait des siennes, et Frank est parti courir. Lui aussi est bien content de retrouver les rues françaises ! Il n'avait pas fait de sport depuis trois ans…

J'attends de tes nouvelles avec impatience.

Je t'embrasse très fort.

Elsa

Lexique

Pour faciliter la lecture, voici quelques termes récurrents. Ils sont donnés en note à la première apparition.

Amma : Maman
Appa : Papa
Dahl : Plat de lentilles.
Dupatta : très longue écharpe couvrant la poitrine.
Ghee : Beurre clarifié.
Maid : mot anglais qui désigne la bonne à tout faire.
Mamiyaar : Belle-maman.
Namasté : Salut !
Patti : Mamie
Pillae : Mon fils
Puja : Offrande rituelle, prière aux dieux.
Rasam : soupe de lentilles et de tomates.
Salwar : Ensemble longue tunique, pantalon large ou près du corps et Dupatta.
Sari : Robe traditionnelle drapée dans un tissu de plus de sept mètres.
Thali : Grande assiette en métal.

À propos de l'auteur

Leslie Héliade est professeur certifiée de Lettres Classiques. Après quelques années d'enseignement, elle s'expatrie en Inde, en Allemagne, puis en Australie.

Elle enseigne le français à différents publics et anime des ateliers d'écriture tout en se consacrant à ses propres projets littéraires.

Pour suivre son actualité, rendez-vous sur twitter @LeslieHeliade, sur sa page Facebook https://www.facebook.com/Lilie.Heliade/ ou sur son blog www.leslieheliade.com.

Remerciements

Merci à Marie-France et Catherine pour leurs nombreuses relectures et leurs précieux conseils.

Merci également à tous ceux qui m'ont soutenue, lue, corrigée, conseillée, ou qui tout simplement m'ont suivie dans cette belle aventure : Sandrine, Florian, Julie, Isammoc, Jérémie, Francis, Sébastien, Christine, Olivier, Sabrina, Michael, Noémie, Christian, Marie, Eshana et Leaphus.

Merci encore aux lecteurs de mon blog ainsi qu'à tous ceux qui ont lu mon premier roman et m'ont encouragée à continuer.

Imprimé par Amazon Distribution
Dépôt légal et première impression : novembre 2016
ISBN 9781519031266

18945437R00143

Printed in Great Britain
by Amazon